广东戏剧文库

优秀剧作选

1949-2019
韶关戏曲卷

GUANGDONG XIJU WENKU
YOUXIU JUZUO XUAN
SHAOGUANXIQUJUAN

广东省艺术研究所
主编

中国戏剧出版社
CHINA THEATRE PRESS

图书在版编目（CIP）数据

广东戏剧文库．优秀剧作选．韶关戏曲卷：1949-2019 / 广东省艺术研究所主编．— 北京：中国戏剧出版社，2019.10
ISBN 978-7-104-04817-6

Ⅰ．①广… Ⅱ．①广… Ⅲ．①地方戏剧本－作品集－韶关－当代 Ⅳ．①I236.65

中国版本图书馆CIP数据核字（2019）第129211号

广东戏剧文库·优秀剧作选·韶关戏曲卷（1949—2019）

责任编辑：肖　楠　齐　钰
责任印制：冯志强
校　　对：张爱华

出版发行：中国戏剧出版社
出 版 人：樊国宾
社　　址：北京市西城区天宁寺前街2号国家音乐产业基地L座
邮　　编：100055
网　　址：www.theatrebook.cn
电　　话：010－63381560（发行部）　010－63385980（总编室）
传　　真：010－63383910（发行部）

读者服务：010－63387810
邮购地址：北京市西城区天宁寺前街2号国家音乐产业基地L座

印　　刷：保定市铭泰达印刷有限公司
开　　本：787mm×1092mm　1/16
印　　张：22
字　　数：394 千字
版　　次：2019年10月　北京第1版第1次印刷
书　　号：ISBN 978-7-104-04817-6
定　　价：98.00 元

编委会名单

序　言

为全面贯彻党的十九大和习近平总书记重要讲话精神，坚持以习近平新时代中国特色社会主义思想为指导，充分发挥广东戏剧在广东文化大省建设中的作用，促进广东戏剧观念、戏剧实践的发展，繁荣广东戏剧事业，推动广东戏剧事业走在全国前列，值中华人民共和国成立七十周年之际，在广东省文化和旅游厅的领导下，广东省艺术研究所自2018年开始启动《广东戏剧文库·优秀剧作选（1949—2019）》丛书出版工程，将广东戏剧70年来（1949—2019年）的剧目进行梳理、总结，现结集出版。

《广东戏剧文库·优秀剧作选（1949—2019）》由广东省文化和旅游厅策划，广东省艺术研究所承担组织编选工作。按照广东省文化和旅游厅的统一部署，由全省各演出院团报送剧本，我们聘请省内的戏剧专家、学者30余人，按照艺术质量与社会影响双重标准，将1949—2019年70年间历届省级以上戏剧赛事获得剧本奖的剧目、在市场演出中经久不衰的剧目、名家演出的代表性剧目、经专家推荐论证在现当代较有价值和意义的剧目甄选出来。自2018年开始，历时两年，我们从征集到的近2000个剧本中挑选出200多个，交由中国戏剧出版社出版。

《广东戏剧文库·优秀剧作选（1949—2019）》分8卷共25册，包括粤剧卷（8册）、潮剧卷（4册）、广东汉剧卷（2册）、雷剧卷（2册）、稀有剧种卷（含正字戏、白字戏、西秦戏、花朝戏4个剧种，3册）、客家山歌剧卷（2册）、韶关戏曲卷（含粤北采茶戏和乐昌花鼓戏2个剧种，1册）、话剧卷（3册）。

该剧作选所选录的剧本，就戏曲部分而言，既有经过整理的传统戏，如粤剧《白蛇传》《秦香莲》《审死官》，潮剧《荔镜记》《苏六娘》《告亲夫》，广东汉剧《齐王求将》，正字戏《张飞闯辕门》，白字戏《白罗衣》，西秦戏《辕门罪子》等；又有现当代新编写的历史剧，如粤剧《关汉卿》《昭君公主》《袁崇焕》，潮剧《辞郎洲》《陈太爷选婿》《东吴郡主》，广东汉剧《白门柳》，西秦戏《留取丹心照汗青》等；更有全新创作的现代戏，如粤剧《土缘》《驼哥的旗》《刑场上的婚礼》，潮剧《老兵回乡》《赠梅记》，广东汉剧《热嫁冷婚》，雷剧《抓阄村长》，梅县山歌剧《漂流的新娘花》《等郎妹》，粤北采茶戏《人生路》等。除戏曲剧目外，我们也留了3册的篇幅，用来收录广东70年来的优秀话剧剧本。所选剧本基本上比较真实地反映了广东戏剧70年来的剧目生产概况，比较完整地呈现了广东戏剧人在党的文艺方针指引下持续努力的轨迹，这对于今后的研究和创作而言，无疑是一份珍贵的参考资料，意义颇大。

鉴于时间跨度长、资料浩繁，编辑经验有限，书中错漏在所难免，祈请读者、方家批评指正。

《广东戏剧文库·优秀剧作选（1949-2019）》编委会

2019年3月

目录

粤北采茶戏

乐昌花鼓戏

· 韶关戏曲卷 ·

粤北采茶戏

竹山路弯弯

编剧：张化祥　曾龙章

人 物 表

陈月兰　　女，23 岁，农村青年。

胡大桂　　男，27 岁，竹器专业户。

胡老祥　　男，六十多岁，大桂的父亲。

胡瑞龙　　男，23 岁，老祥的二儿子。

安　婶　　女，56 岁，媒婆。

俏　妹　　女，21 岁，安婶的独女。

翠　柳　　女，27 岁，离婚妇女。

刘　四　　男，30 岁，翠柳的原夫。

陈大娘　　女，58 岁，月兰的母亲。

第一场

[现代。

[粤东某山区。

[竹山寨，胡老祥的家门口。

[初秋的一天早上，朝霞满天，露珠点点。

[台右露出胡老祥家一角，台左可见翠柳家门前竹篱笆，旁有丛野花，台中央是一片草地。远处山峦起伏，山坡上翠竹间夹座座新瓦房，一派竹山风光。

[音乐声中幕启。

[胡大桂在指教一群青年男女编织竹器工艺品。

[幕内歌声起，众翩翩起舞。

[幕内歌：满山翠竹郁苍苍，
金风阵阵拂面凉；
双双巧手勤编织，
黄金时节一片忙。
篾刀闪闪去穷苦，
竹丝长长织春光，
编来坦荡富裕路，
织出锦绣美竹乡。

[舞罢，众青年男女欣喜地辞别大桂下。

[胡大桂坐在竹椅上，精心编织未完工的工艺品“古竹熊猫”。

[翠柳拿一尚未编好的竹器工艺品上。

翠　柳（唱）　年轻离婚多苦情，
被人看轻贱三分，
改革劲风吹山寨，
吹活我翠柳一颗心；
敢在人前放声笑，
敢放白鸽敢响铃，
一夜烦思泛涟漪，
串门来找梦中人……

大　桂 翠柳嫂。

翠　柳（发现大桂手里的“古竹熊猫”，忙拿过观赏）哎呀，熊猫咬竹子，好漂亮哟！真不愧是个大师傅呀！

大　桂 翠柳嫂呀！

（唱）　编编织织莫夸奖，
竹匠世家事平常，
你有一双生花手，
学艺定比我大桂强。

翠　柳　大桂兄弟呀！

（唱）　翠柳学艺无奢想，

只为人生立自强，

往日受尽男人气，

今日想起如断肠……

大　桂　翠柳嫂，你别老记着以往的事了，刘四哥他……

翠　柳　（急打断）大桂，一朝被蛇咬，十年怕草绳，这样的男人别再提他了。（头晕病发）

大　桂　翠柳嫂，你……

翠　柳　（挺住精神）没什么，还是教我手艺吧。

大　桂　好，你坐。

［大桂拿过翠柳手中工艺品悉心指教，翠柳全神贯注，亲热之状可掬。

大　桂　就这么编。

翠　柳　记住了。（站起来看了看大桂）看你，家里没个女人，衣服脏了没人洗，快脱下来吧！

大　桂　（不好意思地）不，不……

翠　柳　唉，你呀！（强脱下大桂外衣）

［胡老祥抽着旱烟，手拿篾刀从屋内上，见状，猛咳一声，后把篾刀掷地。

［翠柳知趣，挽大桂外衣坦然离去。

老　祥　（厉声地）大桂！

大　桂　爸，我给她教点手艺嘛！

老　祥　教手艺？！她怎么不找我这个老家伙，偏偏找你呢？

（唱）　一男一女打牙花，

眉来眼去笑哈哈，

内中无鬼也作祟，

日久秆索会变蛇。

大　桂　爸！

（唱）　儿有天平手中拿，

树正不怕月影斜，
帮人致富是美德，
光明正大怕那侪。

老　祥　怕那侪？！我是怕你把脚踏到她的裤裆里去了。翠柳这个生离嫲……好，过去的事我不与你计较，明天你跟我到安婶店里去相一个姑娘？

大　桂　（不满地）又相什么姑娘？

老　祥　安婶的姨侄女月兰。

大　桂　又是安婶介绍的，我不去！

老　祥　人家呕血，你还当苋菜水！你……（气得操起烟斗指着大桂）你眼中还有没有我这个做阿爸的？

［胡瑞龙内喊“哥哥……”上。

瑞　龙　哦，怎么啦？嘿嘿，嘿嘿……阿爸，你别生气！（擦火替老祥点烟）

老　祥　生气！现在阿爸袋里有的是钱，有钱还筷子挟骨头——一家三条光棍，你们不脸红，我脸红！

瑞　龙　嘿嘿，现在生活好了，阿爸脸红是气色好嘛！

老　祥　二桂，你别在这里捣鬼。

瑞　龙　爸，好歪我也算家里的第三把手，有意见可以说说嘛！

老　祥　就是不准你说！

大　桂　爸，我的婚事我自有主张，你急什么呀？

老　祥　急什么？！你还小吗？

大　桂　这……

瑞　龙　嘿嘿，人要是没娶老婆，八十岁也年轻哩！

老　祥　还年轻？再过几年你哥就三十了。俗话说，三十过了总过争（差），须姑剃掉肉都蓝。（转对大桂）告诉你，你不想做阿爸，我早等着做阿公哩！

瑞　龙　嘿嘿，爸，你的心情我完全理解，瑞龙今年二十有三，人大心也大了，是不是……可以优先考虑……

老　祥　你哥哥还没有娶，你想先娶，竹山寨还没有这个规矩。（挥手）去、去、去！

瑞　龙　去就去！哥，刚才乡长叫你，说要跟你商量办竹器厂的事，走！

[瑞龙拉大桂欲走。

老　祥　（厉声地）回来！

[瑞龙和大桂站住。老祥从大桂手中夺过“古竹熊猫”。

老　祥　你们整天都说什么出口出口，弄些古里古怪的东西，看我……（掷地欲踩）

瑞　龙　（急挡住）爸，这个可毁不得，刘四哥即将从深圳回来，要拿这个样品去跟外商订货，这是竹山寨的希望！

老　祥　月光晒不了谷，画饼充不了饥，希望能当饭吃呀？！

大　桂　爸！

（唱）　小小胡椒辣过姜，
细细工艺有名堂，
出口合同一朝订，
成批产品出外洋，
满山翠竹变金子，
男女老少喜眉扬，
从此致富门路广，
未来竹山尽春光。

老　祥　未来未来，我看你再多几个未来，恐怕二手货也难讨哩！

大　桂　只要情投意合，二手货也一样。

老　祥　吓？！你……你跟翠柳整天嘻嘻哈哈，原来真的是想她呀！

大　桂　爸，你说到哪里去了，我……

瑞　龙　我同意哥哥的看法，要是日后遇到中意的，三手货我也要。

老　祥　你……

大　桂　爸，结婚总要有爱情吧？！

老　祥　爱情，什么叫爱情？我娶你妈的时候，门上给你阿婆一锁，我和你妈不是就爱上了情吗！

瑞　龙　爸，现在是八十年代了，你这脑筋……

老　祥　你要我洗脑筋？放屁！你们根本不了解为父的心，想你们上天脚底不生云！我托媒人替你哥哥介绍了几个对象，他一个也看不上眼，有的连看也不去看一眼……

瑞　龙　人各有志嘛！哥哥一心扑在事业上，一直没遇上知己人，有什么法子呢？

老　祥　法子是人想出来的。（对大桂）大桂，明天的事，去也得去，不去也得去！（捡篾刀下）

大　桂　（叹气）唉！对这样的长辈真没办法。

瑞　龙　哥，我们结成联合统一战线，怕什么？！走吧！……只是刘四他？

大　桂　他怎么样？

瑞　龙　乡亲们都说，你把出口样品交给这样的人跟外商订货，合适吗？

大　桂　哈哈哈！只要能为家乡兴旺发达出力的人，我看就合适。

［胡大桂与胡瑞龙下。

［刘四西装革履上。

刘　四　（喊）大桂！（内无回声）啊，不在……

（唱）　出口产品线搭上，

为报佳音步匆忙；

三年旧债当报偿，

心想重圆返竹乡。

（发现什么）哦，翠柳来了！翠……（欲喊又止）

（接唱）　这真是久离思念怕见面，

一时无措乱慌慌……

不知她……还是躲一躲好。

［刘四急躲在花丛后。

［翠柳端洗衣盆上，晒衣，把盆内的剩水泼在花丛上。

［花丛后露出满头是水的刘四。

［翠柳发现刘四，先是一怔，后血火攻心。

翠　柳　啊……是你！

刘　四　翠柳……

翠　柳　刘四（发晕，强撑住），你还没有死？！

刘　四　我……还不想死。

翠　柳　你走，你给我走！

[翠柳一气之下，抽竹篱上竹条赶打刘四。

刘　四　（边躲边说）翠柳，你听我说，一夜夫妻百日恩，你……

[翠柳一味追打刘四，刘四无奈逃下。

翠　柳　冤家……（气晕欲倒）

[胡大桂上，见状奔来急扶住翠柳。

大　桂　翠柳嫂，怎么啦？

翠　柳　没什么，刚才我在赶那条癞皮狗！

大　桂　狗？！

翠　柳　他……跑啦！

[翠柳在半昏迷状态中靠在大桂怀中。

大　桂　翠柳嫂，翠柳嫂，我扶你回家吧！（扶翠柳向家门走去）

[胡老祥扛竹子上，见状，无名火起，狠丢竹子于地。

老　祥　（气急败坏地）你看，大白天和女人攀肩揽颈，这……这像什么话！呕血！

[幕落。

第二场

[翌日，上午。

[竹山镇。

[台右是安婶的小店，门前凉棚下放有桌椅可供顾客饮茶喝酒。远处是有小山城之称的竹山镇剪影。

[台内响起阵阵闹市嘈杂声。

[安婶拿一条用布做成卷轴的“安记婚姻介绍所”字样的招牌，乐滋滋地上。

安　婶　哈哈哈！

（唱）　无本生意靠嘴巴，
　　　　今日老树开新花。
　　　　精制招牌门前挂，

小店生辉绕彩霞。
似见生意日日旺，
似见银钱白花花；
越思越想越得意，
安婶我差点笑脱牙。（挂招牌）

我这块招牌是叫我在小学三年级读书的一个远房侄孙写的，只花了两粒水果糖，真是划得来哩！对，今日我这婚姻介绍所开张大吉，再花它三角两角，热闹热闹。（向内喊）俏妹，快拿鞭炮来哩！（俏妹拿鞭炮上，即下。安婶点燃）

[顾客过场，概不问津，嗤笑而过。

[安婶忙拉住一个男青年。

安　婶　后生哥，还没找对象吧？

[男青年摇头，不信任地下。一女青年上。

安　婶　小妹，你过来，（指刚挂上的招牌）今日新开张，九五折优惠。给你介绍个对象怎么样？（姑娘羞怯地下）这是怎么搞的？……对了，（喊）俏妹，出来哩！

俏　妹　（上）妈，我一离开柜台你就“俏妹俏妹”地叫，真讨厌！

安　婶　女儿呀，百花齐放嘛！阿妈能说会道；平日靠卖嘴皮，你年轻标致，就来个卖脸皮……

俏　妹　你想拿我来展览呀，我不干！

安　婶　哎呀哩，给人多看几眼就叫展览呀？！当年妈年轻时呀，越多人看越自在哩！

俏　妹　哼！（欲进内又转对安婶）妈，我读嘉应教育学院函授，要四十元的学杂费，拿给我吧！

安　婶　你是个高中生了，还什么淡手咸手？

俏　妹　函授。不给就不给，不稀罕你几个臭钱！

安　婶　臭钱？！人生第一要紧的就是钱，无钱就等于鼻孔里无气。好吧，别耍小姐脾气了，好好卖货吧。

俏　妹　平日用钱一分一毫都要过你的手，卖脸皮，我不干！（转身进内，下）

［刘四上。

刘　四　（一眼瞧见招牌）哎哟，“安记婚姻介绍所”……安婶真不简单！（喊）安婶，你好，来两包“三五”牌。

安　婶　啊！是刘四呀。来来，两包烟。

刘　四　多少钱？

安　婶　赚上赚下，唔赚熟侪，别人一包三块八，你的一包四元减两角。

刘　四　媒人喙（嘴），砻间下的碓。（交钱）

安　婶　（突然想起）哦，听说你跟老婆离婚三年了，现在有没有……

刘　四　唉，别提啦。

安　婶　要不要我给你介绍一个？

刘　四　这……那好吧，这事我不麻烦别人了，请你登记一下：

（念）　我刘四，

现在工作在深圳市，

三十岁年纪，

身高一米七十二，

体重一百二十四，

月工资二百四十七。

安　婶　（旁白）哎哟，他真的发大财啦！虽然他岁数大了点，要是跟俏妹……对！俏妹不肯卖脸皮，干脆让她……日后有这么个养老女婿也可享享清福。（对刘四）刘四呀！我安婶无文化，等我喊俏妹出来帮你登记登记。（喊）俏妹，你出来一下。

［俏妹内应：“妈，我要看书哩！”

安　婶　你不是要钱吗？给你四十块。

俏　妹　（上）拿来！

安　婶　（笑着脸）嘿嘿，别急嘛！这位是刘四哥，是深圳回来的大阔佬，先敬敬茶。

［俏妹不情愿地单手递茶给刘四。

俏　妹　大阔佬，喝茶。

刘　四　（尴尬地）这…… 不敢当，不敢当。

安　婶　俏妹，你连双手递茶都不会吗，没规没矩！

俏　妹　一杯茶不到二两重，怎么要用双手？！（下）

安　婶　（生气地）你……（笑脸转对刘四）你看，现在的年轻人都是这个样子。

刘　四　安婶，我可喜欢这样的人。

安　婶　（大喜）啊，你喜欢？

刘　四　嗯。

安　婶　你看中啦？

刘　四　不，不…… 安婶，我的婚姻情况与别人不同，是想破镜重圆……

安　婶　啊，你还想着翠柳呀！刘四，你打差算盘啦！自古说，六十公公十八娇，我去把俏妹叫出来，你们当面谈谈。（急下）

刘　四　安婶，你……（欲走）

[大桂上。

大　桂　刘四哥，原来在这里呀，我到处找你呢。

刘　四　大桂兄弟，我昨天回来便去找你商量跟外商订货的事，想不到…… 唉！

大　桂　我听翠柳嫂说了，这事你别急，让我慢慢开导开导她。

刘　四　大桂兄弟，这几年多亏你关照翠柳。一别三年，有满肚子的话要说，走，我们到长乐酒家喝两杯去！（拉大桂下）

[安婶拉俏妹上，俏妹用力甩脱，下。

安　婶　（喊）刘四……（欲追却跌了一跤）哼！我俏妹肯嫁你还算你有福气！你想破镜重圆，没有我这三寸舌，妄想！

[胡老祥头戴大竹笠上。

老　祥　安婶！

安　婶　（没好气地）胡老祥，你儿子呢？

老　祥　唉，别说了，他不愿意来。

安　婶　不愿意来？！他还算有自知之明哩！你那竹山寨山高坡陡，人穷地瘦，谁愿意嫁到那里去呀？

老　祥　你念的是老通书，现在嘛——

（唱） 十有八九发了财，
又做新房一排排，
电视、电唱、三用机，
山歌雅唱心花开。

安 婶 老祥哥，竹山寨的变化我安婶晓得，不过……

老 祥 （会意）好，先给你跑腿钱三十元。（递钱）

安 婶 （接钱一笑）看你急得呀，真是哟……

老 祥 这事我能不急吗？！我怕他和门前那个二手货翠柳生米煮成熟饭就麻烦了。

安 婶 哦，……我说你这么急哪，原来……放心，我保证给你找一个足斤足料的一等品。

老 祥 安婶，你那个姨侄女是不是一等品？

安 婶 你说月兰哪，你听——

（唱） 姑娘聪明有文化，
亭亭玉立似朵花，
恰似电影大明星，
赛过仙境女娇娃。
性情温柔人孝顺，
十人见了十人夸，
勤劳朴素又忠厚，
经家治务顶呱呱！

老 祥 她来了没有？她答应了吗？

安 婶 她呀，一摇头，二瞪眼，三顿脚，根本不搭理我……

老 祥 哪怎么是好？

安 婶 不过……

老 祥 又是不过。……我这里还剩下一元茶水钱。（递给安婶）

安 婶 嘿嘿！（接钱）八十年代的年轻人都说什么自由恋爱，我们要投其所好，首先把他们拉近，设好圈套让她钻。你过来……（对老祥耳语）到时候生米成了熟饭，你可以抱上现成的孙子啦！

老　祥　好，妙妙！我替大桂来个——招徒娶媳。

安　婶　今日她赶圩卖鸭蛋，等一会她就来。

老　祥　安婶，怎么她一会不来，一会儿又来呢？

安　婶　嘿嘿，树上的雕里（鸟儿）我安婶都能拐下来，何况这点小事呢？！你就坐在这里抽你的烟，她来了你就偷看偷看是否中意。要是中意，你咳嗽一声。记住了吗？

老　祥　记住了。

安　婶　好，我做我的生意。

[月兰上。

月　兰　（唱）　姨妈要买几个蛋，

特意叫我送上门。

家穷莫攀富亲戚，

无奈这事难却情。

姨妈，你经常患牙痛病，我给你留下这几个青皮鸭蛋。刚才我在街上碰到一个老头，一个要买，一个不卖，我还跟他吵了一架呢？！

老　祥　（一瞧）是她……（忙背过身去）

安　婶　是哪个贼杀的来欺负我姨侄女呀，日后撞在我老娘手里，我非替你出这口气不可！

月　兰　姨妈，这几个蛋你拿去，（掏蛋放在柜台上）我有急事该走了。

安　婶　有什么急事？有急事姨妈可以替你拿个主意嘛！

月　兰　（沉重地）我妈患病住院你是知道的，现在还要交一千多元才能出院，我想到信用社去……

安　婶　啊，去借钱哪？面前有佛都唔求，你这硬性人，迟早会惹灾的！

月　兰　（赌气欲走）别人有不如自己有！

安　婶　傻妹子呀！

（唱）　我与你妈姊妹亲，

打水伤鱼痛我心，

路见旁人都相助，

何况亲戚自己人。
有借有还千百转，
留得人情海样深；
姨妈情愿闭店铺，
也要借你一千金（元）！

月　兰　（转对安婶）姨妈，你说的是真话？

安　婶　月兰，姨妈几时开过玩笑？！不过，一借就是一千多块，小本生意……

月　兰　姨妈，我妈的病一好，我就外出做工挣钱还你。

安　婶　唉！外出做工不容易呀！现在的社会呀，一要靠文凭，二要靠技术，我看你不如去跟人学门手艺好。

月　兰　学手艺！学什么手艺？

安　婶　你一个女孩子只有学轻门手艺，描花绣朵这地方不时兴，打石打铁又不是你干的活……我看，不如去跟人学竹篾，听说竹山寨那帮人个个都发了财哩！

月　兰　做竹篾好是好，只是投师无门呀！

安　婶　唉呀，竹山寨那个顶顶有名的老竹篾匠胡老祥是我的砻钩亲，有姨妈在，还怕他不答应？（暗暗地用脚踢了胡老祥一下）

月　兰　好，我早就想学点手艺了。姨妈，事情就这样定啦。

安　婶　好吧，钱你明天来拿，学竹篾的事，我跟胡老祥通通气再说吧。

月　兰　多谢你了，姨妈。

俏　妹　（上）表姐，我跟你一块走！

安　婶　俏妹，生意不要啦？

俏　妹　（调皮地）妈，我不愿意卖脸皮，我去看——姨——妈！

安　婶　你……

[俏妹推陈月兰下。

安　婶　（喊）俏妹，你要早点回来呀！（沉脸对胡老祥）胡老祥，这个姑娘你究竟中意不中意？

老　祥　中意，中意！

安　婶　那你刚才嘴巴给牛屎塞住了，为什么不咳一声呢？

老　祥　口里无痰，咳不出声呀！

安　婶　你……我替你讲得口干舌燥，你却有闲心来开玩笑，你这个媒我不做啦。

老　祥　安婶，你别生气呀，刚才在街上跟月兰吵架的就是我，我怕咳出声，被她认出来，这头婚事就吹啦。

安　婶　怕什么，丑媳妇终归要见公公嘛。

老　祥　这……对，对，这叫大水冲了龙王庙，一家人不识一家人。

安　婶　我问你，是什么货色？

老　祥　一等品，是足斤足料的一等品。

安　婶　那一千八百块？

老　祥　这么贵呀！

安　婶　嫌贵？！世上百物都涨价啦！

老　祥　这……好，好。

安　婶　（旁白）哈哈哈，胡老祥一生吝啬，这次为何这么大方了呀？！

老　祥　（得意地旁白）我是逼在悬崖上的马，不跳不行呀，只要能娶上靓媳妇，再多钱也舍得！

安　婶　钱哪？

老　祥　我摸夜路都给你送到。

安　婶　一言为定。

老　祥　好，我马上回去。（下）

安　婶　（得意地）哈……“安记婚姻介绍所”，一开张就发大财啦！

[幕落。

第三场

[离前场半个月后，一天上午。

[进竹山寨的山道上。

[陈月兰内唱：

山重重，路弯弯，

一路秋色迷人眼。

[安婶手擎花伞上。

安　婶（唱）安婶我擎花伞走前面，

后面跟着美娇莲。（幕后伴唱）

月兰，走哩！

[陈月兰肩挎一皮袋，手拎伞上。

月　兰（唱）病母出院方一日，

我投师学艺进竹山。

安　婶（唱）暗中替她牵红线，

谁知内中设机关！（幕后伴唱）

月　兰（唱）迫于早日还借款，

暂别慈母心不安；

月　兰
安　婶（同唱）一路风光无/尽心赏，

步入深山心越烦/欢！

安　婶　月兰，你抬头看呀！

（唱）黄花翠竹彩云间，

幢幢白壁映山峦；

人说桃源仙境好，

难比人间美竹山。

月　兰　姨妈，前面就是竹山寨了？

安　婶　是呀，这里山青水秀，生活一年好过一年，很多山外姑娘都想嫁到这里来呢。

月　兰　姨妈，我是拜师学艺，又不是相亲，尽说这些干什么。

安　婶　对对，姨妈不说了。走呀！（下）

月　兰（回身观望）咦，怎么还不见俏妹的影子呢？

安　婶（内喊）月兰，走哩！（月兰随下）

[俏妹拎提包，打扮一新上。

俏　妹　（唱）　紧闭店门上竹山，
到此地僻客孤单；
暗约表姐同学艺，
累得我俏妹腿发酸。
忽闻背后车铃响，
一人飞骑赶得欢。
且将提包路中放，
存心问路把车拦！

[俏妹丢提包在路中，背身坐在提包上。

[胡瑞龙骑新凤凰单车上，连连按铃，无奈下车。

瑞　龙　聋子大姐，闪开！

俏　妹　大路朝天，各走一边。

[瑞龙瞪着俏妹。

俏　妹　你怎么老瞪着我？

瑞　龙　嘿，你不看别人，怎知别人看你呢？

俏　妹　你这人真有趣！

瑞　龙　有趣的是你。我们交个朋友，怎么样？

俏　妹　不知你是张三还是李四，怎么交朋友？

瑞　龙　我对人生有一个重大发现，那就是男人不跟女人交朋友是愚蠢，女人不跟男人交朋友会显得特别憔悴。

俏　妹　你这人真不知羞！

瑞　龙　对不住，我这个人是磨子型……

俏　妹　什么意思？

瑞　龙　牙斜心正。

[胡瑞龙俯身一手将俏妹提包抓起，丢在一边。

瑞　龙　（扬手）拜拜！

俏　妹　（急中生智，抓住车架）慢走。

瑞　龙　（回头）怎么，有意思交朋友了？

俏 妹 同志哥……

瑞 龙 （调皮地、甜甜地）嗳！——

俏 妹 借问一声，到竹山寨怎么走，还有多少路？

瑞 龙 这个嘛……（故意地）

（唱） 要到竹山路艰难，
五条坑来六个弯，
七道陡陂八个坎，
还有九岗十八盘；
弯弯曲曲羊肠道，
歪歪斜斜石子尖，
象你这个同志妹，
半夜方可到竹山！

俏 妹 （一听吃惊）那你载我去。

瑞 龙 载你？（旁白）你看，我惹出麻烦来了。

俏 妹 谁叫你吓唬我呢？！

瑞 龙 这……好吧，（调皮地）要我载，那你坐我的车头上，怎么样？

俏 妹 这……（羞）真难为情。

瑞 龙 你这姑娘，年纪轻轻倒挺封建！

俏 妹 素昧平生，怎好这般轻佻呢。

瑞 龙 好，不开玩笑了，你去竹山寨干什么？去相亲？

俏 妹 还没有“指标”。

瑞 龙 “指标”？有意思。那你去干什么？

俏 妹 （拖长腔）投师学艺！

瑞 龙 （恍然大悟）啊，原来我父亲今天叫我去镇上打的篾刀，是给你这个徒弟使用的呀？

俏 妹 你说的是我表姐。我嘛——还没有找到师傅。

瑞 龙 开玩笑！

俏 妹 是真话。

瑞　龙　真话？！（打趣地）在下胡瑞龙，敢问大姐何处人氏，姓甚名谁，何故来此？

俏　妹　（亦庄亦谐）小女子家住竹山镇，人虽丑陋，别人却叫我俏妹，今日暗约表姐上山学艺是也！

瑞　龙　过谦过谦。听小姐说来，你不愧为巾帼之豪杰，女中之丈夫，佩服佩服！

俏　妹　不敢！不敢！

瑞　龙　在下不才，若小姐信得过我，我今天来个半路收徒，如何？

俏　妹　你会竹篾手艺？

瑞　龙　不是我自夸，在竹山寨的青年中，除了我哥哥，就数我这个（——翘起大拇指）

俏　妹　（笑）哈哈哈！那一言为定，你载徒弟走吧！

瑞　龙　走吧。

［俏妹拎提包横坐在车后架上。

瑞　龙　山路不比平地，你的手要搭住我的双肩。

俏　妹　这……象触电一样，怪不好意思。

瑞　龙　为了安全，触触电没关系。（按动车铃）

俏　妹　（果敢地把双手搭在瑞龙肩上）好，走！

［胡瑞龙调皮地耸动双肩，跨步上车，载俏妹下。

［幕急落。

第四场

［距前场一个月后的一个闷热秋夜。

［竹山寨胡老祥家。

［舞台大半部是胡大桂的卧室套间兼竹器作坊，摆着彩电、沙发等时髦家具，台左有棵大柿树，树枝掩盖着屋顶，硕果累累。

［幕启。胡大桂、陈月兰在室内，瑞龙、俏妹在室外柿树下编织竹器工艺品。

［幕内歌：云遮竹林月色昏，

灯照人影两离分，
篾丝长长绕梗走，
牵动对对相思人。

月　兰（唱）　他教我手艺一月整，
言传身教费尽心；

大　桂（唱）　她跟我学艺三十日，
刻苦耐劳心意诚；

月　兰（唱）　他谦谦君子有能耐，
待人温和又热情；

大　桂（唱）　她性格温柔人纯洁，
恰似月桂散幽馨……

月　兰
大　桂（同唱）　人生难得一知己，
因为有他/她夜失眠，
欲表爱意难启齿，
有尺难量一寸心。

［大桂、月兰不自觉地同时移动凳子靠近。

［俏妹进门，端凳子往两人中间一放。大桂、月兰急移开。

俏　妹　嗨！（唱）
紧织紧坐紧近身，
越坐越近越动情，
今夜凳子生了脚，
两人眼睛对眼睛。

月　兰　俏妹，你真坏！

俏　妹（指着自己的鼻子）我坏？！大桂哥才坏哪！

大　桂（愕然）我怎么坏！

俏　妹　你偷了人家的东西。

大　桂　偷了谁的东西？

俏　妹　你，偷了月兰姐的……

大　桂　什么？

俏　妹　（大笑）偷了她的心！哈哈哈！

大　桂　你……（羞涩）

月　兰　俏妹，你……俏妹，当心你的心呀！

［月兰追打俏妹，俏妹夺门而走，跟欲进门的瑞龙相撞，瑞龙拉俏妹溜下。

［月兰回到内室，为掩窘态，掏出手绢扇风。

［远处传来隐隐沉雷声。

月　兰　七月秋老虎，八月火焰山。今天天气真闷热。

［大桂也感到不好意思，拿过月兰编好的工艺品观赏。

大　桂　月兰，你编得真好，真是青出于蓝胜于蓝。

月　兰　是吗？！比你还差得远呢！

［翠柳急匆匆上，进门见状欲退。

［胡老祥上。

老　祥　翠柳，这么晚了，不要老是来找我大桂！

翠　柳　大伯，我找他有急事。（进门）月兰，你妈捎口信来，叫你明天就回去。

月　兰　有什么事？

翠　柳　没有讲。

翠　柳　大桂兄弟，我想借你的手电筒……

大　桂　干什么？

翠　柳　我娘的病又发了，去医疗站请个医生。

大　桂　啊。（急进内室）

月　兰　莫非我妈她……

老　祥　（旁白）她明天就要回去？这……（下）

大　桂　（拿手电筒从内室走出）翠柳嫂，你一个女人黑夜走路不方便，我替你去请医生。

翠　柳　不，不，你俩师徒一场，离别前还是好好谈谈吧。

月　兰　这，没什么，还是病人要紧。

大　桂　月兰，我一会儿就回来。（下）

翠　柳　月兰姑娘，真对不起！（跟大桂出门下）

月　兰　……

［胡老祥手端两碗蛋汤上，进门。

老　祥　月兰，吃夜点吧。

月　兰　大伯，又辛苦你了，我不饿。

老　祥　不饿也吃一点吧，又不是外人。哦，大桂呢？

月　兰　他跟翠柳嫂出去了。

老　祥　（旁白）怎么，难道真的吃了她的迷魂汤？！（转对月兰）月兰，快吃吧。

月　兰　大伯，我真的不饿，你老人家吃吧。

老　祥　那……（把蛋汤放桌上）不吃就不吃。月兰，不是我当面奉承你，你来我们家一个月，我觉得你是个难得的好姑娘。你削篾是把快手，编织是把巧手，灶头锅尾是把好手，经家治务是把能手……

月　兰　哈哈哈，我只有一双手，哪来那么多手呢？！

老　祥　月兰，我有几句话早想问问你，不知该说不该说？

月　兰　大伯，我初出家门，该批评的您就批评吧。

老　祥　月兰，你在我家学艺一个月，我那大桂……

月　兰　大桂师傅待人宽厚，手艺精良，真想跟他多学点手艺。

老　祥　月兰，那你就多住些日子吧。

月　兰　大伯，离家一月，常想老母，归心似箭哪！

老　祥　那你明天真的就要走了？

月　兰　（点头）嗯！

老　祥　（看着月兰）呵，呵……那你就等等大桂吧。（出门。焦急地）她要走了，这可怎么办？（心事重重地下）

［月兰静听室外风吹竹叶声，思绪万千。

月　兰　（唱）　听室外风吹竹叶声阵阵，

我这里心跟篾飞织不停……

夜深更添心惆怅，

离情别念思绪纷；
方饮山中一月水，
泱泱一腔竹山情！
鸟语花香多留恋，
秀水青山尤可亲。
多谢大伯常关照，
难忘大桂传艺恩，
难忘他音容笑貌一月伴，
恰似那小鹿撞我少女心。

[月兰渐渐显出疲劳，打盹，伏案而睡。

[夜色深沉，时而响起闷雷声。

[胡老祥抽着旱烟上，进门见状退出，恰遇大桂从野外回来，急拉至一旁。

大　桂　爸，有事吗？

老　祥　问你句话，你觉得月兰怎么样？

大　桂　她心灵手巧，不错！不错！（欲进门）

老　祥　啊！她明天要回去了。

大　桂　她回就回呗！

老　祥　（操烟杆指了指树上的柿子暗示）大桂，那柿子是该摘的时候啦！

大　桂　爸，我看还差些日子，成熟了再摘不是更甜嘛！（走进门去，随手掩上门）

老　祥　大呆古，又是一个梁山伯！（急得团团转）这……怎么是好……怎么是好！

[雷电一个闪光，胡大桂发现月兰伏案而睡。

大　桂　呵，她……（进内室）

老　祥　她这么一走，什么时候才能回来呢？月兰一走，翠柳又要来缠大桂，我那一千八百块……唉，都怨大桂这个蠢货！

（叹气）看来，生米煮成熟饭，得靠我加把火！

[胡老祥偶然发现门上的那把大铁锁，心中大喜，急拿在手中。

老　祥　（得意地）哈哈，大铁锁，唔！

[胡老祥轻轻地走近门，把门锁上，笑着下。

[大桂抱毯上，披毯子月兰身上。

[月兰惊醒，歉意一笑，站起身来。

大　桂　你睡啦！

月　兰　我该走了。（走至门旁，欲开门）

大　桂　月兰……

月　兰　桂哥……

大　桂　你……

月　兰　我明天一早就走，有话要说吗？

大　桂　月兰！

（唱）　竹山地僻人又稀，
抬头只见白云飞，
山中只有鸟雀叫，
久居是否乐心扉？

月　兰　桂哥呀！

（唱）　竹山风光把人迷，
上山听见鹧鸪啼，
出山又闻金鸡叫，
愿做山中山画眉。

大　桂（唱）　一只画眉飞过山，
山不能留水难拦，
画眉出山声声唤，
不知何时再飞还？

月　兰（唱）　画眉出山叫叽叽，
恋山恋水情依依，
山中栽有梧桐树，
何愁凤凰不飞回。

大　桂　月兰，我真想把你的心锁住……

月　兰（含羞地）你锁住了我的心，锁不了我的身，我母亲……

大　桂　这……那你就多坐一会儿吧？

月　兰　不，夜深了，俏妹在等我。（走到门边去开门，惊愕）怎么，真的把我锁了？

大　桂　不，不，刚才我是和你开玩笑嘛。

月　兰　开玩笑？！（又拉门）这门…

大　桂　（走到门边拉不开）这……

月　兰　（大喊）开门、开门！

［胡老祥闻声急上。

老　祥　月兰，三更半夜，你吵吵嚷嚷干什么，鸡都要啼了，今晚你就在这房里睡了吧。

月　兰　大伯，你说什么？

老　祥　不瞒你说，一个多月前，我拿一千多块钱给安婶，把你买下来了，你早已是我的儿媳妇啦！

月　兰　（震惊）吓！我借的一千五百块就是买我的聘金？

老　祥　对，对！月兰，你别吵啦，早点……睡吧。

月　兰　（瞪着大桂，步步逼近）大桂，这是真的？

大　桂　（不知所措）这……我不知道呀……

老　祥　（对着窗口）大桂，刚才你还说月兰“不错”、“不错”，你是同意了的呀！

［电闪雷鸣，大雨如注。

月　兰　胡大桂，你说要锁我的心，你爸要锁我的身，原来是你们父子同谋，天哪！（晕了过去）

大　桂　（急扶住月兰）月兰，月兰……

［幕后女声合唱：

一把铁锁起风云，
雷鸣电闪雨倾盆！

月　兰　（唱）　雷鸣震醒多情梦，

大　桂　（唱）　电闪难明无愧心；

老　祥　（唱）　一把铁锁成大事，
我只盼孙儿快临盆。

月　兰（唱）　人格受辱平生恨，

大　桂（唱）　事到如今怨谁人？

［幕后唱：只恨一把无情锁，

千载幽魂孽根深，

锁住心灵锁住爱，

锁住多少自由身？！

［月兰奔到门边，拼命拉门。

月　兰　让我走，让我走！

老　祥　哼，你想走？没那么便宜！

大　桂　爸，你，快开门呀！

老　祥　我不开！我是用钱把她买来的！

月　兰（拍门）大伯，我是牛？

老　祥　不是。

月　兰　是猪？

老　祥　不是，不是……

月　兰　哪是什么？

老　祥　你是足斤足料的一等品！（下）

月　兰　一等品？一个人最大的不幸就是被人剥夺了做人的权利！哈哈！（发疯似地，撕心裂胆地）我是人！我是人哪！

［月兰心理变态，如入魔窟。

月　兰（唱）　天昏昏，地沉沉，

似入魔窟万丈深，

篾丝如蛇蝎，

竹筐似牢笼，

熊猫张血口，

欲把月兰吞！

怎不见慈祥大伯来相救？！

怎不见心上人儿守护神？！

睁眼看，

更寒心——

胡老祥，舞动魔杖守洞口，

胡大桂，面目狰狞露凶瞵，

欲吃弱女肉，父子虎狼心！

月兰今何在，

莫非恶梦人？

咬指痛肺腑，

方知神智清，

难与丑恶伴一刻，

铁锁难锁月兰心！

［月兰在闪电光中发现窗户，拿凳子砸窗欲逃。

大 桂 （急拉住月兰）月兰，黑夜中风大雨猛，你不能走，……（拉住月兰）

月 兰 （松开抓窗户的手）胡大桂，你还不死心哪？！

［月兰拼尽全力把胡大桂推倒，越窗跳下。

大 桂 （急爬起）月兰，月兰！

［幕后传来月兰的惨叫声。

大 桂 （砸开房门，惊呼）救人哪！（奔下）

［群山呼应："救人哪……"

老 祥 （惊恐万状上，见状呆住）吓！！人哪……救人哪！（跑下）

［空场。

［幕急落。

第五场

［距前场十多天后。

［二幕前。

［胡老祥、安婶各从一端上。

老 祥
安 婶 （同念） 羊肉没吃到，

弄到一身臊，

媳妇 娶
无 成，
媒人 做

丢了千八吊（元）！

（各念） 反而惹烦恼！

安 婶 （念） 胡老祥，追钱好比屁股擂铁钻。

老 祥 （念） 安婶她，躲帐恰似老鼠见花猫。

[安婶发现胡老祥，以伞遮脸，欲躲。

[胡老祥挡道，猛地大喝一声。

安 婶 （一跳）老脱头，人吓人无药医，你天光白日装鬼叫，吓得老娘怦怦跳。

老 祥 安婶，你装模作样，蛇声鬼叫，跑得了和尚跑不了庙。（伸手）拿来！

安 婶 拿什么？

老 祥 钱，一千八百块。

安 婶 （拍老祥手掌）拿去！

老 祥 无？！好，世上没这么便宜的事。我把丑话说在前面，到时候我一张状纸告你，说你借婚骗钱，那时你颈上落索，须姑发蚤——胲（该）衰！

安 婶 告我？！哈哈哈！我是城墙上的老雕，吓大的。哼，你借招徒为名，拐骗女子，逼婚逼命，罪加一等。走，告就告吧！

老 祥 （惧怕）哎约，冤枉呀！依你说来，我那一千八百块血汗钱就白白地丢了？

安 婶 还要坐牢！

老 祥 （惊恐）吓，坐牢？！

安 婶 这不是开玩笑！

老 祥 这……好，那你也逃不了，是你设的圈套！

安 婶 嘿嘿，不错，圈套是我设的，但是，谁叫你锁门？你自己坏了大事能怨我吗？！你说，你说呀？

老 祥 （步步后退）这……这……那三百元跑腿钱总该先还给我吧？

安　婶　（窃笑）胡老祥，我们是同坐一条船的人，现在月兰还不知怎么样，日后两人要担枷还是要打屁股还不晓得，怎么就钱钱钱了？！你过来……

[安婶与胡老祥耳语。

老　祥　先看月兰？好，那你去吧。

安　婶　（神气地）走哩！（撑开自动伞，把布招牌往背上一挂，扭动屁股下）

老　祥　哼！这个老刁婆，我想吓唬吓唬她，反而被她吓出一身冷汗来了。走着瞧吧，到时候她不把钱交回来，山巴佬也不是那么好食使的！（下）

[二幕开。

[台右是月兰家门口，有短篱笆围住，远处是丘陵山村景象。

[月兰坐在家门口编竹箩，一只小腿上还绑着纱布，拐杖放在身旁。

月　兰　（唱）　半山崖上长棵松，
救我月兰脱险凶，
只恨腿伤难痊愈，
行走不便忧心中；
忍痛编箩为还债，
且将怨愤付秋风！

[陈大娘端一碗药汤上。

大　娘　月兰，春根药汤凉了，快吃吧。

月　兰　妈……（接药汤喝下）

大　娘　女儿呀，叫你别走动，你偏偏闲不住。

月　兰　妈，你老人家放心吧，我的腿很快就会好了。

大　娘　你……别老瞒我了，听人家说，恐怕……

月　兰　妈，别说了吧！（伤心）

大　娘　女儿呀，为了娘，害得你……

月　兰　妈，人只要有志气，残废了也不怕，一样可以养活你老人家。

大　娘　别说了，你越说娘心里越不好受。（下）

[胡瑞龙和拎礼品的俏妹上。

俏　妹　表姐。

瑞　龙　月兰姐，你的腿好些了吗？

月　兰　啊，你们又来看我啦，怎么，还买这么多东西？

俏　妹　这是小意思。（放礼品在桌上）

瑞　龙　我大桂哥……

月　兰　（急打断）瑞龙，谈别的吧！

[幕内安婶喊：“月——兰！”

俏　妹　我妈来了，快躲一躲。

瑞　龙　你妈又不是老虎，怕什么呢？

俏　妹　你想我再留在竹山寨，就快跟我走。

[俏妹拉瑞龙急下。

[安婶上，一眼瞧见月兰，声热语甜。

安　婶　月兰，我的好姨侄女呀，在编箩哪！

月　兰　……（不理睬）

安　婶　（拿起竹箩端详）哎哟，你成了大师傅啦，这箩编得又细又密，又牢又美观，真是一等品哪！

月　兰　……（不理睬）

安　婶　（拿起箩内的一件竹器工艺品）哎哟，这是什么东西，真是漂亮哟！

月　兰　……

安　婶　（自知自讨没趣）月兰，不是姨妈狠心不来看你，只是你那表妹一去竹山寨至今未归，做生意离不开身哪！

月　兰　（耐不住）姨妈，你是来讨债的吧？

安　婶　哪里，哪里，我是专程来看你的嘛。嘿嘿，只是没良心的胡老祥追债追得紧，我是出于无奈呀！

月　兰　你放心，债，我一定会还。

安　婶　这真是有志不在年高，姨妈知你从小就有骨气，虽然腿……

月　兰　（爆发地）我虽然腿残废了，也要活得象个人！

安　婶　姨侄女呀，当初我想尽千方百计替你借钱，是看在亲戚份上。没想到好心没好报，好柴烧烂灶，反而对姨妈有气，真是冤枉呀！好，我不与你年轻人计

较，找你妈去。（进门下）

[月兰欲起身抢白几句，没想到腿伤，趋前几步倒地。

[大桂拎提包，衣衫划破，手带伤痕，风尘仆仆地上。见状急奔过去扶住月兰。

大　桂　月兰，怎么样了……

月　兰　（一瞧是大桂，冷冷地推开）你来干什么？

大　桂　你的腿……

月　兰　多谢，我还死不了。

大　桂　（放提包在桌上）月兰！

（唱）　千五块钱买你身，
　　　　我实实在在不知情。
　　　　爸爸糊涂办错事，
　　　　我蒙在鼓里苦在心。

月　兰（唱）　泥作观音假正神，
　　　　假仁假义假热情，
　　　　遮遮掩掩伪君子，
　　　　堂堂男子太丢人。

大　桂（唱）　打断脚跟连着筋，
　　　　跌坏你腿痛我心，
　　　　望自珍重治伤腿，
　　　　早日痊愈报佳音。

月　兰（唱）　月兰成了拐腿人，
　　　　不用别人假同情，
　　　　断了双腿有双手，
　　　　自立自强做赢人。

大　桂　（无可奈何）哎，月兰，你现在怎么骂我恨我，我都能忍受，但是我要提醒你，千万不要放弃治腿的机会。老中医说，骨位虽然接正了，但是瘀血没有散去……

月　兰　（讥讽地）今天我家真热闹，卖姜嘛的刚走，卖豆豉的又上门，卖豆豉的一走，卖膏药的又来了。

大　桂　月兰，你的腿伤要是到了三十天，就是神医华佗再世，也很难完全治好啦。医生说，你的腿伤部的瘀血已结成了血块，如不用特好药去除，恐怕……

月　兰　怎么样？

大　桂　恐怕，真的把腿废了。

月　兰　（冷笑）哈哈，用我姨妈的话来说，废腿女人就是“次品”。“次品”，谁还看得上呢？

大　桂　你……（强忍住）还有……

月　兰　好了，医科“教授”，不要再背你的药书了。

大　桂　（从衣袋里拿出一包东西）这是麝香，十麝九治，是治好骨折的贵重药材。

月　兰　胡大桂，贵重药材可以卖许多钱，钱越多越能娶上标致的老婆，你拿回去吧！

大　桂　你把我看成什么人了？！你……

月　兰　你没话说了吧？

大　桂　我真想把心掏出来给你看！

月　兰　啊，你今天也是来讨债的吧？

大　桂　你不能这样理解我。

月　兰　人穷志气高，尽愿过水唔过桥。告诉你，欠你家的钱，我一角一分都会还清！

大　桂　你这是折磨自己！

月　兰　这是为人的骨气！

大　桂　我看，这不是骨气，是斗气！

月　兰　大桂，不要多说了……

大　桂　（冷静）月兰，固执并不是人的美德。

月　兰　胡大桂，我和你再也没有什么可讲的了。你走吧！（背过身去）走吧！

大　桂　（强咽苦涩的眼泪）你……保重！（转身急下）

月　兰　喂，你的提包！

[月兰拿提包向大桂一丢，见大桂远去，伤感地望着他的背影。

[陈大娘和安婶从内室上。

大　娘　月兰，你的腿又作痛了？

月　兰　（摇头）……

大　娘　（发现地下的提包，拾起）刚才大桂又送药来了？

月　兰　（点头）……

大　娘　唉，大桂是个难得的好后生！我早想告诉你，在你跌倒那晚，是他和俏妹儿个人冒着大风大雨把你背到医疗站抢救。前半个月，他每天又是送药又是送钱，他怕伤了你的自尊心，叫我千万不要告诉你。（从袋中掏出钱）这些钱，就是大桂送给我买补品的，他硬塞给我……

月　兰　妈，你别再说了……（伤心）

安　婶　月兰，人怕伤心，树怕剥皮，都怪姨妈……

月　兰　姨妈，那一千五百元的事，大桂真的是不知道？

安　婶　这……凭良心讲，这都是我和老祥哥的主意，大桂真的不知道啊。

月　兰　（痛心疾首）他……他真是受委屈了……

[月兰用抖颤颤的手拿过大桂的提包，翻出几包药和纸条，搓在手中，后展开纸条细看。

[画外音：月兰，包里的六包内服药和六包外擦药，是我从六十里外的砻子尾深山老中医手中弄来的祖传秘方草药，服法和用法我都写在药包上，你就照医嘱用吧，希望你不要辜负了我的一片好意。

月　兰　（百感交集，痛彻肺腑）大桂！大桂！……

（唱）　手捧草药心潮滚，
眼前似见抓药人……
他赤脚翻越六十里路羊肠道，
他攀岩走险衣破手伤泥满身，
一把草药一把汗，
一包草药满腔情！
他委屈之中送药来，

讥讽声里被赶出门，
他心胸宽广好气度，
不计小隙君子心。
难得他，手把手儿教手艺，
难得他，萍水相逢乐助人。
想月兰，初出山门区区女，
良莠不分眼蒙尘；
恩未报时施辱恨，
自责内疚泪涔涔！
他从崎岖山上来，（加幕后伴唱）
山遥水远几多情；
他从人生陌路来，
今日走进我的心；
回想竹山一月整，
心潮久久实难平……

月　兰（唱）　一阵甘，一阵苦，
一阵晴，一阵阴……
只叹人间忧与欢，
一样苦痛折磨人！（抽泣）
大娘　月兰，进去休息吧。

[陈大娘与安婶扶月兰进内室。下。

[胡瑞龙与俏妹上，在一侧探头窥看。

安　婶（上，发觉）俏妹，你来干什么？

[俏妹、瑞龙不得不走近安婶。

俏　妹　妈，我来看表姐。

安　婶　死丫头，我以为你一生都不出竹山寨了？！走，跟我回家去。

俏　妹　妈，我来介绍一下——（指瑞龙）这位是我的师傅……

安　婶　啊，你就是胡瑞龙？

瑞　龙　（恭敬地）大娘，您老人家好。

安　婶　啊……好，好。

俏　妹　妈，他是我的知心朋友，也是你未来的女……

[俏妹示意瑞龙叫丈母娘。

瑞　龙　（尴尬地）妈！

安　婶　（吃惊）妈？！哎哟，谁是你的妈？

俏　妹　妈，你……

安　婶　（暴跳地）哼！癞蛤蟆也想吃天鹅肉？！

俏　妹　我就是要和他好，不干你的事！

安　婶　不干我的事？！好，拿来！（伸手）

瑞　龙　拿什么？

安　婶　一千八百块！

瑞　龙　这……钱好商量，只是俏妹……

俏　妹　我不是商品。（一拍安婶手掌）瑞龙，别理她，走！

[俏妹挽瑞龙手臂，阔步下。

[安婶呈颓丧状。

[幕急落。

第六场

[距前场五天。

[竹山寨，山涧瀑布旁的草坪上。

[舞台左侧一棵大松树，有几块天然石可供人坐歇。远处翠竹野花满山，山涧瀑布浪花飞溅。

[幕启，胡大桂站在天然石旁，手拎提包向远处眺望。

大　桂　（朗诵）　鸟雀林间叫，

清泉石上流，

人在山色中，

愁绪一边丢！

[胡瑞龙、俏妹双双上。

俏 妹 大桂哥！你在这里呀！

大 桂 你们了解的情况怎么样？

瑞 龙 哥，大家都说“家家是厂房，户户出产品”的主意好！

俏 妹 阿坤伯说，饭前饭后可以编，男女老幼可以编，是最讲实际的好办法。

瑞 龙 三叔说，他家主要劳力少，建议就是日后厂房扩大了，也不要丢掉这个生产方式。

大 桂 好，你俩都是质检员，要把好质量关，生产任务再紧，对质量也来不得半点马虎。

瑞 龙 厂长同志放心，“质量第一，信誉第一”。

俏 妹 咦，你看，翠柳嫂也来了——

大 桂 是我约她来的。

瑞 龙 你约她来的？

大 桂 哈哈哈，这里景致幽雅，浪花飞溅，是个谈情说爱的好地方嘛！

瑞 龙
俏 妹 （惊奇）你？

大 桂 你们俩来了更好，请帮个忙。（与俏妹、瑞龙耳语）你俩也到那边去吧。

[瑞龙与俏妹脸露喜色，走向山石旁，下。

[翠柳手拿篾刀上。

大 桂 翠柳嫂，你来啦！怎么，还带上篾刀？

翠 柳 唉……顺便到山上砍几条竹子哩！

大 桂 翠柳嫂，这几年真难为你了。

翠 柳 要不是你的关照，我娘俩……唉！你近来瘦成这个样子，可要注意身体呀。

大 桂 别的莫多说了，今天我特意约你来，是想请你看几件东西。

翠 柳 是什么宝贝？

大 桂 （抖开手中的女呢西服）这套西装你看合不合身？

翠　柳　（接过一看）哎哟！

（唱）　布料好，款式新，（比试长短）

阔狭长短正合身，

这真是未量身段知尺寸，

未曾上身暖在心……

大　桂　（又拿出一包东西）翠柳嫂，这是四川产的天麻……

翠　柳　（接过，感动地）天麻！

（唱）　手拈天麻量虽轻，

但觉物轻情意深，

你知我患有头痛病，

寻医找药费尽神。

这真是心医心病易痊愈，

未吃药来好三分！

多谢大桂好兄弟，

知寒知热关怀人。

大桂兄弟，这些东西……（把东西全塞在大桂怀里）

大　桂　翠柳嫂，这些……

翠　柳　月兰是个难得的好姑娘，要送，你就送给她吧，多谢了！（欲走）

大　桂　哈哈哈，翠柳嫂呀！

（唱）　声声道谢我愧在心，

翠嫂面前吐真音，

有人关心你冷暖，

有人记挂你病情，

此人非我胡大桂，

他心细能干又聪明，

政策开放显本领，

开拓事业是强人。

翠　柳　大桂兄弟，这……难道是他送来的？

大　桂　翠柳嫂，这人不是往日的刘四，他是深圳某外贸公司的雇佣职员。我们竹山寨的竹器工艺品能跟外商签订二百万元的合同，他费了不少心血呀。

翠　柳　啊……大桂兄弟，还是别谈这些好。

大　桂　不瞒你说，我已把这个人带到这里来了……

翠　柳　不，不……

大　桂　还是见见面吧。（示意幕内）

[瑞龙、俏妹推刘四上。

刘　四　翠柳！

翠　柳　（一震）吓，是你？！（背过脸去）

大　桂　（把东西全塞给翠柳）翠柳嫂，刚才的东西是刘四哥的见面礼，你两人好好谈谈，我们要到各家各户去看看生产情况。（招呼瑞龙、俏妹同下）

刘　四　翠柳，我……

翠　柳　（气愤地）你！

（唱）　曾记否，七年前，
相恋相爱情绵绵，
双双坐在这块石板上，
说什么你是董永我七仙。
谁知结婚方二载，
你心不诚来志不坚，
走入邪路去赌博，
输尽家中血汗钱，
卖了衣车卖手表，
卖了手表卖被面……
劝你反被你推倒，
我脑后跌坏留病根。
几多泪，几多怨，
三年泪水流枕边……（抽泣）

刘　四　翠柳，以前的事是我错了。这几年，我在深圳找到了适合自己的工作，干出了一点成绩，得到同志们的信任。现在竹山寨需要我，我更有了责任。我这次回来，一是为建设家乡出力，二是为了寻找失去的妻爱。翠柳，你就原谅我吧！

翠　柳　……

刘　四　翠柳，自古说，北风总有转南时，破镜也有重圆日，要是你还想不开，你就痛痛快快地打我几下，骂我几句吧！

翠　柳　你……（欲打又罢）

刘　四　你就打吧，骂吧！

［刘四猛地拿起翠柳放在地下的篾刀。

刘　四　翠柳，我已戒赌三年，你怕我日后再去赌博，砍指为誓！（举刀欲砍手指）

翠　柳　你！（急夺刀）

刘　四　翠柳！

翠　柳　冤家呀！

［翠柳扑入刘四怀中。

［安婶上。

安　婶　今日我安婶特意上竹山来找俏妹，听人说跟瑞龙到这个地方来了，怎么见不到人呢？（四下一瞧）哎呀哩！钱盲（未）裹米盲量就抱在一块了，我非打断她的腿不可！

［安婶奔过去抓住翠柳的衣服。翠柳、刘四惊愕，安婶张口结舌。

安　婶　吓……

刘　四　安婶，你有事？

安　婶　啊……看到我俏妹没有？

翠　柳　（不满地）走！

［翠柳拉刘四下。

安　婶　唉！没有我这三寸舌，他们照样亲亲热热，世道不同了呀！

[胡老祥从另一端扛竹子上。

老　祥　安婶，你今日上山来，一定是给我送钱来了吧？

安　婶　你呀，开口就是钱，发钱狂！

老　祥　你不讲钱，我那一千八百块呢！

安　婶　这一个多月来，你大桂还死死缠着月兰，三日一上门，五日一见面，这钱叫我怎么开口讨呀？！

老　祥　真的？

安　婶　那还有假呀。老祥哥，我看将错就错了吧？月兰虽然从“一等品”降为“次品”，但她聪明善良，人残志不残，也抵得哩！

老　祥　也抵得？

安　婶　是呀。昨天我到区里学习，听妇联主任传达了婚姻法精神，说不能把人分成等级，说什么爱情是两颗心的粘合，说什么婚姻是感情作支书（支柱）。做父母的不要去干涉后生人的恋爱自由……

老　祥　你，斋公骂和尚，先骂先赢！你不交回我的三百元跑腿钱，我拿你俏妹来顶帐！

安　婶　你敢？！（一时气恼）你……你看过报纸没有？

老　祥　我不想当干部，看什么报？！

安　婶　你……你到区里学习过没有？！

老　祥　我不做媒人，到区里学习干什么？！

安　婶　（穷于无词）你……是老顽固！

老　祥　你……你骂人？你这老刁婆，我大桂的婚事不用你管！（扛起竹子）我自有家法！（下）

安　婶　（暴跳）你有家法，我有……国法！

[幕落。

第七场

[半月后的一天中午。

[二幕前。

[陈大娘内喊“月——兰”上。

大　娘（唱）　月兰瞒我上竹山，
一路追赶乱翻翻，
怕只怕她再招祸，
无端又把愁绪添。（圆场下）

[安婶手拿花伞上。

安　婶（唱）　关闭店门上竹山，
一路走来心中烦。
月兰事件留教训，
小心水急把船翻，
顺水推舟实无奈，
俏妹婚事该定盘。（手搭凉篷）
前面走着的好像我大姐……（喊）大姐！等等我！（快步下）

[二幕开。

[景与第一场同。胡老祥抽着旱烟坐在门口。

老　祥（念）　有钱还筷子挟骨头，
一家三口光棍头，
先前就怕二手货，
如今又碰上拐脚婆；
千错万错不该锁，
一等品变成次品货，
担心大桂缠月兰，
我日日夜夜守门口！

[大桂上，手抚“古竹熊猫”在苦苦思索。

老　祥　大桂，你又对这“古里古怪”的东西发神经啦？

大　桂　爸，外商虽然对它非常喜爱，只是希望能有配对的伙伴。我苦思了几日几夜，一时拿不出新样品，叫我能不急吗！（欲走）

老　祥　你要去哪里？

大　桂　今天我一定要去看月兰。

老　祥　这事我自有安排。（喊）二桂！

[瑞龙上。

瑞　龙　爸，你有事？

老　祥　（掏钱）这钱你拿去，多买点东西去看看月兰。

瑞　龙　这事叫阿哥去不是更好吗？

老　祥　（瞪眼）就是要你去！

[瑞龙下。大桂又欲走。

老　祥　别走，我想跟你好好谈谈。

大　桂　（停步）……

老　祥　听说你还想着月兰？

[月兰肩挎提包，柱拐杖上。

大　桂　爸，我给月兰送点药，问问病情，你为什么总要苦苦阻拦我？

[月兰走到门口，闻声停步。

老　祥　送药没问题，我是怕你好人不恋恋废人！

月　兰　（一震）……

大　桂　爸！

（唱）　月兰伤残起何因，
爸爸你自心里明。
她是弱苗一株遭冰雹，
不帮不扶怎忍心？

老　祥　你！

（唱）　我怕她，终身残废多灾殃，
我怕你，一时脑热发癫狂，

恰似背上一座生坟墓，
一生一世无春光！

大　桂　（唱）　爸爸说话欠思量，
杞人忧天多愁肠，
她虽腿残志不残，
我思念之情久久长！

老　祥　还久久长呀？！

大　桂　爸，久久长究竟有什么不好？！

老　祥　你们再久久长，阿爸明天就去跳河啦！

大　桂　爸，你别再逼我好不好？你可知道，月兰她根本不理睬我，那天我给她送药，她硬是把我赶了出来……

月　兰　（揪心地）我……

老　祥　她还赶你？！正好和她一刀两断！

大　桂　（摇头）一刀两断？不。

老　祥　你……你真是死牛不会转颈呀！你还记得吗？过去因为家里穷，只娶了你的跛脚母亲，你母亲进家来，挑水帮不了，打柴割草靠阿爸，一切重活她干不了，在生产队干活只能记五成工分……后来，她得了病，为了不拖累我们就……今天，你又走阿爸的路，我……（哭泣）

大　桂　爸，你的心情我理解……可是，当初你以为有钱能买到一切，结果差点惹下了一场大祸，这些你想过没有？你应该好好想想了。

老　祥　（有所动）月兰的人品，阿爸无半点嫌弃，只是她的腿……腿呀！

大　桂　爸！

（唱）　月兰是杆高山竹，
淡淡自如节节真，
她品貌兼优人灵秀，
能编巧织手艺精；
难且益坚志不残，
能忍能耐好精神！

她似雪里红梅露笑影，
她像崖顶青松显坚贞，
她比金子更耀眼，
她比玉石更晶莹；
她自尊自立价更高，
万金难买她寸心，
她是难逢难遇的好姑娘，
她是难寻难找的意中人！

[月兰不能自持地走进门去。

月　兰　桂哥！

大　桂　（惊喜）月兰……

老　祥　（尴尬地）月兰……你来了？

[月兰、大桂久久对望，几乎忘却其他一切。

[胡瑞龙手拎礼品急急上。

瑞　龙　哥，我把月兰姐接上山来了。

老　祥　（不满地）又是你做的好事！

瑞　龙　爸，这是顶好顶好的好事！

[月兰向瑞龙使了个眼色，瑞龙悄悄地下。

月　兰　桂哥，你刚才说的话，我都听见了！

大　桂　月兰……

月　兰　人生难得一知己，我与你相识一场，能够得到你这颗心，我就心满意足了！

大　桂　你……

月　兰　大桂，我今天是特意来向你道歉的，那天我实在对不起你。

大　桂　你别说了。

月　兰　今后……拐脚妹就不用你再操心了。

大　桂　（痛心地）月兰，你……

老　祥　（喜出望外）月兰，你同意和大桂分手了？！

月　兰　（违心地点点头）……

老　祥　（一拍大腿）好！我早就等着你这句话了。你真是个知轻知重的好妹子……

大　桂　（制止地）爸……

月　兰　（愈益痛心，从衣袋里掏出钱）大伯，这是我卖箩积下的两百块钱，剩下的债……

老　祥　（感动地，一时不知所措）月兰，这……这钱你先放着，你走了这么远的路，我给你煮点心去。（下）

月　兰　大伯……

大　桂　月兰，想不到你的腿真的不能复原了，我……

月　兰　（忽然想起，从挎包里掏出一件竹器工艺品）桂哥，我编织出一件工艺品，你拿去看看怎么样？

大　桂　（眼睛一亮，接过）哦，"狮子滚球"！（玩赏）构思奇巧，匠心独运！（拿过"古竹熊猫"，互为比照，深情地望着月兰）月兰！

（唱）　手工精巧不一般，
构图新颖确非凡；
你忍住伤痛飞巧手，
你含怨雪中来送炭。
梦中寻它千百度，
相见喜泪挂腮边！
"狮子滚球"雄威在，
"古竹熊猫"步蹒跚，
相映生辉好伙伴，
心心相照竞芳妍。

月兰，我真的不知如何感谢你！

月　兰　桂哥，你……

大　桂　我……我有句话要对你讲。

月　兰　有话你就讲吧。

大　桂　我有一双手和一颗心，你若不嫌弃，我这辈子会尽心尽力来爱护你，保护你！

月　兰　你这是怜惜我、同情我。

大　桂　不。我说的都是心里话。月兰，你是我心海间的轻舟，我是你风雨中的旅伴，让我们两颗心结合吧！

月　兰　你明明知道自己掉进了一张网——

大　桂　我愿永远做网底下的鱼！

月　兰　我残废成这个样子！（故意把脚跛得更厉害）

大　桂　你就烧成灰，也是我的人！

月　兰　（忘情地松开拐杖）桂——哥！

大　桂　（忘情地扑向月兰）月兰！

月　兰　（颤声地）桂哥，我的幸福是在我不幸时来到的。

大　桂　我已经把你获得，就是天雷劈顶也不让你失落！

月　兰　桂哥！（紧紧拥抱）

大　桂　月兰！

[胡老祥端蛋汤上，蛋碗掉地，双手遮脸，蹲下哭起来。

老　祥　呕血！

[月兰拾起拐杖走到老祥面前。

月　兰　大伯！

老　祥　（质问地）月兰，你刚才说的话算不算数？

月　兰　算数。

老　祥　那刚才你们怎么又……（作拥抱状）

月　兰　大伯，往日你愿花一千五百元钱买我，现在不用钱了，为什么又不要了呢？

老　祥　你的腿……腿呀！

月　兰　大伯，有谷也是谷，残废了也还是人嘛！

老　祥　你……

[瑞龙、刘四、翠柳、俏妹等人拥大娘、安婶上。

安　婶　走，看他胡老祥还有什么话说。

月　兰　妈，姨妈，你们都来了。

俏　妹　（故意地）唉哟，看我这个跛脚表姐自己跳上山来了。

老　祥　（解救似地）安婶，你来看，生米都焖成烂饭了。

安　婶　老祥哥，这叫做拆得开天上神仙，拆不散人间恩爱。一拐一戳，婚姻定着！

老　祥　你……

安　婶　老祥哥呀！糊涂只一次，懵懂只一回，年轻人的事还是不管的好。

[安婶说着偷偷地把自己的三百元跑腿钱塞还给老祥。

老　祥　（气愤地）呕血，自己搞到自己呕血！你这个老刁婆，把祸推在我头上，给了我一个“次品”就想溜之大吉，没这个便宜！

[众笑。

老　祥　（无可奈何）月兰姑娘，现在我当着大家的面把话说清楚，那一千五百块钱就做你日后的生活费，永不要你还了。

月　兰　大伯！

老　祥　我就认你做干女儿吧。

众　（笑）

老　祥　笑什么？笑什么？月兰……

月　兰　（丢开双拐）大伯，你看——（欢歌起舞）

（唱）　月兰今日喜眉扬，

身轻如燕想飞翔，

再不是往日的病弱相，

再不是跌坏的跛姑娘！

大桂送药治我腿矫健，

真情医我心创伤，

人间恩爱拆不散，

做你的儿媳当唔当？！

[众欢喜。老祥目瞪口呆，环绕月兰一周，盯着她矫健如初的双腿，百感交集。

[瑞龙挽起俏妹的手走到老祥面前。

瑞　龙　爸，你看这个当唔当？

老　祥　（大惑不解）怎么，你们两个？……

安　婶　吓？！瑞龙就是你二桂呀。（拉老祥至一边）胡老祥，现在你可满意了吧，一下子就娶回两个儿媳妇!

老　祥　嘿嘿……嘿，这世道变了，变了！（甜甜地不好意思地对安婶、大娘）亲……亲家姆!

大　娘
安　婶　（表情各异）哎!

[安婶忽从裤袋里拿出“安记婚姻介绍所”的布招牌哀伤地一丢……

[两青年把月兰、俏妹推到老祥面前。

众　人　（接唱）　做你的儿媳妇当唔当?

老　祥　（接唱）　当，当，当!

众　人　（接唱）　做你的儿媳妇当，当，当!

[众纵声大笑。

[幕徐徐落。剧终。

（剧本版本：《南粤剧作》1987年第1期）

·韶关戏曲卷·

粤北采茶戏

母亲岭

编剧：刘令善

人　物　表

山姑　高妈妈　阿雷　唐汉元

红军游击队员

“铲共团”团丁

女军人歌手伴唱队

[1934 年冬至 1935 年春。

[母亲岭山区。

[音乐起，女军人歌手自观众席庄严地走向舞台：

(唱)　　千里来寻母亲岭，

　　　　一草一木都是情；

　　　　山是当年的山，

　　　　水是当年的水，

　　　　当年的妈妈今何在呀?

　　　　我手抚红旗喊母亲……

[群山间回响着“妈妈……妈妈……”的呼声。收光。

[凄厉的排枪声，天幕上电闪雷鸣，乌云翻滚，血火熊熊。在《十送红军》的音乐中，红军战士们舞蹈过场。

一

[冬，山路上。

[山姑打着破伞，头带重孝，身孕沉沉，艰难地在风雨中跋涉上。

［幕后伴唱：

凄风冷雨苦苦行，
破伞飘摇难遮身；
婆婆死，儿将生，
戴孝离乡寻亲人。

山　姑（唱）　亲人哪，汉元夫，
你在哪座山呵，
你在哪道岭？
你可知，
我盼你盼得眼望穿呵，
我寻你寻得力疲尽。

［幕后伴唱：

呵，腹绞痛，痛彻心，
浑身软，头昏昏。

山　姑（唱）　孩子呀孩子，你要听话，
未找到你爸莫出生；
此刻出生你无活路呵，
妈也是风中草一根。

（抚腹，疼呼）哎哟……汉、汉元……你……你救救我……（瘫软，挣扎着爬下场）

高妈妈（内唱）　寻亲踏上母亲岭……

［高妈妈戴着顶斗笠，挑着副小担子上。

（接唱）　前面似闻呼救声，
四下打量人不见，
莫非是我耳花昏？

［隐隐传来山姑："救救我……哎哟哟，救救我呀……"的呼救声。

高妈妈（一怔）哦？

（唱）　喊声出自"观音洞"，

洞中是鬼还是人……

[呼喊声更凄凉，高妈妈急下。

二

[婴儿嘹亮的啼哭声……

[“观音洞”中，一堆篝火熊熊，山姑已平安产子，高妈妈在为她料理着。

[幕后伴唱：

观音洞中把产临，
山姑邂逅陌生人。
虽说大娘是陌生人，
更比亲人亲十分。

山　姑（唱）大娘呵，
我们平生不相认，
谢你救我母子命，
如此大恩怎相报，
这枚银戒送给您。（赠戒指）

高妈妈 银戒指？！

山　姑（接唱）大娘莫嫌礼物轻，
也算山姑一片心；
这是我的订婚戒，
它曾伴我数冬春：
戴着它，
我与丈夫把堂拜；
戴着它，
我送亲郎当红军；

戴着它，

辛酸苦难牙咬紧；

戴着它，

千里奔波寻亲人……

高妈妈　不，山姑……

（唱）　莫说报，莫说恩，

说恩说报愧煞人；

珍贵的银戒千斤重，

莫负你丈夫一片情。

天下穷人是一家，

我救你娘儿是缘分，

十月怀胎不容易啊，

我也是个做妈的人。

山　姑　（一震）妈……

高妈妈　我也有个独生女，跟你大小正同龄，随夫参加了游击队，上山时刚刚怀身孕，算来产期将临近，大娘我也要抱孙孙。

[幕后伴唱：

一番家常话，

唤起几多情，

字字火样热啊，

温暖山姑的心……

山　姑　高妈妈！

高妈妈　山姑呵，这碗蛋汤你趁热喝，吃了月子里有精神。

山　姑　（推）不，高妈妈。我吃了，你女儿怎么办？她临产也要补补身。

高妈妈　（嗔怪地）傻闺女，莫担心，两筐鸡蛋满打满，这里还留着她一份。

[山姑喝蛋汤。

[幕后伴唱：

一碗蛋，

慢慢吞，

抿一口，

一份情……

高妈妈　（抱起孩子）哟，尿了——山姑呵，毛毛尿尿湿了身。快给他换这新衾衾。（取衾）

山　姑　（急拦）不，大娘，他穿了，你孙孙怎么办？难道那毛毛能打光身？

高妈妈　傻闺女，莫发蠢，件件衫轮流穿，两个毛毛何必分。

（伴唱）　一件衾，

万缕情，

换上它，

暖透心……

山　姑　大娘呀，我问您，您闺女她叫什么名？

高妈妈　小名叫丑丫，大号叫梅英。出生时正逢梅花开，蜡梅斗雪雪纷纷。

山　姑　梅英，好，这名字好！大娘哪，梅英长的啥模样？

高妈妈　与你高矮差不多，也有一双大眼睛，但长得比你黑，性格比你野，缺个鸡鸡像伢崽。从小就活得不安分。

[二人笑，毛毛醒，啼哭。

山　姑　大娘哪，你希望梅英生男或生女？

高妈妈　管他男和女，反正是革命的人，生男就与这娃拜兄弟，生女就与这娃结亲亲。

山　姑　（连声拍掌）好，好……

[二人大笑，毛毛大啼。

[篝火熊熊。

[幕后伴唱：

越说越火热，

越说越贴心，

篝火熊熊烧，

夜夜到天明……

[收光。

三

[林涛呼啸，雷声隐隐。

[深山，游击队驻地。

[幕后伴唱：

呵——

风卷林涛吼，

一片喊杀声，

要把虎狼斩，

以血祭英灵！

[阿雷与众游击队员伫立如一座群雕。

游击队员甲 队长，干吧！不能让梅英同志的血白流哇！

众游击队员 队长——

阿　雷 （一手捧血衣，一手握大刀，钢牙紧咬）

（唱）　怒火烧干眼中泪，

仇恨耸起一座山，

钢刀磨得雪雪亮，

不报此仇我不是人！

（大喝一声）走！

[众正欲动身，幕内传来哨兵：报告——

哨　兵 （奔上）报告支队长，山下来了两个女人。

阿　雷 干什么的？

哨　兵 她们说是红军家属，来找女儿和丈夫的。

阿　雷 找女儿和丈夫？——带上来！

哨　兵 （传令）带上来——

内　传 带上来——

妈　妈 （内唱）　盼月亮——

山　姑　（内唱）　盼星星——

高妈妈　（上，唱）终于找到了游击队，

山　姑　（上，唱）总算马上要见亲人。

高妈妈　阿雷——

阿　雷　哦……妈！（扑通跪下）

高妈妈　（不解）阿雷，你，你这是干什么？

阿　雷　妈，梅英她——她走了。

高妈妈　梅英走了？她，她上哪儿去了？

阿　雷　她牺牲了……（泣）

高妈妈　啊——（晕眩）

［幕后伴唱：

犹如一下倾了天，
满心欢喜结成冰，
四面群山飞飞转，
耳畔尽是雷鸣声……

［高妈妈倒下，毛毛啼哭。

阿　雷　（扑上呼喊）妈——，妈——阿惠，阿燕，快抢救大娘！

（两游击队员扶高妈妈下）

山　姑　（也扑上）高妈妈，高妈妈——

阿　雷　（警觉地）你？你是谁？

山　姑　我是山姑。

阿　雷　山姑？

山　姑　我来找丈夫。

阿　雷　你丈夫是谁？

山　姑　我丈夫叫汉元。

阿　雷　谁？

山　姑　汉元，唐汉元。

阿　雷　唐汉元？

山　姑　怎么，你们不认识他？

阿　雷　哈！（突然爆发出一阵恐怖的大笑）

山　姑　（不安地）笑？你笑什么……

阿　雷　（抽出大刀）好，好，你来得正好！

山　姑　（急切地）是吗？他在哪，我汉元在哪？

阿　雷　（一声怒吼）绑起来！

游击队员　是！（应声而捆绑山姑）

山　姑　（惊骇）啊，你们干啥，你们是要干啥？

阿　雷　哼，干啥——

（唱）　冤有头，债有主，

以血还血要报仇！

山　姑　（唱）　大哥呵，

你我平生不相识，

几曾结下了冤和仇？

阿　雷　（唱）　谁说未结冤和仇，

仇深似海死对头；

不信你看看这血衣，（亮血衣）

不信问问你狗丈夫！

山　姑　我丈夫？哦，汉元——汉元他怎么啦？

阿　雷　（唱）　就是他杀害我梅英，

一家伙欠下两条人命！

山　姑　不，不，大哥，不会的，你们莫搞错……

（唱）　汉元他生来就胆小，

在家从医为人治病，

参加革命是求翻身，

他……他不可能去杀人。

阿　雷　不可能？哼。

（唱）　我也是知人知面不知心，

我也以为他只会治病不害人，

我把他当作同志和战友，

托他给梅英去接生。

谁知他，

笑里藏刀起黑心，

披着人皮不是人，

趁着接生下毒手，

将梅英交给了白匪军。

山 姑 哦？

（唱） 一听如是梦，

似信难置信……

[幕后伴唱：

似信难置信呵，

似信难置信。

阿 雷 （唱） 可怜我妻她，

临产还上老虎凳，

五花大绑受酷刑，

皮鞭抽断三四根，

几里外也听到惨叫声……

山 姑 啊……

（唱） 二听凄惨惨，

字字寒透心……

[幕后伴唱：

字字寒透心呵，

字字寒透心。

阿 雷 （唱） 最无人道是杀孕妇呵，

一斩斩了我两个人，

可怜那将生的小生命，

母死还在娘胎中挣…

山　姑　哇。

（唱）　三听血淋淋，

浑身战兢兢……

[幕后伴唱：

浑身战兢兢呵，

浑身战兢兢。

山　姑　大哥呵，求求你，莫吓我，你说的这一切可当真？

阿　雷　真不真，你可问，全县老小谁不闻，不信你可去城里看，梅英的首级还挂北门！

山　姑　请问阿雷哥，唐汉元现何在？

阿　雷　（唱）　狗叛徒现在龙州镇，

当上了“铲共”副司令！

[幕后伴唱：

啊——

千里来寻夫，

到头一场空，

石头滚进深渊里，

怎么得翻身……

山　姑　（唱）　宝宝哇，

娘命苦，你更苦，

娘苦就苦在嫁错了人，

你苦就苦在投错了生。

游击队员　支队长，杀了这狗叛徒的老婆，为梅英同志报仇！

众游击队员　（呼）为梅英同志报仇！为梅英同志报仇！

阿　雷　（唱）　一团火在胸中燃烧，

股股血直冲脑门，

老天呀，你总算开了眼，

魔鬼呀，你也终有报应，
唐汉元，你杀我妻儿，
我也要拿你老婆开刀，
拿你老婆开刀！

（怒吼）准备——

游击队员 是！（拉枪栓，举枪对准山姑）

山　姑 啊，大哥，慢……我求求你们，求求你们。

阿　雷 你还有什么话？

山　姑 （唱） 大哥呀，
我求求你，
这颗子弹你留着，
留着以后去打畜生……

［游击队员犹豫。

（接唱） 子弹上刻下了你们的仇，
子弹上也含着我的恨，
我恨他不该害妻子，
我恨他不该害亲生，
害得我母子背黑锅，
从今无脸再做人。
大娘啊，
我的好大娘，
你如山之恩我无法报，
要报只有待来生，
来生我投胎要投你怀，
不投你怀我做畜生。

（步向悬崖）

梅英啊，
我的亲妹妹，

生前无缘见你面，

死到黄泉也将你寻，

请你奈何桥头等等我，

姐姐我也是苦命人……

（呼喊）梅英妹妹，我随你来了——

（毅然放下孩子纵身跳下悬崖，一声霹雳，众游击队员奔向崖边）

[幕后伴唱：

啊——

跳下去，跳下去了。

丢下了孩子。

丢下了人间，

丢下了希望，

丢下了恩冤……

[孩子嘹亮的啼哭声。高妈妈闻声挣扎着上。

高妈妈 毛毛，毛毛，（抱起孩子）呵，我的毛毛。

阿　雷 妈——

高妈妈 阿雷，山姑呢？

阿　雷 她跳崖自杀了！

高妈妈 （一怔）什么，山姑跳崖自杀了？

阿　雷 她是叛徒的臭老婆，梅英就是被她狗丈夫出卖杀害的！

高妈妈 哦……

[缓缓的音乐中，高妈妈抱着孩子缓步走向悬崖，凝望崖下，垂泪摇头。

（唱）　山姑哪，

你也辛酸，

你也苦命，

你怎么嫁了这样个丈夫呵，

你不该来寻这么个亲人……

[孩子啼哭——

[幕后伴唱：

声声婴儿啼，

如刀剜人心，

孩子无娘命难活，

毛毛你怎做人。

高妈妈 （走向阿雷）阿雷，给妈根绳子。

阿　雷 （不解地）妈，你要绳干吗？

高妈妈 我下崖去找找山姑！

阿　雷 找山姑？不，不行，妈，你不能去！

高妈妈 你给不给？

阿　雷 不给！

高妈妈 真不给？

阿　雷 真不给！

高妈妈 硬不给？

阿　雷 硬不给，无论如何不能给！

高妈妈 好，你不给，那我也跳！（准备跳）

阿　雷 妈——（一把抱住高妈妈，哭求）妈呀妈，你干吗要这样……

妈　妈 雷崽呀，梅英一死，你难过，难道妈不也是割去了心肝吗？……同是天下父母心，十月怀胎不容易哪……你，你……你们想没想想这可怜的毛毛往后怎么办——（毛毛啼哭）

（唱）　他也是一条命呵，

他也是一条命！

孩子无娘怎么活，

怎么长成人……

阿雷呀，古话说，

一人犯法一人当，

黑白是非要分明。

你千万莫把无辜累，

山姑她活得也好艰辛。

[幕后伴唱：

呵——

几句肺腑言，

吹散满天云，

巍巍大山母亲怀，

启开阿雷的心。

阿　雷　妈，我，下崖去！

高妈妈　你下去？

阿　雷　我去把山姑找回来。

高妈妈　好，记住：生要见人，死要见尸！

[聚光，收光。

四

[崖底，原始密林中。

[幕后独唱伴唱：

一纵跃悬崖，

将身赎罪孽，

睁眼另是一重天，

莫非到黄泉？

[几声古怪的虫鸣鸟啼，山姑慢慢爬起。

[女声小组伴唱：

这里也有鸟叫，

这里也有虫鸣，
这里也有流泉，
这里也有密林……

[男声小组伴唱：

这里没有阳光，
这里不见鲜花，
这里瘴气弥漫，
这里阴风阵阵……

山　姑　（强烈的刺激使之成了精神分裂状态）哦？哈……我到了黄泉吗？好呵，我到了阴间啰——

（唱）　黄泉里没有了妈妈，
黄泉里没有了毛毛，
黄泉里没有了汉元，
黄泉里没有了恩怨。

（大笑）哈……没了，没了，一了百了，什么都没了——（遇悬挂的蛇）哦，蛇？

（唱）　蛇呀蛇呀你莫吓我，
你吓我咬我我不怕，
人死只能有一次，
我山姑已死不怕死。

来呀，咬呀，你张开大嘴咬呀。（远处虎啸声）哦，老虎？

（唱）　怎么阴间也有虎，
阴间的老虎啥模样？
传说老虎只吃人，
它与鬼怪是朋友。

（喊）老虎，老虎，我们是朋友，你过来，你过来呀……（虎啸声远去）……唉！

（唱）　蛇溜了，虎跑了，
九泉下孤零零只剩下我，

（插白）哦，不，还有、还有——

（接唱） 还有个冤鬼叫梅英！

（呼喊）梅英妹妹——梅英妹妹——（寻呼，隐去）

阿　雷 （上，寻呼）山姑——山姑——山姑……

（唱） 山姑呵，你在哪？

喊你喊得我口冒烟，

寻你寻得我似油煎，

妈妈的嘱托山样重，

一遍一遍响耳边，

生要见人，死要见尸，

无论是生还是死呵，

你总得让我见一面。

［幕后伴唱：

捧掬涧溪水，

润喉擦擦汗，

细辨寸寸土，

移步再向前……

阿　雷 （大惊）哎呀呀！

（唱） 遍地兽迹无人迹，

山姑莫非遇凶险？

（高呼）山姑——山姑——（隐去）

（山姑上，远方隐隐传来呼唤）

山　姑 （唱） 山风隐隐传呼唤，

莫不是梅英将我喊？

（应）梅英，我在这里——（隐去）

［阿雷上，闻声竖耳。

阿　雷 （唱） 远远若闻有呼应，

难道是山姑在前方？

（再呼）山姑——，山姑——

[山姑上。二人呼应。

山　姑　梅英——

阿　雷　山姑——

山　姑　梅英——

阿　雷　山姑——

[幕后伴唱：

一呼又一应，
越走越相近，
越走越相近，
仿佛是梦境。

[二人见面。

阿　雷　（惊喜）山姑！

山　姑　（吓跌）哦，不，你……你不是梅英？

阿　雷　我是阿雷呀！

山　姑　呵，阿雷？别、别靠近我，我，我已经死了，你还要杀我？

阿　雷　山姑，你还活着，我来把你接回去。

山　姑　我还活着？不、不，我不活，我不回去，我有罪，我没脸做人——（站起，欲逃，虎啸声）

阿　雷　（急呼）山姑，危险——（虎咆哮声）

[阿雷开枪射虎：砰——砰——

山　姑　啊……（昏厥）

阿　雷　（抱住山姑）山姑，山姑，你为什么这样……（追光）

[收光。

五

[夜，游击队驻地。

[高妈妈和阿雷正在护理头部负伤、昏迷过去的山姑。

[幕后伴唱：

悠悠赴黄泉，
醒来梦一场，
如梦不是梦，
怎又返人间……

阿　雷　妈，动了，动了，山姑的眼皮动了，她醒过来了！

高妈妈　山姑，山姑，我的孩子……

山　姑　（唱）　从小无父母，
忽闻娘唤声；
睁眼又见大妈面，
刀扎我的心。

高妈妈　（唱）　好山姑，要听话，
你要理解大妈的心，
大妈伴你上山来，
一路艰辛一路情；
同盖一床被，
同吃一锅粥，
同经风雨同挨饿，
同心同意找红军。

山　姑　（唱）　可现在不相同啊，
如今是两路人，
你是烈士的母亲，
我成了反革命。

阿　雷　（唱）　山姑呀，
只怪我阿雷浑，
当初错怪了你，
怒火当头一锅煮，
黑白全不分。

请你多原谅，
原谅我这鲁莽的人。

山　姑（唱）莫说谅，莫说谅，
说谅更伤心，
阿雷呵，
你丧了妻子又失儿，
怎不痛肝心，
我死无遗憾，
也还你一份情。

高妈妈（唱）冤有头，债有主，
冤头债主是唐汉元，
你不该为他去顶债，
你不能替他把罪孽分。
山姑哇！
你就是你呀，你就是你，
咱们女人也是个人！
为了自己你要活下去，
为了孩子你要活下去，
妈失去梅英还指望你，
指望你活出个真正的你！

[幕后伴唱：
啊——
高山般的话，
高山般的心，
高山般的妈妈，
高山般的情……

山　姑（唱）一刹时，高山为我敞开了怀，
我飞步登上高山顶。

紧抱妈妈我连声喊：
妈妈呀，我要当红军！
我要当红军！
我要当红军！

[收光。

六

[春天，游击队驻地：翠竹间吊着个摇篮，高妈妈在哼《摇篮曲》的剪影。

《摇篮曲》——

妈妈当红军，
成了革命人，
革命人，心连心，
像个大家庭。

（伴唱，伴舞）

依呀依子哟依子哟……
毛毛快快长，
长大干革命，
干革命，为穷人，
穷人要翻身。

（伴唱，伴舞）

依呀依子哟依子哟……

阿　雷　（提串鱼上）妈，山姑呢？

高妈妈　嘘——（示意莫惊醒毛毛）山姑给同志们洗衣服去了，你找她有什么事？

阿　雷　听说毛毛奶水不足，我们摸了几条鱼，给山姑补补身体。

高妈妈　好，给我，我这就给她炖鱼汤。（下）

阿　雷　（抱起孩子，唱）

快快长吧小毛毛，
你是游击队之花呵，
你是游击队之星。
笑一笑，你给大家多少欢乐，
抱一抱，你给大家多少温馨。
谁说革命没有希望，
叔叔把明天交给你们。

[阿雷将一颗小红星别在毛毛的小帽上，阿雷毛毛啼醒。

哦哦……毛毛醒了，毛毛莫哭，叔叔为你换尿片。（似有所发现）咦，怎么这么多红点点？（喊）妈，妈——

高妈妈 （上）哦，毛毛醒来了？

阿　雷 妈，怎么回事，毛毛屁股上怎么冒出这么多红点点？

高妈妈 （一看）呵，不好，出疹子了，还发高烧呢，阿雷，快叫山姑！

阿　雷 （呼喊）山姑——，山姑——

山　姑 （上）什么事，阿雷哥？

高妈妈 山姑，不好，毛毛出麻疹了，高烧得厉害。

山　姑 （抱过，一摸）是呵，这怎么办，妈？

高妈妈 不能拖延，得赶快给孩子请郎中抓药！

阿　雷 请郎中抓药？这……

（唱）　这方圆数十里，
远近无村庄，
求医就得下山去，
白军封锁严。

高妈妈 （唱）　再严也得去，
闯过封锁线，
火烧眉毛急，
孩子命关天。

阿　雷 （一咬牙）好，我马上下山一趟！

山　姑　不，阿雷哥。

（唱）　你是分队长，

重担挑在肩；

下山目标大，

容易出危险。

妈，还是我去。

高妈妈　不，山姑，

（念）　毛毛年幼小，

不能离娘怀，

他若同你行，

更易受风寒，

买药由我去，

你们不必争！

阿　雷
山　姑　（不放心地）妈——

高妈妈　阿雷、山姑，你们放心吧。

（唱）　你带好队伍，

你带好毛毛，

妈妈此去且放心，

夜半前一定赶回程，

一定赶回程。

阿　雷　好，阿惠，阿燕。

女游击队员甲乙　到！

阿　雷　你们陪大妈一起下山。

女游击队员甲乙　是，大妈，走吧。

山　姑　慢，妈，求医抓药需钱，你把这只戒指带上。

高妈妈　（接过）好，再见！

山　姑
阿　雷　再见！

[挥别。追光。收光。

七

[漆黑的雷雨之夜，电闪雷鸣的效果。

[高妈妈和女游击队员在音乐中艰难跋涉的身段表演。

[突然，“叭、叭”两声枪响。

[幕内，“铲共团”团丁呼喊：“站住，什么人？”

女游击队员甲 大娘，阿燕，快走，我掩护你们！（还击）

[团丁们追上：“抓呀，抓共匪——”（射击）

[女游击队员甲中弹。高妈妈、阿燕扑上：“阿惠……”

高妈妈 阿燕，快、快把药送回去！（推乙下）

[团丁围上，举枪对准高妈妈。

高妈妈 （扑在女游击队员身上）阿惠，我的孩子……（恸哭）

[追光，收光。

八

[晨，游击队驻地。

[阿雷、山姑和众游击队员在翘首盼望高妈妈等归来。

[幕后伴唱：

平地陡然聚乌云，
夜半枪声扣人心，
大妈求药下山去，
为何至今不回程？

[幕内，女游击队员乙：“报告——”

女游击队员乙 （上）报告队长，大事不好，高妈妈和阿惠遭到“铲共团”伏击，阿惠中弹牺牲，高妈妈她……

众　人 她怎么样？

女游击队员乙 也不幸落入敌手。

阿　雷 （震惊）啊……

（唱）　一听消息雷轰顶，

团团怒火窜上心！

山　姑 （唱）　毛毛呀，

为你又引出祸一桩，

莫非你真是孽种的根？

众队员 （唱）　队长呀，

事不宜迟快定计，

营救大妈分秒必争！

阿　雷 通知各班班长马上开会！

游击队员甲 是，各班班长集合——

[阿雷率众下，场上剩抱着毛毛的山姑。

[毛毛啼哭。

山　姑 （又气又恨地打毛毛屁股）孽种呀孽种，你还有脸哭，为了你，小惠阿姨送了一条命，奶奶也不知生与死……唐汉元哪唐汉元——

（唱）　你为什么这样狠？

你真比蛇蝎毒！

你可知，

大妈阿惠是救你儿呵，

你怎能如此下毒手……

救大妈，火燃眉，

山姑我不能再袖手，

我要亲自找唐汉元，

营救大妈出虎口！（抱毛毛急下）

[炊事员打扮的游击队员端着碗鱼汤上。

游击队员 山姑，吃鱼汤哪。咦，怎么人不见了？（四望，喊）山姑——，山姑——

[阿雷与众游击队员上。

游击队员 阿雷呀，山姑和毛毛怎不见啦？

阿　雷 （一怔）不见啦？

[幕内声："报告——"，哨兵奔上。

哨　兵 报告队长，山姑带着毛毛溜下山去了！

众　人 （大惊）啊！

阿　雷 此话当真？

哨　兵 千真万确，她抄小路而行，这是我追赶时捡到的婴儿帽。

阿　雷 （审视着婴儿帽，帽上的小红星如芒刺目）呸，这狗东西！

（唱）　知人知面不知心，

狼披羊皮终是狼，

任你逃到天涯去，

老子也要将你擒！

（大喝声）追！

众队员 走！

[聚光。收光。

九

[“哒、哒、哒”……的追赶脚步声化作刑讯鞭打声。

[“老实说你是什么人，下山干什么？”

[“不说，好，打！”

[高妈妈一声惨叫。

[灯亮，“铲共团”刑讯室：高妈妈昏死过去，唐汉元叉腰逞威。

团　丁 报告唐司令，从老太婆身上搜到一枚戒指——

唐汉元 戒指？（接过）哦，唐、汉、元，这不是我送给山姑的结婚戒指吗？怎么落到她手上了？这——

（唱） 好奇怪，真蹊跷，

左思右想不通，

天下竟有这等事，

难道另有个唐汉元？

（追问）老太婆，你老实招供，这个戒指是哪里来的？我的戒指怎么落到了你的手上？

高妈妈 你的戒指？这戒指是你的？

唐汉元 看，三个字，一字不差，清清楚楚：唐、汉、元。

高妈妈 （恍然大悟，突然爆发出一阵大笑）哈……

唐汉元 （不解）你……你笑什么？你这个老共匪婆!

高妈妈 好哇，唐汉元，原来你就是唐汉元，呸，禽兽，畜生。

（唱） 好一个披着人皮的唐汉元，

禽兽不如的狗畜生，

你背叛革命出卖同志，

杀我女儿残绝良心。

你可知，

山姑上山寻你路产子？

你可知，

你的骨肉正在病危中？

我此火急下山来，

是为毛毛治疾病。

你这样对待花甲人，

天良何在天理何存？

唐汉元 呵……（数板）

一番话，如雷震，

搅得我心中乱纷纷、乱纷纷……

（唱）　原来山姑寻我上了母亲岭，
原来她已把骨肉生，
原来孩子正有病，
原来又抓到个对头人。
（数板）欲杀她，
又怕山上的妻儿受连累；
欲放她，
又怕留下条老祸根……
杀还是放？
放还是杀？
杀杀放放，放放杀杀，
我还得反复动脑筋……
［幕后伴唱：
动脑筋，伤脑筋，
伤脑筋，动脑筋，
这个问题真棘手，
翻来覆去难煞人……
唐汉元（数板）想山姑，
她是我的结发人，
青梅竹马同长大，
夫妻双双感情深。
想孩子，
他是我的骨肉亲，
唐家香火靠他续，
祖宗留下这条根……
（突然灵机一动）对，对，对，有了！
（唱）　交换人质万全计，
事不宜迟立即行！

（喊）来人哪——

团　丁　（上）到，司令有何吩咐？

（唐汉元与团丁“如此这般”耳语）

[追光。收光。

十

[游击队营地。

[幕后伴唱：

山姑急把大妈救，
不辞而别母亲岭，
半路被截愿未了，
五花大绑解回营。

[一声怒喝：“走——”山姑被五花大绑推上。

山　姑　（分辩）我不是去投敌，我不是去叛变哪，同志们……

游击队员甲　住口，谁是你的同志！

游击队员乙　呸，鬼才相信你的花言巧语！

山　姑　（叹）唉。

（唱）　我跳到黄河也洗不白，
我浑身长嘴也说不清；
我恨不能一刀剖开胸，
让同志们看看我的心。

（摇头，夹白）苦哇……

（接唱）　过去只道黄连苦，
今天才识苦滋味，
最苦莫过遭误解，
最苦莫过同志们不信任……

[阿雷上。

游击队员甲 队长，人抓回来了，我看再也不能放过这狗东西！

众队员 对，宰了她，为高妈妈和死难烈士报仇！

阿 雷 (踱步) 山姑呀山姑，大妈救你、保你，我们收你、养你，为你儿子的病，大家求医问药，出生入死，你说说，我们游击队还有什么对不起你？

山 姑 (摇头) ……没有，什么也没有……

阿 雷 (咆哮地) 既然没有，你为何还要阳奉阴违、心怀鬼胎、叛变投敌、恩将仇报，去找你的狗丈夫唐汉元，你的良心何在？

山 姑 阿雷哥，我找唐汉元是……

阿 雷 (不耐烦地，喝断) 够了，够了，别狡辩！

(唱) 下有地，上有天，

良心摆在天地间，

你黑了心肝不是人，

莫来再把老子骗！

山 姑 好吧，阿雷哥，既然走到这步，我也无话可说，只是最后拜托你们一件事——

阿 雷 (冷笑) 希望我们再饶你一次？

山 姑 (坚定地) 不，希里你们早点处置我，尽快救出大娘！(“嗵”的一声跪下)

[幕内，哨兵呼：“报告——”

哨 兵 (上) 报告队长。

阿 雷 出现什么情况？

哨 兵 一位砍柴的老乡，送来封“铲共团”的急信。

众 人 “铲共团”的急信？

阿 雷 (阅信，大惊) 啊！

游击队员甲 队长，信上怎么说？

阿 雷 (喃喃地) 唐汉元要交换人质，说明天不把他老婆、儿子放下山，后天就要……

众 人 就要怎么样？

阿 雷 (悲愤地) ……就要杀了高妈妈……

众　人　（震惊）哦……

［幕后伴唱：

一石击起浪千层，
山也惊，水也怔；
山山水水望阿雷，
阿雷阿雷呵快决定。

山　姑　（唱）　刀口下，
火烧眉毛不能等；
好妈妈，
危在旦夕悬千钧。
阿雷哥呵，
山姑命薄何足惜，
快快交我去换人。

众　人　（迫切地）阿雷队长——（静场）

阿　雷　（突然转身，果断地）告诉“铲共团”，同意换人！

山　姑　（希望之光闪烁在目中）高妈妈……

（毛毛大啼，阿雷如塑。追光。

［收光。

十一

［夜半，大山里。

［红白双方的锣声和牛角号声相呼应。

［白方喊：“换——人——啰……”

［红方应：“换——人——啰……”

［“换——人——啰——”的喊声在群山回应。

［“急急风”中阿雷、唐汉元分别率红、白两军持火把或打灯笼从左右两边鱼

贯上场。立定，两军对垒。

唐汉元 喂，我的人送来没有？

阿　雷 就在后面山头。我们的人呢？

唐汉元 在下面山口，随即就到。

阿　雷 好，按约两军各自退后五里，不得有违！

唐汉元 行，（命令白方）撤退——

阿　雷 （命令红方）撤退——

[“急急风”中两军退下。空场。

[白方，一团丁上：“带老太婆——”

[内传：“带老太婆——”、“带老太婆——”

高妈妈 （内唱）　昏昏沉沉颠簸行——

[团丁用独轮车推高妈妈上，为其摘去蒙眼布，退下。

高妈妈 （诧异）哦，这是哪儿？（孤雁啼过）

（接唱）　峡谷间，风怒号，

夜半三更闻孤雁。

前方又见观音洞，

我曾在此遇山姑。

[游击队员护送山姑上，交过毛毛，退下。

山　姑 （唱）　妈妈呀，

今夜洞前再相会，

咱们母女有天缘。

高妈妈 哦，山姑，你，你来这儿干吗？

山　姑 （唱）　不忍妈妈遭毒刑，

油锅火坑我甘赴，

来以我身换你身。

高妈妈 糊涂，你糊涂哇，孩子——

（唱）　妈妈我风烛已残年，

何须怕死惜此身，

你与毛毛光景远，
不该白白送青春。

山　姑（唱）我母子累你苦受尽，
我母子欠你天大情，
你若出个长与短，
我有何颜再做人，
此来换人质，
双方有协定，
万万不可变呵，
您老放宽心。

高妈妈（唱）山姑哇，
相识已数月，
你不知娘的心。
自从观音洞结下缘，
我一直把你当亲生。
你此下山去，
娘怎得安宁……

山　姑（唱）妈妈呀，
别后您若思山姑，
就亲亲我的小毛毛，
我把孩子交给您，
拜托您养他长成人，
长大后要他莫忘妈，
山姑我一生好艰辛，
六岁去当童养媳，
十七做了唐家的人，
革命一来我好欢喜，
亲自送郎当红军；

不是我不贞无妇道，
是丈夫他变鬼黑良心，
党教我分清了红和白，
您使我懂得了仇与亲，
我永远眷恋这母亲岭呀，
它给了我生命给了我魂……

[锣声、牛角号声，声声催：“换人啰——”

[幕后伴唱：

催命的锣声响
惜别的情意长，
不恨相识晚
只恨相伴短……

山　姑　妈妈——

高妈妈　女儿哪——

山　姑　（唱）　妈妈呀，我走后，
您老千万要多保重，
夜半风寒要添件衣，
早起露重莫受凉，
爬过山岭歇歇气，
莫只顾毛毛把自已忘。
清明三月思亲日，
告毛毛为我烧炷香，
不枉我怀胎十月难，
也记住我山姑做过娘。
妈妈呀，我走后，
请你不要把我望，
请同志们不要把我想，
如果组织上相信我，

请把我名字写在队旗一角上。
毛毛哪，我的儿，
妈再喂你一口奶，
妈再给你一份情，
请你不要把妈怨，
妈也不愿骨肉分。
只怪世道太不平呵，
妈是有泪肚里吞，
愿你来日要走正道，
做个像样的革命人……（交孩子给大妈）

［锣声、号角声再起。游击队员急上。

游击队员　高妈妈，敌人过来了，快走！

高妈妈　山姑——

山　姑　妈妈——（三人抱作一团）

［幕后女声伴唱：

情切切，泪绵绵，
此一别，再难见，
母亲岭上云遮月，
悲声摇撼地与天！

［山姑与高妈妈的呼号声一片。

［游击队员与高妈妈抱毛毛下，团丁上。

团　丁　太太，走。

山　姑　（咬紧牙关）走就走。

［山姑理好乱发，整好衣襟，下。

［幕后男独伴唱：

走就走呃走就走，
字字震得天地抖，
大山的女儿大山情，

大山的期待在心头，

出山再把群山望，

唤一声“妈妈”热泪流。

[伴唱声中，一组光照着山姑从台后部的高堤缓缓上，走上高坡，挥别群山。——渐收光。

十二

[不间断的合唱伴唱：

走就走呃走就走，

步步走向魔鬼口，

魔窟前走来山一座，

要叫你恶魔心发抖，

高山千秋正气在，

人间万古水东流！

[伴唱结束前，一束光打着山姑出现在台后正中“铲共团”司令部的大门口。

[随行的团丁甲自大门入——

团丁甲 报告，太太到——(一妖冶的女管家上)

女管家 真到啦！快，快，为太太压惊接风洗尘——

[欢庆的唢呐牌子和爆竹声。唐汉元着一身簇新的军服哈哈大笑上。

唐汉元 哈……(抱拳谢礼) 多谢诸位、多谢诸位……

[唢呐止，团丁甲、女管家退下。

唐汉元 山姑——

山　姑 (无动于衷，直视唐汉元)

唐汉元 山姑，你怎么啦？(继而想起) 噢，我们不是有了孩子吗？孩子在哪里？

山　姑 (喃喃地) 孩子……孩子……

[出现毛毛啼哭的幻觉效果。山姑突然掩面恸哭。

唐汉元 山姑，山姑，你别这样，别这样，今天是咱们夫妻团圆的好日子，咱们应该高高兴兴、好好亲亲热热。（上前拥抱山姑）

[山姑突然从唐汉元腰间拔出手枪，将其一掀，滚于阶下，用枪口对准唐汉元。

唐汉元 （大诧）啊，山姑……你，你这是干什么?

山　姑 我干什么你应该明白!

唐汉元 不……不，我不明白……莫、莫非你疯了？

山　姑 我疯了？嘿，到底是谁疯了? 唐汉元——

（唱）　你杀了多少人，
你害了多少命，
你害得儿子没父亲，
你害得妻子背罪名，
你贪生怕死求荣华，
你背叛革命天良丧尽!

唐汉元 山姑哇。

（唱）　我参加红军也是图出头，
我投奔白军也是求翻身，
古人说，识时务者为俊杰，
你难道，不愿丈夫耀门庭？

山　姑 （唱）　说什么识时务，
道什么耀门庭;
人凭良心树凭根，
你没了良心还做什么人!

唐汉元 山姑……你莫、莫开枪，我、我给你下跪了。（跪下）

山　姑 哇——

唐汉元 （唱）　我向你认错，
我向你求情，
我辜负你当初一片心，
我害得你进退难做人，
千错万错是我错，

要打要骂任你行。

望你千万莫开枪呀，

咱毕竟是一夜夫妻百日情……（哭泣）

[幕后伴唱：

一夜夫妻百日情，

字字如刀刺肝心。

山　姑（唱）　天哪天，

不是我不把夫痛，

不是我忘花烛情，

实在是汉元不争气呵，

变了豺狼黑了心。

我若把他饶——

怎对得起大妈，

怎对得起阿雷，

怎对得起小惠，

怎对得起梅英，

怎对得起游击队呵，

怎对得起无数苦难的人……

（轻轻地）汉元。

唐汉元（诧异地）哦，山姑？

山　姑　你把头抬起来……

唐汉元（不解，抬头）……

山　姑　再抬高一点。

唐汉元（似见希望地，似笑非笑）山姑，你、你原谅我了？我、我们要重新生活，白头到老。嘿，嘿，嘿……

[幕后女声伴唱：本想再细看看夫，

[幕后男声伴唱：越看面目越狰狞。

[山姑步步后退，突然立定开枪——

唐汉元 （中弹，捂住伤口，绝望地瞪大眼睛）山、山姑……我、我们是夫妻呵，我、我们还有孩子呵。

[山姑再次扣动扳机，“砰，砰”，唐汉元应声倒下。

[无词歌声起——

[山姑在歌声中，呼喊一声：“汉元——”奔向前，伏尸恸哭。尔后缓缓起身步上台阶，在大门口跪下，面对群山……

山　姑 （喃喃地）高妈妈、毛毛、同志们……再见了。

[举枪自尽。枪声回荡群山……

众团丁
女管家 （上，见状大诧）啊……

[切光。强烈的音乐。

十三

[景同序场，灯光通亮，满台杜鹃正盛开。

[女军人歌手上，立于高崖：

（唱）　站在高高的母亲岭，
　　　如闻母亲呼唤声；
　　　山是不倒的山，
　　　水是长流的水，
　　　亲爱的孩子要记住呵，
　　　千秋万代母亲情……

[群山间回荡着婴儿嘹亮的啼哭声。

[北上抗日的游击队队伍，毛毛在战士们手中传递。

[大娘怀抱毛毛与阿雷及同志们挥别……

[剧终。

（剧本版本：韶关市粤北采茶保护传承中心提供）

·韶关戏曲卷·

粤北采茶戏

人生路

（1982 年根据路遥小说《人生》改编）

编剧：陈中秋　张云青

人　物　表

高加林　24岁，回乡知识青年。

刘巧珍　22岁，山村姑娘。

黄亚萍　23岁，县广播站播音员。

张克南　24岁，县副食品门市部职工。

马　山　25岁，大队党支委。

高　母　60岁，高加林的母亲。

德顺公　70岁，山村老人。

张　母　40多岁，县药材公司副经理，张克南的母亲。

高明楼　50多岁，大队党支部书记。

马占胜　30多岁，公社文教干事，后为县劳动局副局长。

男女群众若干。

第一场

[农历三月，黄昏。

[高加林家的小厅。中间是大格子窗，两旁有门，一门通户外，一门通内室。墙上挂着有线广播喇叭，还贴着一幅油画，画上姑娘的红围巾特别醒目。窗下有台、凳。

[户外，绿竹青山。

[幕启：高母由内室上。

高　母（唱）　门前青竹拔节长，

根深叶茂好阴凉。
我儿高中毕业后，
回乡教书三年长。
今年评比又当先进，
乡亲要送奖状来表彰。
抹净台凳冲好茶，
忙里忙外我喜洋洋。

[马山拿奖状，德顺公挽水果篮和众社员上。

众　人　大婶！

高　母　哟！德顺公、马山兄弟，各位乡亲快请进！

马　山　大婶！（唱）

今日登门送奖状，
优秀教师该表扬！

德顺公　（唱）　新鲜杨桃亲手种，
阿公奖励状元郎！

众　人　（唱）　心血浇花花竞放，
育出桃李满山乡。

社员甲　我堂叔带回来的外国烟，送给高老师抽吧！

高　母　（手忙脚乱地端凳）多谢哩，快请坐！快请坐！

德顺公　（风趣地点数）人多凳少怎么坐啊！

高　母　（放下凳子端茶壶）那就喝杯茶解解渴。

马　山　（接过小茶壶）哟，这么小的茶壶，我一口就喝光！

[众笑。

德顺公　老婶子呀，快别客气！杨桃吃完再去摘，我种的龙眼今年又是大丰收，到时我给加林留双份！

[众告辞，高母殷勤送下。

[清脆的山歌声从屋后飘来：

月儿弯弯弯上天，

船儿弯弯弯水边，
香蕉弯弯树上长，
眼眉弯弯在眼前。

[马山听见歌声，急步回身观望。

[刘巧珍汗淋淋地抱着一捆柴枝上，轻轻地把柴放在高家门边，探头向屋内张望。

马　山（走前几步）巧……巧珍，你……又给大婶送柴火？

刘巧珍（生怕马山看出她的心思，赶快走开）嗯……

马　山（受到鼓舞）巧珍，你真好，左邻右舍都得到你关照！你……

刘巧珍（截住对方的话）马支委！

马　山（一愣）怎么这样称呼？

刘巧珍（淡淡地）你不是大队党支委吗？

马　山 那……倒是。不过，我也是耕田做木匠的，叫我马山就行。

刘巧珍 哦，马山哥，我走了。

马　山 喂，等等！（下决心）巧珍，我几次到你家，你怎么老躲着我？

刘巧珍（难以启齿）我……

马　山 现在兴自由了，你还怕什么？

刘巧珍（羞怯地转过身）我……心上早有人了。（急下）

马　山（惊呆了）啊！

（唱）　一句话好似打翻五味酱，
从此后跑马回头快收缰。
我这个耕田黄牛小木匠，
怎配她九天仙女金凤凰！
唉！（下）

[一声炸雷平地起，顿时骤雨连天。

[高母上。

高　母 哎呀！老天爷说变就变，我加林去公社开会还未回来！（一眼看到门边的柴）巧珍！巧珍！真难为她呀。（进内室）

[高加林内唱：

晴天霹雳大地震，

撕心裂肺惊煞人！

[高加林冒雨冲上，进屋，扔下湿衫看见奖状，取下。

高加林 （念）“优秀教师高加林”！哈！哈哈！（把奖状一摔）

[广播喇叭传来黄亚萍的声音：“新县广播站今晚开始广播，请先欣赏广东音乐《步步高》。”

[高加林拉电掣，喇叭寂然无声。

高加林 （自语）黄亚萍！我的好同学，只怕我从此要步步低了！

高　母 （从内出，围着儿子团团转）加林！加林！你回来了？你病了？饿了？和人吵架了？（递茶）快饮碗热茶慢慢讲。

高加林 妈，我那民办教师给除名了！

高　母 （大惊，茶碗落地）啊？你犯什么错啦？

高加林 没……

高　母 那为什么除名啊？

高加林 为什么？大队党支部书记高明楼的儿子高中毕业了，他对公社文教干事马占胜一说，就把我顶下来了！

高　母 天呀！

（唱）　苍天无眼不公道，

平地响雷打好人！

高加林 哼，我也不是软豆腐！

（取纸笔，疾书，唱）

路见不平担绑铲，

一肚冤气誓要申。

墨写状词排排直，

要去公社把理评！

高　母 （提心吊胆）加林！你这是干什么啦？

高加林 告状！告他高明楼，告他马占胜！（扔笔）

高　母 （骇然）你疯了？敢惹大能人！人家有亲戚在县里做官哩！

高加林 妈！

（唱） 强吃黄连苦难吞，

人无骨气枉为人。

顶多搭上一条命，

高低要把正义伸。（欲走）

高　母 （急阻，唱）

求我儿，忍一忍，

鸡蛋打石害自身。

儿似牛犊日日长，

穿起小鞋难做人。

儿呀，你就忍了吧。

高加林 我定要告他！

[母子三拦三走。高加林夺门而出，高母一急，抱着儿子后脚，抖着双脚跪下。

高　母 我求你了……

高加林 （痛苦地扶起母亲）妈！

（唱） 妈妈妈妈莫伤心，

我忍气吞声做蠢人！

[高加林扔下状纸，抱头坐下。高母小心谨慎地把状纸捡起藏好。

[刘巧珍捧着一棵又大又嫩的卷心菜上。

刘巧珍 （唱） 包菜偷偷长了心，

一心只装一个人。（门外止步）

高　母 加林儿呀，人家把你民办教师除了名，你可不能告人家，往后见了面，还要叫他明楼叔，还要笑着叫哩！

刘巧珍 （惊呆了）啊！

[切光。

[闭二幕。

第二场

[数天后。二幕前。

[高母挽竹篮忧心忡忡上。

高　母　（唱）　坐也愁来走也愁，
千斤石板压心头。
手提礼物慢慢走，
装出笑脸敬明楼。

[高明楼上。

高明楼　大婶，加林在家吗？怎么好久不见他呀？

高　母　……他那天淋了雨，病……病了。我正要给大叔说，等他好利索了才出工。

高明楼　大婶！
（唱）　说起来叫我难开口，
你儿我儿是好朋友，
原指望同校教书有帮手，
哪知道一个除名一个留。
不知情者——
说我仗权恃势出横手，
其实我啊——
一无所知蒙在鼓里，
受冤受枉的高明楼！

高　母　（赔笑）是呀！明楼叔，加林这事不怪你，不怪你，

高明楼　大婶，人人像你这样厚道就好了。

高　母　明楼叔，这是加林的一点心意……（递上篮子）

高明楼　啊哈！美国香烟，还是加长的，难得加林一片真心，我就领了他的情。这鸡蛋嘛……你有我有，留给加林自己吃。

高　母　家里还有……

高明楼 大婶，加林二叔有信吗？

高　母 春节时来过信，唉，在新疆部队，远啊！

高明楼 是远啊！远亲不如近邻，加林有我关照，你放心吧！（看表）哟，我要开会了。（下）

高　母 （追着说）多谢你哩，他大叔！（看着蛋篮）就让加林明天进城卖了，换点油盐吧！唉！（捶着腰背艰难地走下）

[二幕启。

[县城沿江马路，江边砌栏杆，一棵大树，树下设小石凳。

[赶集人三三两两往返过场。高加林挽着竹篮，躲躲闪闪上。

高加林 （唱）　提篮卖蛋进县城，
一路走来羞死人。
遇见同学忙躲避，
人前叫卖声轻轻。
奈何家穷难度日，
不忍违拗年老多病的好娘亲！
天生我材没有用，
受苦挨穷何时尽。
未知何时行好运，
重返县城做主人。

过了桥就是圩场了，我先学学叫卖。（整衣吸气，张大嘴巴叫喊而声音却似蚊叫）卖……鸡……蛋！卖……鸡……蛋！

[黄亚萍、张克南匆匆上，和高加林撞个满怀。

黄亚萍 （惊喜）加林！

[高加林急忙把蛋篮藏在身后。

[刘巧珍悄悄上，见状躲在树后。

高加林 啊！张克南、黄亚萍，你们……

张克南 我出差，亚萍送车。你呢？

高加林 我……

黄亚萍 （热情洋溢地）加林，你在报上发表的散文、诗歌，我都广播了，你听到了吗？

张克南 写得真好！（看表）亚萍……

高加林 你们快去吧，别误了车。

黄亚萍 （对张克南）你怕误车你先走！加林，你回乡三年了，怎么老不进城玩玩？进了城又不找我们，真不像话！

高加林 我一个乡下佬……（苦笑）

黄亚萍 ……以后有空来玩，我们一起谈谈诗歌，谈谈写作……

高加林 （话不投机）克南，你们要赶车，再见吧！（和张克南握手）

张克南 对不起，加林，下回再来，找我们玩吧！（拉亚萍下）

黄亚萍 加林，再见。

[高加林心事重重，靠着树干发呆。

[刘巧珍静悄悄地从树后转出来。

刘巧珍 （唱） 加林哥提篮不叫卖，
遇见同学情呆呆。
包菜有心不张嘴，
巧珍悄悄跟上来！
从早跟到太阳落，
一筐话儿心里埋！

[刘巧珍正要招呼高加林，见马占胜上，急躲在大树后。

[马占胜见高加林，欲溜。

高加林 马占胜！

马占胜 嘿！嘿！是大秀才啊？进城玩？

高加林 （故意地）卖鸡蛋，换钱买油盐，犯法吗？

马占胜 唉！加林呀，我知道你怨我！其实把你除名是顶头上司做的主，我不过是个杉木灵牌。

高加林 哈！好一个杉木灵牌。你不是刚刚升了官吗，县劳动局马副局长！

马占胜 ……这是组织培养、组织培养！

高加林 是拍马屁有功吧？哼！（转身下）

马占胜 （跳脚）好个高加林小子，整你就整你了，你敢吃我？哼！

[马占胜气狠狠地把烟头一甩，正好甩在上场的张母身上。

张　母 哟！哪个盲了眼的短命鬼！

[张母举着一条蹦蹦跳跳的鲩鱼，要扑过去吵架，马占胜也不打算善罢甘休。哪知双方走近一看，脸孔一松，气氛急转。

马占胜 啊！药材公司张副经理呀！有眼不识泰山，多多得罪，多多得罪！

张　母 哟！你不是刚到任的马副局长吗？大水冲了龙王庙，自家人不识自家人了。

马占胜 （无话找话说）张副经理，这大鲩鱼多少钱一斤？

张　母 哦，是张克南，对，就是我儿子呀，他在副食品门市部工作，这是照顾职工的牌价鱼。

马占胜 要请客？

张　母 （趁机夸耀）是哩！

（唱）　我的儿子正热恋，
对象貌美赛天仙，
武装部长千金女，
广播站当播音员。
千人万人她不选，
单与我儿配姻缘。
聪明伶俐多学问，
用的吃的讲新鲜。

哪，刚离塘的活鱼，刚收割的食粮，刚摘下树的鲜果，刚生落的鸡蛋……

马占胜 新鲜东西，有营养！

张　母 哟，散圩了，鲜鸡蛋还未买哩！

马占胜 鲜鸡蛋？有！有！（呼叫）加林，买蛋，买蛋！

[高加林上。

高加林 买蛋？来了！（见张母，旁白）不好！是张克南母亲，给她认出来多不好意思！

[高加林绕过树后走开。

[刘巧珍绕着大树，避过各人。

马占胜 喂，你在哪里？

[马占胜、张母绕树追高加林。

[刘巧珍灵机一动，从树后闪出，接过高加林的篮子，迎向张母。

刘巧珍 大婶，你要买蛋？

张　母 本地鸡生的？

刘巧珍 是，刚生落的鸡蛋。

马占胜 巧珍，是你？

张　母 哟，马副局长认识这个靓妹？

马占胜 是同乡呢！巧珍，你的鸡蛋怎么卖？

刘巧珍 一块钱八只。

张　母 我全买了，这竹篮织得好啊！

马占胜 巧珍，篮子也送给我了！（交钱）

张　母 马副局长，怎好叫你破费？

马占胜 一篮鸡蛋，算不了什么！

张　母 以后你要买药材，找我！

[马占胜、张母同下。

刘巧珍 拍马精！加林哥，蛋钱——

[高加林走出，巧珍递钱给他。

高加林 巧珍，多谢你了！（低头接钱）

刘巧珍 （开心地）谢什么呀，又不花力气。

[高加林沉默，摸口袋，空的。

[刘巧珍掏出一包香烟、一盒火柴递给他。

高加林 你……怎么知道我想抽烟？

刘巧珍 （妩媚地一笑）观音菩萨告诉我的！

高加林 （无心领会巧珍用心）巧珍，天快黑了，你回去吧！

[高加林对着河边坐下，低头抽闷烟。

[天幕上，月亮冉冉升起，星星闪着眼睛。

[刘巧珍左右徘徊。

刘巧珍 （旁唱） 脚下边大清河悄悄流过，

头顶上老榕树绿叶婆娑。

加林哥孤零零低头闷坐，

巧珍我满腔情藏在心窝。

多年来心底事正待说破，

却为何口未开浑身哆嗦！

[刘巧珍走近高加林，欲言又止。

[高加林扔下烟头，见刘巧珍仍站在身边，不由一怔。

高加林 巧珍，你还没走？

刘巧珍 （低头卷着辫梢）加林哥，我等你说个事……

高加林 什么事？

刘巧珍 加林哥，我，恨死高明楼了！

高加林 他是你家亲戚，你恨他？

刘巧珍 我当面骂过他，他害得你太苦了！

高加林 （长叹一声）唉！

刘巧珍 加林哥！

（唱） 恶人作恶难瞒天，

恶有恶报古有言。

劝哥宽心待来日，

莫把自家苦熬煎。

教书虽然千般好，

农民也是活神仙。

日间田中勤耕作，

三餐饭菜都新鲜。

夜来合家团团坐，

相敬相爱蜜样甜。

高加林 （半开玩笑地，唱）

怪我不该把书念，
如今文武两不全。
只怕三餐难饱肚，
一世要做饿神仙。

刘巧珍 （鼓起勇气，唱）
春蚕吐丝就结茧，
塘藕开花要生莲。
哥哥愿跟山妹恋，
巧珍伴你过百年。

高加林 吓！
（唱） 幼稚善良巧珍妹，
眼见苦人就可怜。
竟把终身来相许，
可知爱情神圣莫乱言！

刘巧珍 加林哥，我是真心的！

高加林 真心的?!

刘巧珍 是呀，加林哥，我今天把心事全对你说了吧！
（唱） 想你爱你年复年，
几多相思藏心田。
你到县城把书念，
我天天盼你回家园。
那年你把大学考，
巧珍暗自泪涟涟。
怕你远走高飞去，
从此相逢再无缘。
你落榜回乡学耕作，
我时时把锄伴身边。
哪知你去把书教，

心想高攀不敢言。
你被除名回家转，
我疼你爱你心更坚。
若问此情深和浅，
叠起青山量青天。

高加林 （深受感动，唱）
石投深潭水花溅，
话入心窝波涟涟。
巧珍啊！
几多后生你不选，
为何偏爱我穷汉。

刘巧珍 （执着地，唱）
我爱你有文有墨心良善，
我爱你好模好样意志坚，
我爱你多才多艺人勤恳，
巧珍不怕贫和贱，
只重人品不贪钱。

高加林 巧珍！（冲动地执她双手）

刘巧珍 加林哥！

[刘巧珍又喜又羞地转过身去，幸福的热泪夺眶而出。

[高加林替她抹泪，拉着她走向河边。

[幕后伴唱：
月儿弯弯弯上天，
船儿弯弯弯水边，
月伴星星船伴水，
阿哥阿妹心相连。

[聚光。

[闭二幕。

第三场

［二幕前。

［距上场三天。田野。

［幕启。音乐，社员挑泥担过场，下。

［高加林穿着破裤子，破背心，挑着重担摇摇晃晃上。

［德顺公扛着锄头迎面上。

德顺公 站住！

［高加林仍跌跌撞撞地走，德顺公一把按住担子，强令他放下来。

高加林 （喘着粗气）德顺公……

德顺公 你疯了？看！满手是血泡，肩头也流血了，这身衣服，就像个叫花子！你发什么牛脾气？

［德顺公解下垫肩替他系上。

高加林 （热泪盈眶）我想先把苦尝个够，以后就什么苦也不怕了。

德顺公 你呀，饭得一口一口地吃，铁得一锤一锤地打，怎可一天炼成铁金刚！

［高加林一看远处，不等德顺公系好垫肩，挑起担子，冲下。

德顺公 这小子！加林……（追下）

［刘巧珍挑着担子上，看着高加林的去向，伤心落泪。

刘巧珍 加林哥，你慢慢走吧，我不追你……

（唱） 那晚对哥表心愿，
哥哥回村默无言。
身穿破衫拼命干，
又锄又担整三天。
人前他低头走过不照面，
人后他踪影难寻躲一边。
莫非是回村劳动心抱恨，
莫非是后悔月下结姻缘？

[女社员挑担上。

社员甲 巧珍，望着脚背想拾个金牛呀？

刘巧珍 等你们哩！

社员甲 那快走呀！

[众拉刘巧珍同下。

[切光。

[二幕启。

[山村。一眼水井，井旁绿竹山花，密密层层。

[牧笛悠悠，炊烟袅袅。

[高加林挑水桶上。

高加林 （满怀心事，唱）

牧笛悠悠唱黄昏，
炊烟袅袅罩山村，
农夫荷锄回家转，
白发高堂倚柴门。
城里人来看一阵，
乡村风情样样新，
穷乡僻壤熬一世，
贫苦单调闷煞人。

（插白）看，井水也是脏的，怎甘心饮它一世？唉！

两度落魄回乡堪嗟叹，
更悔不该冲动爱巧珍，
她似荷花洁净好人品，
我似行乞过客满面尘。
最怕春蚕吐丝终自困，
那时雄鹰变作落地禽。
要想斩断情丝挥利刃，
怎舍纯洁温柔一颗心。

［高加林默默地坐在井旁。

［刘巧珍学城市姑娘的打扮，提着一个小巧竹篮，悄悄上。

刘巧珍 （轻呼）加林哥！

高加林 （在烦恼中回过神来）巧珍……

刘巧珍 你为什么总躲着我？（步步走过去，坐在他身旁）

［高加林拉着刘巧珍钻入花丛。刘巧珍忍不住伏在他肩上委屈地哭了。

高加林 （心头一热）别难过，我再也不躲了。

［高加林抚摸着她的秀发，突然“啊哟”一声，刘巧珍捧着他的双手，又察看他的肩头，心痛如割。

刘巧珍 （唱） 捧着一双血糊糊的手，
巧珍难禁潸潸热泪流。
心上人儿忍受百般苦，
巧珍似觉千刀割心头。

高加林 （唱） 看着一双血糊糊的手，
肉痛骨酸难压心里愁。
咬紧牙关磨到肉结茧，
不让旁人耻笑软骨头。

刘巧珍 （唱） 初学耕田莫硬斗，
重工慢做水长流。
每逢星期歇歇手，
写诗作文打篮球。

高加林 （失笑）农民也休星期天？

刘巧珍 我要你休嘛，就像你在学校一个样。看你，晒得像火炭，想饮凉茶？

高加林 哦，你怎么知道我想饮凉茶？

刘巧珍 观音菩萨告诉我的。（从竹篮取出竹水壶）

高加林 （饮）又甜又甘！

刘巧珍 金银花冲蜜糖，花是我采的，蜜蜂是我养的，你喜欢，我给你送家去。

高加林 （被温馨之情烘热了心）巧珍，你真好！哟，变样了？（欣赏着她）

刘巧珍 （甜甜地）好吗？

高加林 好！像个学生妹。巧珍，我家油画上的姑娘，系上红围巾，多好看！下回进城我也给你买一条！

刘巧珍 好！只要你喜欢，我一年到头都系着。加林哥，你说单辫子不好看，我梳成双辫子；你叫我学文化，我每晚跟妹妹学识字；你说水井不干净，要用漂白粉消毒，我也买来了。加林哥，只要你和我好，我什么都听你的。

高加林 （深受感动）巧珍，我和你好！

刘巧珍 好一辈子！

高加林 不！好三辈子！

刘巧珍 （又兴奋，又神秘地）我已经绣好鸳鸯枕套，大帐帘啦！你看看花样好不好？（展示）

高加林 哟！花样真好，绣得更好，像出国展览的工艺品！

刘巧珍 出什么国？你喜欢就好。

高加林 来，欣赏欣赏。

[两人展开轻纱帐帘，边看边舞。

高加林 （唱） 重峦叠翠江山秀，

刘巧珍 （唱） 青藤缠树立山头。

高加林 （唱） 绿叶凝珠云出岫，

刘巧珍 （唱） 金花银花头并头。

高加林 （唱） 云淡天高双乳燕，

刘巧珍 （唱） 比翼齐飞乐悠悠。

高加林 （唱） 七彩丝线针针绣，

刘巧珍 （唱） 千般情意针下留。

[两人沉浸在欢乐和幸福中。

[德顺公扛着锄头果篮上，悄悄看着，不禁心荡神游。

德顺公 （失声唱出口）

我与亚妹手牵手，

万般情意在心头！

刘巧珍 哟！德顺公！

［刘巧珍、高加林急忙避开，迎至井台。

德顺公 哈！阿公好像变回二十岁了，心里甜啊！来！拿几个果子去吃！

刘巧珍 德顺公，您一生没有结婚，也没谈过恋爱？

德顺公 恋爱？你这个小女娃！阿公做后生时，比你们还恋的爱哩！

高加林 德顺公……

德顺公 我二十岁那年，也有个心上人，叫灵芝，生得又甜又靓，天天唱着山歌等我收工……

（轻声唱）日头落山坳里黄，

站在坳里等情郎。

一阵山风叶儿响，

哥哥来到我身旁。

山歌一直唱了六年，有一天，听不到歌，又见不到人，一打听，才知她让爹卖给南洋客了……（仍觉剜心的痛）

高加林 后来怎样？

刘巧珍 灵芝现在……还在吗？

德顺公 在！

（唱） 深情能经日月久，

生恋死恋不罢休。

万里同看一轮月，

灵芝活在我心头。

［德顺公动情地自唱自去，下。

高加林 （唱） 阿公曾得知心友，

一生钟情情未酬。

刘巧珍 （唱） 阿哥学得三分样，

跟你投井也风流。

高加林 好端端的，投什么井？唉，这井水真脏呢！你说买了漂白粉？

［刘巧珍拿出小包漂白粉。

高加林 把它撒到井里，水就消毒了。（撒药）

[社员甲挑桶上。

社员甲 大秀才，你往井里放什么？

高加林 大叔！我在撒漂白粉。

社员甲 （接过纸包，觉有异味，惊疑）呀！来人快来看呀！

[社员乙、丙上。

社员乙 什么事？

社员甲 我们的大秀才不知往井里放什么？

社员乙 好像是洗衫粉。

社员丙 加林！怎么往井里放洗衫粉呢！

社员乙 不怕毒死人？

刘巧珍 这是消毒井水的漂白粉，讲卫生！

社员乙 哎哟，巧珍几时也学会讲卫生啦？

社员甲 我们祖祖辈辈都吃这口井水，又不见你阿爸阿妈生下你来缺手、缺脚！

高加林 （顿足）唉，愚昧，无知！

[高母、高明楼先后上。

社员丙 不要吵了，支书来了！

高明楼 闹哄哄的，什么事？

社员甲 大秀才不知往井里放什么。

高　母 加林，你怎么管起大家的事来了？

高加林 我看井水太脏，撒点漂白粉消消毒。

高明楼 哦，这是好事哩！漂白粉消毒，合卫生！来，我打桶水看看！（提水、饮水）好，又清、又甜。

社员甲 啊！真能吃？嘿！加林，错怪你了！

[众社员先后下。

高明楼 加林，人人都说巧珍爸是二能人，说我是大能人，我看呀，我俩都比不上你，你是我们村的特大能人！

（唱）　能写能画双手巧，

有智有谋文化高。

远大前程未可料，

他日大梁由你挑。

高　母　（提心吊胆）他大叔你莫取笑。

高明楼　大婶，你不信？我们公社最漂亮（指刘巧珍）的姑娘都看中他了！

高　母　（一把拉着刘巧珍）真的？

刘巧珍　（面红耳赤）大婶……

高明楼　巧珍呀！你父亲找我告状，说加林配不上你家，我批评了他。我说巧珍嫁个大秀才，你这斗大的字不识一只的老丈人不也沾点墨水味吗？大婶，到时要请吃喜酒啊！

高　母　（喜滋滋地）请，请！

[高加林拿起扁担挑水，刘巧珍回身接过担子，一阵风似的挑水下。

高　母　巧珍，慢走，别闪了腰……（提起刘巧珍的竹篮，追下）

[高加林等同下。

[切光。

[闭二幕。

第四场

[农历五月。

[二幕前。

[马占胜匆匆上。

马占胜　（快板）情况突变心焦急，

加林阿叔偏偏成了我上级，

一盘好棋变死局，

赶快想法来收拾。

老高，明楼喂！

[高明楼上。

高明楼 急匆匆干啥？

马占胜 坏事啦！加林亲叔转业到我们地区当了劳动局局长，正好是我的顶头上司！

高明楼 啊？（不动声色地）看来，我们早该照顾老干部的家属了。好！让高加林再当民办老师！

马占胜 唉！他还稀罕民办教师？要让他进县城，吃国家粮。

高明楼 你有门路？

马占胜 这就要靠你了。你的表兄不是答应替你儿子安排个工作吗？

高明楼 是，说是当什么通讯干事，我那儿子不想干，想搞外贸。

马占胜 这碗冷饭不如就……

高明楼 就让给高加林吃？

马占胜 你看呢？

高明楼 啊？就听你的！

马占胜 好！够朋友。

高明楼 我儿子去外贸局的事，你可要帮一把力啊！

马占胜 这个自然！

[切光。

[二幕启。

[山村野地。舞台不设实景，天幕景可随时变化。这时是村边。

[高加林容光焕发背旅行袋上。

高加林 （唱） 一道喜讯从天降，
放下锄头摇笔杆，
天生我材必有用，
瞻望前程更辉煌！
妈——大叔！

[高明楼陪高母上。

高明楼 加林，看你步步尺七，也不管你妈焦急！

高　母 （喜滋滋）加林开心呀！他大叔，多谢你的关照啊！

高加林 明楼叔，当初我被除名，还想告你一状呢！

高明楼 啊？我们这些九品官真难当呀！

高　母 他大叔，你别见怪。加林，你要好好工作，报答大叔。

高明楼 大婶，应该说报答人民报答党！

高加林 好。明楼叔、妈，我走啦！

高　母 他大叔，你忙，我们回去吧！

［高母替儿子整整衣服，依依不舍地随高明楼下。

［高加林目送高母、高明楼远去。

高加林 （唱）　眼望着老娘亲频频挥手，
突然间万千思绪涌心头。
生我养我的穷山村哪，
到此时才觉得依依难舍情悠悠。
今日里雄鹰展翅高飞去，
忘不了白发娘亲含苦茹辛一世愁，
忘不了父老乡亲真心待我情谊厚，
忘不了温柔山妹患难之中把爱求。
巧珍她不来送行人踪杳，
莫非是闭门在家苦泪流？

［刘巧珍挽着小竹篮，默默地上。

高加林 （若有所失地转身走，突然见到巧珍，喜出望外）啊！巧珍！

刘巧珍 加林哥！（忍不住流下眼泪）……

高加林 唉，巧珍！
（唱）　我进城曾与你讲通讲透，
你也曾表示赞成点了头。
哪知你珠泪涟涟人消瘦，
好叫我留也愁来走也愁。

［高加林懊恼地坐在旅行袋上。

刘巧珍 加林哥，我……

（唱） 叫哥哥你莫生气放心走，
谁不盼十年寒窗有出头。
是蛟龙浅窄山塘留不住，
此一去锦绣文章传九州。

高加林 你让我走？

刘巧珍 嗯。

高加林 你不哭了？

刘巧珍 嗯。

高加林 是真心话？

刘巧珍 嗯。

高加林 那我要你笑着送我。

刘巧珍 嗯。（忍着泪勉强一笑）加林哥，我不叫你为难！（取出一件样式新颖的上衣）穿上看看，合身吗？

[高加林穿衣，前看后看。

高加林 不长、不短、不宽、不窄，正好！你的手艺不错！

刘巧珍 （替他系扣子，唱）

一件新衫千针镂，
针针将哥魂儿勾。
一件新衫四粒扣，
粒粒锁住哥心头。

高加林 （唱） 一件新衫情深厚，
万缕千丝都温柔。
形影不离随哥走，
陪哥同乐又同忧。

刘巧珍 我送送你。

[两人同走。

[天幕变景，山口。

刘巧珍 （唱） 妹送哥哥到山口，

难分难舍不敢留。

高加林 （唱） 山泉叮咚似乐奏，

溪水依依山下流。

刘巧珍 （唱） 泉水好比饯行酒，

高加林 （唱） 一点一滴入心头。

刘巧珍 （唱） 愿化清风伴哥走，

高加林 （唱） 夜看明月两地愁。

刘巧珍 （唱） 白发娘亲我侍候，

安心工作莫担忧。

金银花栽在房门口，

清火解热当药投。

[刘巧珍拿出一棵包扎妥当的金银花，系在旅行袋手挽上。

高加林 到县城我给你写信。唉！你不识字……

刘巧珍 加林哥，我认识二百三十一个字了，我以后天天学文化，不叫你为难。

高加林 哦。

刘巧珍 加林哥，你常想着我……

高加林 哦。

刘巧珍 你就和我一个人好……

高加林 哦。

[高加林慢慢退去，转身下。

刘巧珍 加林哥！

[刘巧珍流着泪，目送加林远去。

[马山背木匠工具箱上，见刘巧珍站在路边，急急转身欲躲。

刘巧珍 （让路）马山哥，我阻路了。

马　山 不阻，不阻！巧珍，送高老师？

刘巧珍 嗯……（流泪）

马　山 （急于安慰她）巧珍，你该高兴呀！

刘巧珍 马山哥，我担心……

马　山　你放心，高老师会对你好的。

刘巧珍　马山哥，你是好人，加林常常夸赞你呢。

马　山　唉！（下）

[刘巧珍极目寻找高加林身影。收光，一束聚光照着她。

[幕后伴唱：

月儿弯弯弯上天，

船儿弯弯弯水边。

哥哥一去何时转，

朝看日头夜看星。

[大幕徐闭。

第五场

[农历中秋节。

[高加林机关宿舍。中间是钢窗，金银花沿着窗框生长，开出淡淡的小花。室内有书架、书台、折椅。高脚花几上摆了一盆玫瑰。高加林的素描像挂在墙上。

[高加林风尘仆仆地上。

高加林　（唱）　进城三月心舒畅，

出差采访写文章。

[高加林进门，发现桌上信件，匆匆拆开大信封，取出报纸。

高加林　（激动地念）“只要有人在，大灾也不怕。——高加林。”啊——

（唱）　我的名字登报上，

黑色铅字排成行。

当日抗洪去采访，

舍生忘死拼一场。

心有豪情高千丈，

笔下生花处处香。

黑铅字是对我最高奖赏，

新闻兵励斗志奋战疆场！

[高加林铺开纸笔，准备写作，突然发现玫瑰花。

高加林 啊！玫瑰花？还有一首诗——（看）

[黄亚萍的声音：

我愿你是张开翅膀的大雁，

自由地去爱每一片蓝天。

哪一块土地最适合你生长，

你就把那里当作你的家园。

高加林 啊！黄亚萍——

（唱） 赠诗读罢心惆怅，

团团乱丝缠愁肠。

唉，亚萍！

你不该胡思乱想抛情网，

搅起那千重波浪涌大江！

[黄亚萍的声音从窗外传来："看球！"一个个大苹果接二连三飞进来，高加林一一接住。

黄亚萍 （趴在窗外欢快地笑）不愧是篮球健将！刚到？

高加林 唉，你呀！

[黄亚萍穿戴时髦，提着一网兜罐装食品飞入屋来。

黄亚萍 为什么皱眉头？文章写不下去啦？我来帮你出点子！（看稿纸）哟，还没下笔就给难住了？

高加林 文章的难题好解决，生活的难题……

黄亚萍 生活的难题更好解决！

（唱） 你抗洪抢险去采访，

我表示慰问和表扬。

夜餐是"阿华田"和饼干，

早餐有牛奶鸡蛋加白糖。

食堂的集体伙食欠营养，
凤尾鱼午餐肉金华火腿罐头装。
速溶咖啡助你文思通畅，
英德红茶质量一流出口装。

[黄亚萍把东西摆了一桌子。

高加林 （哭笑不得）我要破产了。

黄亚萍 谁叫你掏钱？你不是常念李白的诗，“天生我材必有用，千金散尽还复来”？我的钱花不完哩！

高加林 不用我花钱也吃不了。

黄亚萍 你天天熬夜写文章，光吃大米怎么行呢？这是人体热能的补充。讲到热能，我现在对能源问题突然发生了兴趣。加林，你知道世界上复合能源有几种？

高加林 哦？……

黄亚萍 十四种！（滔滔不绝地）太阳能、地热能、风力水力生物能、柴薪木炭、油页岩、焦油砂、海洋能、波浪能、潮汐能、泥炭、畜力。还有第十五种特殊能源！

高加林 什么特殊能源？

黄亚萍 我们青年人的爱情！

高加林 哟！

黄亚萍 （得意地笑）敬爱的记者同志，这是最新出版的美国哥伦比亚大学教授麦尔文·曼切尔写的《新闻报道与写作》，是我送你的中秋节礼物！

高加林 （翻看书本）啊！太好了！

黄亚萍 试试这件衣服！（不由分说地给他穿衣）哟，真帅！

高加林 （冲口而出）不长、不短、不宽、不窄，正好！你的手艺不错！（突然怔住）唉！

黄亚萍 （笑）这是在出口商品展览会买的。不喜欢？我给你另买一件！

高加林 哦，不用了。

黄亚萍 加林，玫瑰好吗？

高加林 好。

黄亚萍 诗也看啦？

高加林 看了。

黄亚萍 怎么样？

高加林 我不明白……

黄亚萍 （顿觉委屈）还不明白？加林，我很快要到省城工作了。

高加林 （意外地）啊？

黄亚萍 我父母要调到省军区，我要跟他们一起走。

高加林 （无言地摆弄铅笔）哦……

黄亚萍 你想去省城吗？

高加林 联合国我都想去！将来到省城出差……

黄亚萍 （顿足）你这人真笨，真笨！难道你还不明白我的心？

高加林 （不敢抬头）亚萍，……不要这样，张克南会伤心的。

黄亚萍 他呀？

（唱）　克南虽好不理想，
已去书信表衷肠，
与他断情求原谅，
昨晚也曾告爹娘。

高加林 （心慌意乱地）亚萍，你这样做也太莽撞了。

黄亚萍 加林，我其实一直爱的是你！

（唱）　在学校我与你无话不讲，
做功课解难题互学互帮。
期终考争第一年年较量，
谈文学论诗词共写文章。
多少回谈理想心驰神往，
谁料到三年前各奔一方。
失去了知心友黯然惆怅，
到如今天作美重聚一堂。
心有灵犀何待讲，

往日情谊怎能忘？

休管他人加诽谤，

要爱便爱莫彷徨。

加林呀——

有心要把大海闯，

惊涛骇浪敢开航。

高加林 亚萍！

（唱） 请你冷静听我讲……

满腹苦衷难开腔！

黄亚萍 你快讲呀，真急死人了！

高加林 你记得你去车站送张克南的那一天吗？当晚，我接受了一位姑娘的爱情。

黄亚萍 （意外地）啊，她……是知青？

高加林 村姑，没进过校门。

黄亚萍 （愤愤不平）你疯了，你一个知识分子，竟然和没有文化的农村姑娘谈恋爱？你们有共同语言吗？简直不可思议！

高加林 （恼怒）住嘴！我那时黄尘满面，农民一个，你们城市小姐会来爱我吗？

黄亚萍 （吓了一跳）哟！这么凶？张克南从来不敢对我发火呢。

高加林 （火上加油）你找你的张克南去！

黄亚萍 加林，你越凶我越喜欢你！我就看中你这男子汉大丈夫性格！

高加林 我脾气不好，以后共同生活，你会受不了的。

黄亚萍 （激动地）这么说，你愿意和我共同生活了？加林！我真开心！

[高加林麻木地领受黄亚萍的情意。

[幕后轻轻的、断断续续的伴唱：

月儿弯弯弯上天，

船儿弯弯弯水边。

……

[高加林失魂落魄。

黄亚萍 （惊异地）加林，你怎么啦？

高加林 啊，没什么，也许……太累了。

黄亚萍 一定是疲劳过度营养不够！我给你冲杯牛奶。

[黄亚萍冲奶。

[刘巧珍拎着小花袋，打扮得新鲜漂亮，静悄悄地上。

刘巧珍 （轻呼）加林哥！

高加林 （触电似的跳起来）巧珍！

黄亚萍 （抬头一看）啊！

[黄亚萍端奶给刘巧珍，刘巧珍感谢地点点头，端给高加林，高加林尴尬地推还给她。

[同时，幕后伴唱：

她水灵灵双眼忙打量，
她情脉脉凝眸定定看，
他眉皱皱心中好迷惘，
因何相见无语嘴难张？

黄亚萍 （首先打破沉默）哟！一杯牛奶也推来让去，不会再冲一杯吗？（冲奶端给刘巧珍）来，趁热喝。

刘巧珍 多谢，阿姨！

黄亚萍 阿姨？（失笑）你们谈，我走了。

[黄亚萍深深地看加林一眼，转身下。

高加林 巧珍，你怎么叫阿姨？人家只大你一岁！

刘巧珍 啊？下次见面，我叫她姐姐吧。她真漂亮！她一定很有文化。

高加林 高中同学，别谈她了。

刘巧珍 加林哥，我来找你几次，人家都说你去柴坊了。柴坊很远吗？

高加林 （无可奈何地摇头）不是去柴坊，是去采访。就是收集材料，采写新闻。唉，说了你也不明白。

刘巧珍 我明白，是采访……（心中不大了然，可又不敢再问，可怜巴巴地低下头）

高加林 （心中不忍）家里都好吗？

刘巧珍 （活跃起来）好！如今政策变了，分了责任田，你妈养猪织帽……

高加林 （心不在焉）呵，你饮吧。

刘巧珍 （看他一眼，端起杯子又放下）你家的母猪生了十二个猪娃，压死了一个，还剩……

高加林 （烦躁地）死一只不就剩十一只吗，这还用说？（拿起报纸对着脸）

刘巧珍 （惶然不安）加林哥……

高加林 你饿了吧？我去饭堂打饭。

刘巧珍 （从小花袋取出一筒月饼）我买了莲蓉月饼，我们一起吃。

高加林 （触动心事）我，不想吃。

刘巧珍 你不想吃莲蓉月饼？都怪我粗心，只买了一样。

高加林 留着你自己吃。

刘巧珍 哪，这个，给你。（递过花钱包）

高加林 什么？

刘巧珍 （深情地）加林哥，你工资低、花钱多，这钱给你买穿的吃的……

（唱） 采摘冬菇三十九天，

汗水换来九十九元。

点点心意情一片，

与哥长长久久过百年。

[刘巧珍发现她送给高加林的衣服一颗纽扣快要断线了，她找出针线，一针针地把扣子钉牢。

高加林 （深深不安）啊！

（旁唱） 一股热浪扑心田，

两眼盈泪鼻根酸。

多情多义巧珍妹，

怎忍负你断姻缘？

[黄亚萍的声音从天而降：

我愿你是张开翅膀的大雁，

自由地去爱每一片蓝天。

……

高加林 （旁唱） 若然要续前缘痴情不断，
便好似老黄牛困守家园。
怎比得与亚萍共读书卷，
调工作去省城再闯新天。

巧珍，这钱你留着自己用，我有工资。（把钱塞进小花袋，默默走开）

刘巧珍 （提心吊胆地）加林哥，你有心事？

高加林 唉，我想告诉你件事，但很难开口……

刘巧珍 有事你就说吧，别闷在心里。

高加林 说出来怕你要哭。

刘巧珍 （一怔，不祥之感使得声音发抖）我……不哭。

高加林 我要去很远、很远的地方工作。

刘巧珍 （猛然咬着手指）那你……去吧。

高加林 你怎么办？农村户口不能跟去，你又不识字……

刘巧珍 加林哥！你进城工作，我就知道配不上你啦。只要你高兴，我……不拖累你。你、你另找一个有文化的……

高加林 （不敢看她）巧珍……我对不起你。你骂我吧！你恨我吧！（跑下）

[刘巧珍凄苦地摇头，恋恋不舍地看着高加林房中的一切，替他收拾零乱的书桌、床铺。

[幕后女声伴唱：

难割难舍缠树藤，
难斩难断白玉泉。
难分难断也要断，
从此一别似隔天。

[刘巧珍摘下墙上的素描像，细心地抹净灰尘，凝视着，贴着脸啜泣。

[切光。

[闭二幕。

第六场

[几天后。

[二幕前。

[德顺公和高母上。

高　母　（唱）　加林做事气煞人，

德顺公　（唱）　喜新厌旧害巧珍。

高　母　（唱）　全村老少都激愤，

德顺公　（唱）　痛骂小子丧良心！

老嫂子，就是这间房子了！（抬头张望）哟，那个洋女人也在屋里！（叫唤）加林，加林，你出来！

[高加林衣饰一新，上。

高加林　（略感意外）妈、德顺公！

德顺公　你小子的良心叫狗吃啦！

高加林　德顺公……

德顺公　别叫我！（蹲下抽烟）

高　母　你啊！你怎对得起巧珍！

（唱）　你落魄她不嫌相爱相敬，

三月来打柴、劈竹、担水、喂猪、洗衫、煲药她忙个不停，

她胜似亲儿来照应，

你不该忘恩负义丧了良心！

德顺公　你这小子，害得巧珍大病一场，几乎没命！

高加林　啊！她病好了吗？

德顺公　巧珍可要强哩，又给你妈担水了！

高　母　（抹泪）我没脸见她……

高加林　（低下头）……

德顺公　加林呀！

（唱） 是禾是稗要辨认，
是铜是金要分清，
她是真金谁不敬，
你有眼无珠把她扔！
参天大树土里长，
你似豆芽身轻轻，
可知忘本负情陈世美，
不得好报害自身？
你及早回头快转性，
跟我回乡看巧珍。

高加林 唉，你们说的我都知道，但我心里想的，你们总不明白……

德顺公 有什么不明白的？不就是想爬高！

高加林 德顺公！

德顺公 别叫我，我恨不得揍你一顿啊！

[黄亚萍拿着书本上。

黄亚萍 加林，谁来了？

高加林 我妈、德顺公……

黄亚萍 （热情地）妈、德顺公，怎么不进屋？我和加林正商量呢，以后到省城工作，接妈去一起住……

高　母 这份清福我享不起！（气下）

德顺公 加林，我七十岁了，灵芝还留在我心窝里。可你……哼！（气下）

黄亚萍 （莫名其妙）这……

高加林 唉！（追下）

黄亚萍 加林！（追下）

[切光。

[二幕启。

[县城沿江路，景同第二场。

[张母拿着一个又大又厚的信封上。

张　母　（气急败坏地唱）

黄亚萍废婚约把人气炸，
高加林挖墙脚我咬碎大牙，
一腔怨恨难吞下，
寻根问底细调查，
查到他后门招工弄虚假，
纪检会里揭发他！

［张克南追上。

张克南　妈，你干吗呀？

张　母　去打官司！我状纸一投，就叫他……

（唱）　高加林鸡飞蛋也打，
黄亚萍乖乖嫁我家！

张克南　妈，这事不怪高加林，是黄亚萍追他的！

张　母　你呀！

（唱）　隔夜油条无好价，
烂藕难开四时花。
人家害你你装哑，
天生一个大傻瓜。

张克南　傻就傻！（抢过信封要扔下河去）

张　母　你敢！（急忙追赶，夺回信封）

（唱）　不正之风老鼠过街人人打，
弄虚作假违法乱纪害国家。
坚持原则正大光明讲真话，
检举揭发铁面无私谁不夸。

张克南　妈，你这是公报私仇！

张　母　（暴跳如雷，给儿子一个耳光）你这个没出息的东西，老婆叫人挖走了，还说些混账话。他个乡巴佬胆敢欺负老娘，老娘还能放过他？

张克南　（阻拦）妈，求求你，别去！你告倒加林，黄亚萍也不会嫁我。

张　母　嘿！我为什么生了这个没骨气的儿子！好吧，你叫黄亚萍来家吃午饭，我和她说！看，她和那乡巴佬拍拖来了，快去叫她。（边下边说）没眼看，看了眼生疮！（避下）

张克南　（唱）　他俩同行多潇洒，
我心酸痛眼发麻。
只怪克南欠风雅，
又恨她来又爱她。

［张克南犹豫不前，避在大树后。高加林、黄亚萍上。

黄亚萍　（唱）　携手同行江风送，

高加林　（唱）　欢度假日兴味浓。

黄亚萍　（唱）　清早同把唐诗诵，

高加林　（唱）　晚来挥笔齐用功。

黄亚萍　（唱）　河中击水谁奋勇？

高加林　（唱）　精疲力竭懒慵慵！

［高加林在小石凳上坐下。

黄亚萍　加林，明天游泳比赛，我让你赢。

高加林　算了吧，今天还是我故意让你的。

黄亚萍　啊？你真坏，真坏！你快活吗？

高加林　快活。

黄亚萍　我也快活！
（唱）　一棵爱苗深深种，
春风得意花更红。
美好前途同争取，
并肩奋斗力无穷。

高加林　那就让我立即去奋斗吧！
（唱）　搞新闻时时要闻风而动，
那灾区齐动员大显威风。
新事物新英雄理应赞颂，

去采访写续篇立即冲锋。

我去啦！

黄亚萍 哟，星期日冲什么锋嘛，陪我看电影。

高加林 你自己去看吧。

黄亚萍 让我孤零零一个人去看？亏你说得出口！

[黄亚萍赌气地背向高加林。

高加林 亚萍，谈恋爱不能影响工作。

黄亚萍 哼，半天也不肯牺牲，还谈什么恋爱！

[高加林一怔，不由得想起温柔的巧珍。

[幕后飘来轻轻的歌声：

月儿弯弯弯上天，

船儿弯弯弯水边。

……

高加林 （梦呓般喃喃自语）巧珍，你从来不要我牺牲什么……（顾自走下）

黄亚萍 （气够了，主动和好）喂，我的手脏了，给我擦擦，擦呀！

[黄亚萍把手伸向身后。

[张克南悄悄到她身边，替她擦手。

黄亚萍 （转头一看）是你？

张克南 加林早走了。

黄亚萍 你干吗像特务似的跟着我！

张克南 （忍气吞声）亚萍，我妈说……

黄亚萍 不听，不听！

张克南 我妈说，请你去吃午饭……

黄亚萍 开口你妈，闭口你妈！像你这样窝囊的人，还找什么女朋友？你应该去找个丈夫！（掉头而去）

张克南 亚萍！唉，亚萍！（追下）

张　母 （复出）小妖精！就会欺侮我儿子！要不看在你父母份上，花轿抬到门口我也不要！

［神思恍惚的刘巧珍游魂似的上。

刘巧珍 （见张母，触动旧情）大婶，你要买蛋？

张　母 （莫名其妙）买蛋？……

刘巧珍 嗯，新鲜鸡蛋。（一双空手，向她伸去）

张　母 （大惊）啊！疯妹，疯妹！（逃下）

［刘巧珍又陷入迷惘状态，徘徊四顾。

刘巧珍 （似乎想起什么）怎么？我到这儿来啦……

［幕后女声伴唱：

恍恍惚惚离村寨，
慢慢悠悠到大街。
东南西北四处看，
迷迷惘惘心哀哀。

刘巧珍 （唱）

榕树依然绿荫盖，
杨柳依然站一排。
河水依然奔大海，
小凳依然树下偎。
却只见呆立江边独有妹，
加林哥无踪无影不见来。
难道是去买纸笔来教妹？
难道是去买围巾店未开？
难道是赶写文章不松懈？
难道是下乡采访未回来？

［幕后女声伴唱：

加林哥……
巧珍一心苦等待，
望穿双眼盼你来！

刘巧珍 啊！不对，不对！加林哥不会来了，他不和我好了，他找到一个有文化的姐姐了。我认识九百个字了，他还说："你是农村户口，又不识字……"我回家就病了，吃不下，睡不着，想去投井……可是，我没有死，我才二十二岁！我……唉！

（接唱） 愁心化泪，
粒粒抛碎，
愁情似茧，
团团乱丝解不开。
真情终不悔，
寻梦又重来，
坐一坐小凳多感慨，
摸一摸大树泪满腮。
不怪哥哥忘妹妹，
只恨妹妹无文才，
不该水中赏月镜里观花痴情恋爱，
屈煞了无文无墨的山村人家小女孩！

[马山心情沉重地上。

刘巧珍 （抬头）你？

马　山 巧珍，你哭，哭一场心里会舒坦些。

刘巧珍 （摇头，抹去泪）你怎么也来啦？

马　山 我本来去你家，半路上遇见你，不知怎的就跟着你来了。

刘巧珍 唉！你是好人，对，加林哥也是好人。

马　山 高老师他要远走高飞……

刘巧珍 我不拖累他……（哭泣）

马　山 巧珍！你别苦坏自己，高老师知道了会难过的。

刘巧珍 是吗？不，我不让他为难。（抹泪）

马　山 巧珍，如果你愿意，我想娶你！

刘巧珍 娶我！我名誉不好了，你不嫌？

马　山 巧珍！

（唱） 你贤淑温柔无过错，

我想你爱你几年多。
如今我重点心头火，
几次求婚请媒婆。
你爹妈有言告诉我，
你拿主意你把舵。

刘巧珍　爹对我说过……

马　山　巧珍啊！我一辈子做牛做马也不让你受委屈！

刘巧珍　啊——

（旁唱）　一颗苦心他道破，
又想哭来又想歌。
世间痴人多苦楚，
哀人哀己泪滂沱。

马　山　巧珍，你莫哭，我知道配不上你，你实在不同意就算了，我自己过一世。（抱膝蹲下）

刘巧珍　马山哥，我……同意！

马　山　真的？

刘巧珍　我们马上结婚。

马　山　好！

[刘巧珍摇摇欲倒。

马　山　巧珍！（急扶）

[幕后伴唱：

快刀斩断缠树藤，
心胆俱裂泪涟涟。

[切光。

[闭二幕。

第七场

[二幕前。

[九月重阳节。

[高明楼、马占胜提礼物上。

高明楼 （唱） 小小蚊子变大象，
矮仔爬楼上天堂。
加林省城去领奖，
消息传来震山乡。

马占胜 （唱） 老兄应得伯乐奖，
无私荐贤美名扬。

高明楼 （唱） 秀才同乡多来往，
有朝一日也沾光。
专程进城去探望——

马占胜 （唱） 大能人真有大眼光。

[同笑、同下。

[二幕启。

[高加林宿舍，景同第五场。金银花已经枯萎，高脚花几摆着一个大花瓶，

[高加林穿戴整齐，背着小旅行袋喜洋洋地上。

高加林 （唱） 满眼是阳光灿烂，
春风一路送我还。
上省领奖人夸赞，
一鸣惊人登泰山。
力量平添情无限，
文思滚滚如涌泉。
磨砺笔锋宏图展，
直上青云笑开颜。

[高加林进屋挂起奖状，放眼打量。

高加林 啊！这房子怎么变得又窄又小了！（大步丈量）哦，房子没变小，是我的眼光变得远大了！哈哈！

[黄亚萍捧鲜花上，冲入屋子。

黄亚萍 （热情地）我的英雄，欢迎你！

高加林 亚萍!

黄亚萍 （嗔爱地）我还缠着爸爸要小车去接你呢。(把花插进花瓶)

高加林 我有坚强的双脚，干什么要坐你爸的小车？

黄亚萍 看你得意的样子，莫非有好消息？

高加林 文章得了奖，幸亏那天没陪你看电影，要不然……

黄亚萍 （捂他嘴）不准说，不准说。

高加林 你呀，就会耍脾气！

黄亚萍 加林——

（唱） 分别几天不见面，
难耐相思似数年。
明天就设新婚宴，
跟我上省免熬煎。

[黄亚萍温情脉脉地靠着高加林。

高加林 亚萍，你永远是这样温柔就好了！

黄亚萍 （翻着旅行袋）我知道，你喜欢刘巧珍，就因为她很温柔……

高加林 亚萍……

黄亚萍 （在旅行袋里掏出红围巾）这条村姑用的围巾，不会是送给我的吧？嘻嘻。

高加林 （尴尬地承认）是给刘巧珍的，是她托我买的……

黄亚萍 她托你买也好，你给她买也好，不必紧张嘛，不做爱人也可以做朋友，对不对，我的大秀才？

高加林 对！对！(忙转话题）亚萍，我真有个好消息告诉你！

（唱） 此回领奖上到省，
结交旧友与新朋。

几个单位搭上线，

电台报社省文联。

黄亚萍 （大喜）真的！啊——

（唱） 电台与我同战线，

文联高雅名声显。

报社熟悉有经验，

选来选去到哪边？

去电台？

去报社？

去文联？

工作为重多贡献，

先去报社干几年。

高加林 遵命，我的组织部部长！假如真的办成了，就不是我跟你上省，是你跟我上省了！

黄亚萍 （娇嗔）你真坏，真坏，大男子主义！

高加林 大男子也有赔小心的时候，看，我给你的礼物。（示录音带）

黄亚萍 （看）世界名曲、电子琴音乐？太好了，听听！

[高明楼、马占胜提着礼物来到门外。

高加林 啊！稀客！快请进！

马占胜 我们贺喜来了！

黄亚萍 （讥讽）马副局长就会拍马屁！

高加林 莫把挖苦别人当作乐趣。

马占胜 开开玩笑没关系！明楼呀，这位就是武装部黄部长的千金，也是高加林的……

黄亚萍 （大方地）高加林的未婚妻黄亚萍。你就是大名鼎鼎的大能人明楼叔？

高明楼 哟，城市姑娘到底气派不同。

高加林 （难堪地）大叔不见怪就好。

高明楼 有什么好见怪哩！

（唱）　山窝窝里凤凰飞，
不是梧桐不落枝。
恋爱自由凭心意，
对眼对心要相知。

马占胜　（唱）　如今你俩成知己，
半斤八两够意思。

黄亚萍　加林妈妈还不肯理我呢！

高明楼　老人嘛，慢慢来。

高加林　大叔，来饮杯茶，吃点点心！

马占胜　我们也带了点土产呢！一来共度重阳佳节，二来为你接风洗尘！

[各式食品、酒摆在书桌上。

马占胜　（唱）　重阳佳节多吉利，
高加林获奖攀高枝。
同乡欢聚齐贺喜，
常来常往共提携。

高明楼　来，饮酒！

[众人举杯。

高明楼　（唱）　第一杯，
祝贺文章得奖人皆喜，
四海扬名争光辉！

[同饮。

马占胜　（唱）　第二杯，
祝贺加林亚萍偕伉俪，
称心如意结伴飞。

[同饮。

黄亚萍　（唱）　第三杯，
祝贺两位大叔好运气，
升官发财样样齐！

哈哈哈！（恶作剧地做鬼脸）

[张克南神色紧张地奔上。

张克南 不好了，不好了！

[众人举起的酒杯停住了。

黄亚萍 你又怎么啦？

张克南 我妈……

黄亚萍 又是你妈！

高加林 克南，别急，慢慢说。

张克南 我妈向纪检会告了状！

黄亚萍 她告谁？

张克南 她……（唱） 一状告了你、你、你！（逐一指点）

高加林 （大惊）告我们什么？

张克南 （唱） 后门招工以工代干违法乱纪，
有证有凭上纲上线借题发挥！

众　人 （惊）啊！（酒杯落地）

[切光。

[闭二幕。

第八场

[二幕前。

[数天后。

[黄亚萍疲惫不堪地奔上。

黄亚萍 （唱） 四处奔走头发晕，
千方百计救加林，
找过他亲叔，
求过我父亲，

可恨他们只讲原则不认人。

马占胜打着加林叔的招牌，为三个人走后门进了城。如今他叔叔表示：一律按政策处理，都退回农村去！还说什么“有出息的青年人不靠走后门”！唉，真急死人了！

（接唱） 我不管他马占胜撤职被惩罚，

我不管他高明楼党内受处分，

我只急心爱人儿陷困境，

加林竟被退回农村当农民。

一早收到断情信，

斑斑点点染泪痕。

若随他回乡苦难忍，

若和他分手痛裂心。

从来未识愁滋味，

如今方知生活折磨人！

加林……加林……（奔下）

[二幕启。

[景同第四场，舞台上无实景，天幕可随剧情而变化，此时是山口。

高加林 （内唱） 孤零零辞别了县委大院，

踏上那回乡路山间盘旋。

（头发蓬松，面容憔悴，脚步踉跄上，唱）

路弯弯静悄悄去向难辨，

眼前事只觉得似梦如烟。

想当初抛家别土抱宏愿，

说什么雄鹰展翅冲云巅，

说什么美满姻缘人称羡，

说什么磨砺笔锋写鸿篇，

说什么一鸣惊人名声显，

说什么上调省城闯新天！

到如今——
无根豆芽先枯萎，
断翼雏鹰难飞腾，
一步行差千古恨，
一时想错万年冤，
错把彩虹当金桥，
跌落青云陷深渊。
自酿苦酒自己喝，
千羞万愧返家园！

[黄亚萍内喊“加林……”奔上。

黄亚萍 加林！
（唱） 怎么办，我俩怎么办？
因何匆匆离去无别言？

高加林 （接唱） 哪里来退回哪里去，
无非再当农民再耕田。

黄亚萍 我退职，我当农民，我跟你去！

高加林 （唱） 叫亚萍要冷静，
你娇生惯养廿三年，
怎肯日晒雨淋去耕田？
累你受苦我终生不安宁。

黄亚萍 唉！

高加林 亚萍，我很感谢你的心意，但从感情上来说，我实在更爱巧珍。

黄亚萍 你骗人！

高加林 是真的。亚萍，你也知道，我一直忘不了她……（掏出红围巾）

黄亚萍 （又气又惊）我的天呀！你……（哭着转身跑下）

高加林 （看着她远去，喃喃地）亚萍，原谅我！
（唱） 祝你锦绣前程称心愿！
我振作精神去做人。

[飘来轻柔的歌声：

月儿弯弯弯上天，

船儿弯弯弯水边……

[高加林侧耳细听，挥着红围巾呼叫着“巧珍”，急步追寻。

[天幕变景，村边。

[热烈的音乐由远而近。

高加林 是谁娶亲？（急忙回避一侧）

[迎亲的八音班吹打舞蹈队伍兴高采烈地上，表演着八音吹打、手巾舞、扇子舞、罗伞舞等粤北民间音乐舞蹈。

[马山、刘巧珍佩大红花，与伴郎、伴娘同上。

[马山见高加林，热情招呼。

马　山 高老师，你回来了？

高加林 又被除名回乡当农民了。马山，祝你新婚大喜！

[高加林给新人让路，刘巧珍推开花伞，两人照面，僵住。

[欢乐的迎亲队也呆了。

[幕后唱起深沉的、动人心魄的无字歌：

啊——

[歌声中，高加林、刘巧珍泪眼相看，百感交集，无言相对。

[歌声中，马山默默地摘下大红花，抖着手，交还给刘巧珍。

[歌声中，高加林羞愧地低下头。

[歌声中，刘巧珍郑重地把大红花给马山戴上。

[迎亲队爆发出热烈的欢呼，各人更欢快地吹打、舞蹈起来。

[马山激动地伴刘巧珍下，众舞下。

[无字歌轻轻地唱，似哭泣、似呻吟。

[高加林呆若木鸡，红围巾随风飘远。

[舞台光渐弱，一束聚光照着高加林。

[马山复上，大红花已除下。舞台光渐亮。

马山高 高老师，高老师！巧珍不放心，让我赶快来看你。（递过花钱包）这里原来有九十九元钱，今天她又加上一元，给你安排生活用。

高加林 （摇摇头）……

马　山 （把小包塞进高加林衣袋里）忙过这一阵，我们去看你！（下）

高加林 天哪！我活着还有什么意思！

[德顺公、高母等同上。

德顺公 加林，你胡说些什么啊！

高加林 （痛悔万分）妈、德顺公，我错了！

高　母 孩子，谁没三差两错的，明白了就好。

德顺公 加林啊，我七十岁了，还年年种果树！我种一棵树，就想着孩子们日后吃到我的甜果子，心里就快活，就觉得活得有意思。来，去看看阿公新栽的龙眼吧。

[德顺公拉着高加林步步向前走去。

[幕后合唱：

人生路，曲曲弯弯，
脚踏实地步步行；
人生路，坎坷艰难，
百折不回永登攀。

[幕徐闭。

[剧终。

（剧本版本：作者本人提供）

·韶关戏曲卷·

粤北采茶戏

茶山雾濛濛

编剧：曾龙章　张化祥

人　物　表

茶　花　　女，24 岁，天牛山茶场场长。

李　春　　男，36 岁，乐华茶庄经理。

鸣　华　　男，26 岁，天牛山茶场技术员。

张　克　　男，26 岁，农学院毕业。

二　叔　　54 岁，天牛山茶场副场长。

三　发　　男，24 岁，茶场职工。

秀　玲　　女，22 岁，茶花胞妹，茶场职工。

唐　姨　　50 岁，茶花母亲。

李　媚　　21 岁，乐华茶庄女售货员。

茶女、茶客若干人。

第一场

[20 世纪 80 年代第 7 个春天。

[粤东山区天牛山茶场。

[碧水溪边，独板石桥的桥头，大榕树下。春茶吐芽，野花争艳。

[音乐声中幕启。

[茶花内唱：

　　下茶山……

[鸣华内唱：

　　溪照影，

［茶花、鸣华双双上。

茶　花
鸣　华（唱）　一把花伞两个擎；

双双镇上去登记，

茶　花（唱）　人爱风流赶后生。

鸣　华（唱）　茶叶片片铺云路，

茶　花（唱）　鸟雀欢歌来送行，

茶　花
鸣　华（唱）　山欢水笑齐贺喜，

并蒂花开岁岁甜！

鸣　华　茶花，我该送给你……

茶　花　什么？

鸣　华　（掏出手帕）你心爱的丝绢手帕。

茶　花　哈哈，你这人真多情。好，我收下。

鸣　华　那，你也该……

茶　花　我把心都给你了，你还要什么？

鸣　华　这……

茶　花　（挽住鸣华）亲爱的，走吧！

［两人愉悦地下。

［茶女们背茶筐上。

［女齐声唱：

茶山三月好风光，

姐妹上山采茶忙，

采呀采，忙又忙，

欢声笑语绕山梁！

采呀采，忙又忙，

人人香汗满脸膛；

脚踏茶歌满山走，

风流茶女采春光。

[三发穿牛头裤，光着上身，手里拿着花格衬衫上。

三　发　喂！“三八”同志们，天牛山通讯社报道一条最新新闻……

秀　玲　哈，“酸钵”通讯社又放酸屁了。

三　发　你……叫人家的花名，我不说了。

秀　玲　好，三发同志，有什么新闻快说吧？

三　发　好，你们洗耳恭听。（清了清喉咙，用不标准的普通话）今天，我们天牛山茶场发生了一件最严重的问题……

众　人　什么问题？

三　发　场长茶花和技术员鸣华同志即将路过此地，手挽着手亲亲热热到镇上去……

众　人　干什么？

三　发　打“准宰证”！

众　人　准宰证？

三　发　哈哈，这“准宰证”嘛……就是结婚证，一个样。

众　人　酸，大酸钵！（羞三发）

秀　玲　听，“酸钵”通讯社专播酸新闻，播多了，茶山的茶全都会变味哩！

三　发　你懂个屁！酸东西对人体大有益处——消食开胃、滑肠通气。

一茶女　嘿，看到你的穿着，我就不开胃！

三　发　（一照自身）我呀？！上身怕热，下身也不怕寒，强壮如牛！

一茶女　哈哈哈，一身都起鸡麻皮还说不怕寒，打肿脸皮充胖子。

[众茶女在哄笑声中各自奔下。

秀　玲　你真像呆头雕！

三　发　嘻嘻，我这个呆头雕自有飞来虫……（欲亲近秀玲）

秀　玲　（躲闪）你莫哈哈打打（傻傻气气）！

三　发　唔讲唔笑唔得昼到，唔打唔闹难得逍遥。（又欲亲秀玲）

秀　玲　（再次躲闪）我要去摘茶了，没时间跟你打牙花！

三　发　（拦住秀玲）摘茶摘茶，你看，人家摘了半天，手都摘起了血泡！俗话说，男女之间难得嬲，来，排排坐，吃果果；亲亲嘴，乐呵呵……

秀　玲　你……酸果！

三　发　我是酸果，你像八棱洋桃，酸味差不多，正是天生一对。

秀　玲　唔知羞……唔知羞！（跑下）

三　发　（喊）秀玲，秀玲！（追下）

［茶花、鸣华双双舞上。

［幕内歌：

手牵手，心连心，
难得今日俩相亲；
柔情蜜意嫌路短，
上路半天未出村。

鸣　华　茶花，我看到前面那独板桥好有一比……

茶　花　好比什么？

鸣　华　好比爱河鹊桥，容不得第三者通过。

茶　花　哈哈哈，你……哦，往日姐妹们在这里满山打闹，今天为何静得出奇？

［众茶女“啊嗨”一声从四周茶丛中跃上，一字儿摆开堵在桥头，翩翩起舞。

［齐唱：

三月茶山绿茵茵，
鹊桥欲渡有情人；
今日姐妹把桥堵，
鸟喧雀跃戏芳春！

哎哎哟，今日出示通行证，
方可过桥订终身。

鸣　华　什么通行证？

众　人　（唱）　哎哎哟，百人众里亲一口，
胜似那，万卷情怀知己心！

一茶女　快，大大方方吻一口！

一茶女　快，不吻一口不准过桥，这是茶山人的规矩。

茶　花　鸣华，来吧！（大大方方地走近鸣华）

鸣　华　这……（尴尬地）

三　发　慢。鸣华哥怕羞，我三发可不怕羞，我代表鸣华哥来一个——（自己吮了个响吻）

众　羞，羞……三发桶底脸！

茶　花　好，这也不是什么羞人的事。三发，你有胆量就代表吧！

三　发　这……（步步后退）

一茶女　三发，有种就别走。（拦住三发）

众　快，快！

[众正在哄闹时，忧心忡忡的二叔上。

二　叔　快、快、快，快什么！眼看茶山快完蛋了，你们还这么开心？！快给我采茶去。（赶众下）

茶　花　（愕然）二叔，回来了。听你这口气，难道……

二　叔　（叹气）唉！难道、难道，你说办件事容易吗？

（唱）　说难道，真难道，

这次进城气难消！

处处订货都碰壁，

上等茶叶无路销。

俗道烟酒能开路，

准知石灰撒路尽白跑！

可恨乐华茶庄李老板，

欺行霸市手段刁……

鸣　华　李老板，是不是那个李春？

二　叔　就是他，我俩还算是老相识。二十年前，他还是十多岁的孩子，上山下乡来到我们茶山，那时他晴天一身汗，冷天一身寒，刻苦干活，任劳任怨，从不多说话，人人都说他是“暮咕狗”（不吠的狗），没想到如今他……

茶　花　哈哈哈，俗话说“暮咕狗”咬死人，看来此话不假。

二　叔　这次我进了他的门，热情倒算热情，但禀性难移，半天只说了四句话。

茶　花　哪四句？

二　叔　进门“二叔”，进去“请坐”，坐下“饮茶”，一谈生意，他说的话真是刺心扎肺……

鸣　华　他说什么？

二　叔　说我“不熟生意经，切莫乱登门”，去叫你们的场长、大名鼎鼎的“风骚茶女”来吧！

鸣　华　他……偏偏叫她去，居心何在？

茶　花　我跟他素不相识，竟这么瞧得起我，真有意思！哈哈哈。

鸣　华　看来这人真傲气，不求他算了，一个大活人还能被尿憋死吗？！

二　叔　鸣华，你还不知道，他是个商业巨头，垄断了几个县的茶叶生意。

鸣　华　东门不开，西门裂缝，为何不跟土产公司订货？

二　叔　土产公司旧货积压，茶叶滞销……

鸣　华　那外贸公司呢？

二　叔　外贸的业务人员说天牛山的茶质量不高，外商不感兴趣。

鸣　华　质量不高？！屎多狗饱！

茶　花　（叹气）唉，看来我得亲自出马去会会那李老板了。

二　叔　对，明天九时李春在他的乐华茶庄召开品茶订货会，你要去，现在动身还来得及。你马上走吧，我到茶园看看去。（下）

茶　花　鸣华，你快去场部拿茶叶样品。

鸣　华　你……你说什么？

茶　花　看来，我俩的婚期又得推迟了。

鸣　华　你开什么玩笑？

茶　花　不，这不是开玩笑。为了天牛山一千多担茶叶的销路，机不可失！

鸣　华　（气愤地）你……你！

（唱）　婚姻大事视儿戏，
三次约定又推迟。
世上只有你多事，
忙忙碌碌无暇时。
三年情缘何时了，

莫待我一片深情水流西!

我问你，还要推迟到什么时候？你心里只有茶叶、茶叶、茶叶!

茶　花　（笑了笑）鸣华，生活中的两件宝，老公茶叶都少不了。

鸣　华　那你……

茶　花　结婚嘛，有食自然到，唔使（不用）爬上灶。

鸣　华　（无可奈何地）好，等吧！等到八十岁做新郎也光荣。（愤然下）

茶　花　（呼喊）鸣华，鸣华……

[幕急落。

第二场

[翌日上午。

[县城乐华茶庄。

[幕启。穿服务员服饰的李媚上。

李　媚　（唱）　几尺柜台小天地，

日出站到日落西；

老板事事严管教，

李媚我好似牢笼困画眉!

天天茶茶茶，

芳心与茶苦相随!

今日里，存心戏弄“茶博士”，

藏眼镜，叫他有眼步难移。

[李媚拿出眼镜戴上，走了几步差点摔倒。

李　媚　还真不习惯！（藏起眼镜）

[张克内喊“李媚，李媚……”，像瞎子一样摸索着上。

李　媚　怎么，“茶博士”有空来找我李媚开心了?

张　克　不，我的眼镜丢了，求你帮忙找一找。

李 媚 哈哈，帮忙可以，不过有个条件。

张 克 什么条件？

李 媚 今天是星期天……

张 克 对、对，今天是星期天。

李 媚 晚上陪我去公园里玩一玩。

张 克 唉，我还有许多资料未看，以后再说吧。

李 媚 好，我也要站柜台，以后再说吧。（欲走）

张 克 慢。没有眼镜我像个瞎子，只有答应你了。

李 媚 书呆子，谁要你的眼镜，给——

[李媚替张克戴上眼镜。

张 克 你……原来是你偷走眼镜？

李 媚 偷了又怎么样？

张 克 那……刚才说的不算数、不算数。

李 媚 哈哈哈，你这书呆子真是呆得可爱！

张 克 可爱？

李 媚 可爱中带着可怜。

张 克 不，你说错了。我留职停薪来到这乐华茶庄，不为别的，是为了事业，为了茶、茶……我乐在其中，你懂吗？好。今天有许多顾客光临，我得接客去。（下）

李 媚 哈，连舞厅的门朝哪儿开都不知道，还说乐在其中，够可怜！

[李春上。

李 媚 哦，老板，有事吗？

李 春 天牛山那个女场长来了没有？

李 媚 说的是"风骚茶女"吧，老板对她好像挺感兴趣？

李 春 别多说。李媚，在我身边干活，不该问的别问，不该干的别干，否则……好，她来了立即告诉我。（下）

李 媚 这老板真怪，近来老是打听"风骚茶女"的情况，莫非……（下）

[张克引几位年老茶客上。

张　克　诸位，请！

众茶客　请。

[寒暄中众茶客入座，张克泡茶伺候。

[众茶客饮茶，连赞“好茶”。

茶客甲　张先生，乐华茶庄果然名不虚传，所经营的茶叶，香、甘、滑三味俱佳！

茶客乙　难得，难得，老朽十多年来未饮这等香茗了。

茶客丙　（用潮州话）是呀，是呀，茶好、水好、人更好！

张　克　诸位前辈，过奖了。本庄诚实经营，信誉第一，老少无欺，货真价廉确是实情，望日后多多关照。

众茶客　应该，应该！

[茶花戴墨镜，提一精制小皮袋，穿西装短裙颇有气派地上。

茶　花　（唱）　整仪容，换西装，
独步来到乐华茶庄；
抬手看表九时整，
一刻无误好时光！

[张克一见茶花，忙迎出。

张　克　贵客是……该如何称呼？

茶　花　（笑）哈哈哈！凳没坐，茶未喝，怎么就问名道姓了呢？

张　克　冒昧了，请到里面——

[张克引茶花入座，忙筛茶接待。

[茶花接茶只闻了闻，放在茶几上。

茶　花　先生，你不是贵庄老板吧？

张　克　对，对。我是请来的助手，叫张克。

茶　花　啊，你就是大名鼎鼎的“茶博士”张克，久仰，久仰！

张　克　岂敢，岂敢！（递茶）

茶　花　（用眼一描递来的茶，推开）这茶……

张　克　是了，一般姑娘不喜欢绿茶，你要红茶还是色种？

茶　花　不，你这茶淡，情也淡，用冲过几次的茶款待客人，太小看人了吧？！

张　克　这……请包涵！（下）

茶　花　诸位前辈，请勿怪罪。

茶客甲　姑娘，看来你对茶深有研究。

茶客乙　是呀，深懂人情世故，年轻可畏呀！

［张克端茶盘上，给每人一杯。众饮。

张　克　小姐，这茶？

茶　花　（接饮）不错。可惜用现代化工具煮水，方便有余，功力不足。

张　克　什么现代化工具？

茶　花　电炉。

［张克与众茶客尽皆惊奇。

张　克　小姐，这……待我再泡一壶。（下）

茶客甲　姑娘，了不起！

茶客乙　咳，今天“茶仙姑”光临，满室生辉！

［张克端茶盘上。众饮。

茶　花　（细品）好茶，好茶！

张　克　好在何处？

茶　花　这个嘛——

（唱）　细品此茶知奥妙，
泡法精良功夫高！
遥用北源山泉水。
精选南峰木炭煲；
报春佳茗做工细，
一杯落肚意逍遥！

这庐山云雾茶，经张先生仿古精心泡制，确无挑剔。

茶客甲　张先生，此非虚言？

［张克频频点头，众茶客惊叹声不绝。

张　克　（口吃地）你、你……客从何来？

茶　花　哈哈哈，我嘛——

（唱）　天牛山上一野花，
从小天天学种茶，
茶山生来茶山长，
与茶为伴度年华！
“风骚茶女”是绰号，
秋来满山白茶花。

张　克　（吃惊）你就是茶花……“风骚茶女”？

茶　花　（摘下墨镜）“风骚茶女”声名狼藉，还会有人冒充吗？

张　克　不，不。看你今天的打扮、言行，端庄稳重，看来……

茶　花　（一笑）不见得风骚，是吗？

张　克　时下长舌者多，人言可畏呀！

茶　花　哈哈哈，我行我素，何惧人言！

张　克　（点头）小姐，你这次来本庄是……

茶　花　专程赴李老板的品茶之约，难道他……

[李春手提茶壶，笑而不言上。

李　春　（略顿）场长大人，你终于来了，我李春恭候已久。

茶　花　山野女子，无德无才，何足李老板挂齿？

李　春　哈哈哈，我也是半个茶山人嘛，美不美乡中水，亲不亲故乡人。来，敬大场长一杯。

[茶花接过李春递来的茶杯，一笑泼茶于地。

李　春　（惊愕）你……

茶　花　可惜吗？！俗话说，酒面茶底饭中腰，我茶花不是喝头杯茶的人，失礼了。

李　春　哈哈……那好，请诸位都来一杯。

[李春把茶杯围成圈，用“高斟低筛”“关公巡城”“韩信点兵”的手法筛茶，干脆利落。

茶　花　（情不自禁）好手法！

李　春　请！

众　人　请。

［众饮茶，赞不绝口。

茶客甲 李老板这手工夫茶果见功夫！

茶 花 嘿嘿，茶好功夫高，只可惜……

茶客乙 可惜什么？

茶 花 常说“烧茶热饭冷冬瓜”，这茶似乎凉了点。

李 春 （大笑）哈哈哈，八大标准去其一，果是美中不足。小姐你一肚子“茶经”，难得，难得！

众 人 佩服，佩服！

茶 花 诸位老前辈，我这里也带来几包天牛山粗茶，请大家品尝品尝，如何？

李 春 （急切地）诸位前辈辛苦了，请到内室休息休息。张先生，领路！

张 克 好。诸位，请！

［众茶客不解地跟张克下。

茶 花 （讥讽地）李老板，太小气了吧，为何茶都不让他们多喝几口呢？！

李 春 哈，当小气得小气，要大方则大方嘛！我李某召开的订货会反成了你小姐的展销会，别人会怎么说呢？！

茶 花 多虑了吧。

李 春 小姐，他们都不是大顾客，别费心机了。天牛山那一千多担茶叶，除了我李春，恐怕……

茶 花 （不失时）但你说不跟我们订货，作为半个茶山人来说，未免太绝情了。

李 春 不。我只说二叔“不熟生意经，切莫乱上门”。

茶 花 你不觉得这会刺伤老人吗？

李 春 也是，日后我会登门赔礼。不过，说实话，当今是变革年代，商场瞬息万变，让二叔这样的老农来谈生意，合适吗？

茶 花 确实是不太合适。好吧，请你先品品天牛山茶。

［茶花解一包茶放在壶中，冲水，斟茶。

茶 花 请！

［李春接茶闻了闻，一笑放在茶几上。

李 春 （大笑）哈哈哈，关公庙前耍大刀，这茶七元八角六分一斤，敝茶庄大量供应！

茶　花　算你识货，再来一个。

[李春一手按住茶花欲解包的双手。

李　春　算了吧，天牛茶我还能少喝了吗？！我等着要喝的是珍茶“一叶春”。

茶　花　“一叶春”？！（惊讶）

李　春　对。生意人嘛，似乎应该关注。

茶　花　他——

（旁唱）寡语言，城府深，

李　春　她——

（旁唱）　似风骚，实精灵。

茶　花（旁唱）　他生意内行非庸辈，

李　春（旁唱）　她满腹茶经女强人。

茶　花（旁唱）　难怪他生意日日旺，

李　春（旁唱）　难怪她种茶传奇闻。

茶　花
李　春（旁唱）　不由我内心生敬意，
庆幸逢上茶知音。

茶　花　李老板，俗话说货卖于识家，这天牛茶……

李　春　别急嘛，饮茶论茶是人生一大快事，古人曹操煮酒论英雄，今日我俩来个品茶说知音，如何？

茶　花　说知音？！哈……李老板抬举了。

李　春　不，我这次引你出来，不只是谈生意，还想……

茶　花　啊，原来你用的是激将法？

李　春（点头）说实话，像你现在的天牛山茶，太平常也太多了，不论我向那个角落一招手，保证整车整车源源不断运到乐华茶庄，相信吗？

茶　花（一笑）相信。李老板是商界巨子，经商有道，为人笃诚，喝山山转向，喝水水涨潮……

李　春　过奖，过奖。常言道：“常在河边走，哪有不湿脚。”经商久了，难免沾点坏习气。

茶　花　哈哈哈，李老板过谦了！

（唱） 老板声名久传扬，
生意兴隆日日昌，
洁身自好非一日，
富足不赌不嫖娼，
救助同行讲高德，
是个千里挑一的好儿郎！

李　春　（开心地）哈哈哈，场长大人真会说话！

茶　花　（亲昵地拍了拍李春肩）李老板，茶场由小妹承包，千斤重担压身上，拉一把吧？

李　春　一千多担茶叶是小事，不过……

茶　花　不过什么？

李　春　穿衣赶新潮，产品靠尖端。你难道年年都像今天这样上门求人家？

茶　花　久有凌云志，腾飞待来时。小妹绝不愿做不思长进之人！

李　春　有骨气。好，看在这茶知音分上，我帮你的忙。

茶　花　（喜而不露）立即订合同？

李　春　不，半月后我亲到茶山，顺便看看乡亲们。

张　克　（上）老板，众茶客说要见你。

李　春　好。场长大人，这里由农学院茶叶系毕业的“茶博士”陪你。失陪了！（下）

[茶花失望地看着李春下。

张　克　小姐，生意谈得如何？

茶　花　八字才写一撇，我担心……

张　克　不，老板的为人我了解，口出如山。

茶　花　言而有信？

张　克　（点头）小姐，说来真怪，我和你认识不到半天，却像个老熟人。

茶　花　也许你是个茶精，我是个茶迷，一个茶字就沟通了我们的心灵吧。哦，张先生，天牛山顶有棵珍茶的传闻你或许知道吧？

张　克　听说过。从前，天牛山顶长了一棵很大很大的茶树……

茶　花　产茶一年刚好二斤。

张　克　一天，县官带师爷上天牛山游览，主持和尚口中喃喃哼着“饭后一杯茶，气死卖药侪”，送给他一小包茶叶……

茶　花　可是，随行师爷却得到大包大包的茶叶，县官看在眼里，妒在心里，暗骂和尚瞎了双眼。

张　克　回府后，县官用此茶泡饮，不慎掉了几颗饭粒在壶中，片刻，饭粒神奇般地不见了，方知是稀世珍茶，不可多得。此事传扬出去，天牛山的茶叶身价百倍，客商络绎不绝！

茶　花　（有意叹息）唉，只可惜是传闻。

张　克　不。

（唱）　天牛傲海气势雄，
四季如春雾绕峰，
自古名山多名产，
自有香茗在玉盅！
往日说神奇，
世人道虚空，
今朝科学在，
传闻非梦中。

茶　花　（惊喜）你也认为有科学依据？

张　克　有，完全有。

[李春上，悄不声息地在一旁听得入兴。

茶　花　张先生，我老实告诉你，我们已开始试种的“一叶春”就是这类珍茶，如果你有兴趣进山帮助我们，每月给你工资四百块。

张　克　这……事有先后，恐怕不行。

茶　花　张先生，我知道你志在栽茶，天牛山正是你大显身手最好的地方。记得有句古诗：“始知锁向金笼唱，不及林间自在啼。”你何不到茶山去做一个“自在啼”的茶博士呢？

张　克　（心有所动）只要能培植优质品种……工资多少倒不在乎，让我想想，想想……

茶　花　男子汉决事如山，你要当机立断！

［茶花紧紧拉着张克双手。

［李春突然出现在他们面前。

李　春　场长大人，给你吃餐饭，端走人饭甑，太过分了吧！

茶　花　（大笑）哈哈哈，这叫竞争，争人才嘛！

张　克　李老板，我……你待我不错，要是你不同意，我就不走了。

李　春　（另有用意）不，鹰不击空，何谓自由？船不破浪，何谓飞舟？走吧！要是场长大人经济上有难处，你的工资可照样由乐华茶庄支付。

茶　花　多谢了。我们再穷，也不会亏待他。你这一招可有来头呵！

李　春　（点头）不愧是个“风骚茶女”，佩服！张克，去留由你定，我认为你应该去，水往高处流嘛！（下）

张　克
茶　花　（迷惘地）李老板……

［幕落。

第三场

［离前场几天后。

［景如第一场。茶山雾霭濛濛，鹧鸪啼唱林间。

［幕启。秀玲在桥下洗罢衣裳，口里哼着流行曲，临水照镜梳发。

［不远处传来火铳声。

秀　玲　啊，谁在打鹧鸪？

［秀玲拎起白铁桶准备回家，不料铁桶被石块击中，四顾无人，欲离去时石块又击中铁桶。秀玲生气，索性放下铁桶。

秀　玲　（笑骂）无缘无故撩姑婆，朝辰行路遇蛇哥，上山摘茶遇老虎，过桥过涧跌落河……

［又飞来一块石子击中铁桶。

秀 玲 （越发火了）日后娶老婆，娶个老猪婆，养女无肚脐，养子缺耳朵！

[秀玲正骂得起劲，三发扛着挂有两个鹧鸪的鸟枪悄悄地上，走到秀玲背后，“唰”的一声把秀玲头上的发夹摘到手。

三 发 骂人骂自家，食饭嚼舌麻，头发松松乱，像条老猪麻。哈哈哈！

秀 玲 酸钵，刚才是你在打鹧鸪？

三 发 嘿嘿，你看——一箭双雕！

秀 玲 一箭双雕？！你看，我的头发乱得像雕薮，快把发夹还我。

三 发 还你可以，但你要答应我……

秀 玲 答应什么？

三 发 亲个嘴！

秀 玲 人带面目树带皮，天光白日你敢？

三 发 敢！象吸田螺一样，一会儿就得了。

秀 玲 （颔首）嗯，你闭上眼睛，过来……

三 发 （跳起）万岁！

[三发闭上眼睛走近秀玲，秀玲冷不防重打轻落地打了他一记耳光，三发“哎哟”连声。

秀 玲 滋味如何？

三 发 （摸了摸脸）麻麻痒痒，真过瘾！来，亲了左脸，右脸也来一次吧？

[三发闭上眼睛，秀玲举手走近。突然三发张开双手欲抱秀玲，秀玲急用铁桶挡住。

[三发抱住铁桶，好不高兴。

三 发 哟，你的身体好冷，是蛇身？

秀 玲 酸钵！（笑得前仰后合）

[三发突然睁开眼猛地亲了一下秀玲。

三 发 （高兴地）亲了，亲了！

秀 玲 （追打三发）三发你……

[三发丢还发夹给秀玲，急拾鸟枪欲下，正好与上场的鸣华相撞。

鸣 华 三发，什么亲了？

三　发　（窘住）嗯……鸣华哥，茶山青青，河水清清，河水清了。

鸣　华　哼！河水清了，我跟你们的事可没清，今天安排你们两个到仓库装茶打包，怎么一个上山打鹧鸪，一个下河洗衣裳？

三　发　问这个吗——

秀　玲　（唱）　茶山迎来“茶博士”，
人心振奋喜开眉！
一腔热忱待贵客，
场长茶花
姐姐示机宜——

三　发　（唱）　我打鹧鸪山上走，

秀　玲　（唱）　我下河替他洗衫衣。

三　发
秀　玲　（唱）　盼只盼，“一叶春”茶早出世，
磨刀不费砍柴时！

鸣　华　这么说……张克初上山，热情一点，在理，在理！

三　发　在理，那你批评人批错了。

［唐姨内喊“秀玲”上。

唐　姨　看你，几件衫洗到半昼黄天，快回家吃饭去。啊，原来你在跟“酸钵”打牙花啦？

三　发　大婶，我刚来，别冤枉人。（扬起鹧鸪）看，我一枪打中了两只鹧鸪，是专门孝敬你老人家的。嘿嘿……“酸钵”变“肉钵”，你老口福不浅，餐餐山珍海味，牙齿会笑得净骨头哩！

唐　姨　你……秀玲，屙屎跟他隔岭岗，走！

［唐姨挽起铁桶拉秀玲下。

三　发　（喊）大婶，我三发回家去抱个八斤重的大阉鸡给你，该满意了吧？！

鸣　华　嘿嘿，三发，有这样向人求爱的吗？

三　发　（欲走又回）唉，鸣华哥，三发一不是阔佬，二不是大学生，三不是技术员，只有干活的好力气，不这么讨好人，一世都会睡冷床哩！

鸣 华 哈，怕睡冷床，怎么不讨好我呢？

三 发 你呀，哈哈哈……看这茶山，雾气沼沼，好比你和茶花姐的婚事，朦朦胧胧，美女属谁，还是个谜哩。拜拜！（跑下）

鸣 华 是个谜？（触动心事）

（唱）　云里观花花朦胧，

雾中看人貌不清，

不识庐山真面目，

皆因云罩雾沉沉。

刚才三发一席话，

话中似有弦外音……

难道说，茶花高薪聘张克，

把我学识来看轻？

难道说，茶花慕他才貌好，

朝三暮四想移情？

唉！（叹气）

剪不断，理还乱，

层层迷雾缠煞人！

[茶花上，见鸣华，高兴地迎了过去。

茶 花 鸣华，你来了，在看什么？

鸣 华 哦，我在看……看看雾气迢迢的茶山，挺有意思。

茶 花 看出什么来了？

鸣 华 好像女人的心，看不清摸不透，使人难辨真伪！

茶 花 亲爱的，别话里有话，待工作告一段落，一有闲暇就结婚，好吗？对，我早想进城替你买套漂亮的衣服，只是……

鸣 华 算了吧，我这个土里土气的土技术员吃什么穿什么都行。

茶 花 还在生我的气？（亲热地）来……

[茶花欲吻鸣华，正好张克掮一沉重麻袋上。

张 克 场长，此山的土质不错！

茶　花　啊，每个山头的土你都要取一把去化验，真够你辛苦呀！

张　克　（放下麻袋）嘿嘿，苦尽甜来嘛！过几天我还想到天牛山顶，寻找那传闻中珍茶的产地，只是我这眼睛……

茶　花　（高兴极了）你真有一股钻劲。鸣华，张先生要是上山，你就陪他去看看吧。

鸣　华　张先生，你要是想写科幻小说，很好！不过，你可别把“一叶春”写进去，因为它不够格。

张　克　你……此话何意？

茶　花　（忙制止）鸣华，别说了。请你替他把这袋土背回去。（鸣华无奈地掮麻袋下）

[茶花掏出鸣华送的手帕铺在石块上。

茶　花　来，辛苦了，快歇歇。

张　克　谢谢。（不经意地坐下）

茶　花　张先生，你满肚子都是墨水，想向你请教个问题……

张　克　是茶的问题？

茶　花　爱情。

张　克　爱情？！你和鸣华快成夫妻了，还要请教什么？

茶　花　你说，究竟怎么样的爱情才算幸福？

张　克　这……我是个门外汉，说出来是不会使你满意的。

茶　花　说吧，仁者见仁，智者见智。

张　克　我看，太甜的蜜糖反而使人味觉麻木，不太热烈的爱才能维持久远，太快和太慢，结果都不会圆满。快了，像火和火药亲吻，虽有闪亮的一刹那，但马上烟消云散……

茶　花　（喃喃地）不太热烈的爱才能维持久远……

张　克　场长，你跟鸣华相恋三年，既不快也不慢，是瓜熟蒂落的时候了。

茶　花　不，这点你不明白。不知是什么缘故，近来我心里似乎预感到有个不祥的兆头。

张　克　不会的。

茶　花　我想，他的工作由你来代替，叫他把有关“一叶春”的资料交给你……

张　克　我不能喧宾夺主，还是我和他一块干吧。

茶　花　我打算叫他到专业学院去进修，请你帮个忙，行吗？

张　克　（点头）行，你真是深谋远虑呀！咦，试种的“一叶春”在哪？快带我去看看。

茶　花　过了那独板桥再拐个弯就到了，走！

［茶花引张克走在桥上。

茶　花　“博士”先生，怕不怕？

张　克　怕得过，不怕也得过，试试看。

茶　花　这桥，鸣华说像爱河的鹊桥……

张　克　难容第三者通过，是吗？

茶　花　终有一天我要把它拆掉。

张　克　（吃惊）是指爱情？

茶　花　不。为了“一叶春”，该重建新桥。

张　克　哎哟……这山涧深不见底！

［张克走到桥中央时，双腿发抖。

茶　花　快。迂夫子，搂住我的腰。

张　克　谢谢。

［张克只得搂住茶花腰过桥，茶花大笑，亲热地下。

［鸣华上，见状颇为不悦。后发现石块上手帕，拿起拍打尘土。

鸣　华　定情之物，今日成了他臀下垫布，爱情竟这么不值钱？

［鸣华颓然地坐在桥端。

［幕落。

第四场

［谷雨时节，初夜。

［茶花家客厅。厅正中挂着一轴画卷，图中一朵白茶花光彩艳丽，题词“遥知不是雪，逢秋吐清芬”。

［幕内歌：

骄阳落，玉兔升，
春虫唧唧叫烦人；
望眼欲穿待订货，
心愿未遂起风云……

［幕启。鸣华在厅中观画凝思。

鸣　华　（吟）“遥知不是雪，逢秋吐清芬”。好诗，好画！

（唱）　一朵茶花独自秀，
百花争春尔艳秋，
雅洁似雪开山崖，
夜月清风香悠悠！
好一朵，白茶花，
开在心头韵自留，
天生绝色偏难采，
相思唯花梦里游。

唐　姨　（上）鸣华，你来了。

鸣　华　大婶，茶花呢？

唐　姨　等待李老板误了一整天，她刚洗澡，你坐。

鸣　华　这画……

唐　姨　你说这个？（指画）张先生呀，多才多艺，说茶写文章，下棋画画，样样皆能。昨天他送来这幅画，说什么他爱“茶花”就画了朵“茶花”送给茶花……

鸣　华　（一震）什么？！他说什么？

唐　姨　唉，这个大学生挺招人喜欢，就是说话文绉绉的，我这个老太婆无文无化，听不太懂。

鸣　华　你喜欢他？

唐　姨　（点头）嗯，茶花喜欢我就喜欢呗！

鸣　华　你……

唐　姨　我？哦，对了，只顾说话，我该去看看茶花洗完澡没有。（下）

鸡　华　今天大婶说话吞吞吐吐，这其中……

茶　花　（上）鸣华！

鸣　华　（不语）……

茶　花　遇上不顺心的事了？

鸣　华　（强笑）哈哈哈，这幅画画得不错，挂的位置也不错！

茶　花　怎么，不顺眼？

鸣　华　不，不敢，这是女性的自由嘛！

茶　花　（忍住气）鸣华，有件事我想征求你的意见，想送你到农学院进修，张克已替你联系好了。

鸣　华　（颇感意外）怎么，我这个技术员不称职？

茶　花　不，不能这么说。现在茶山有张克，你去进修，这是难得的机会。在这改革年代，知识就是财富，为了改变茶山的被动局面，为了将来，我还有许多设想……

鸣　华　设想、设想，你总是想些异想天开的事！

茶　花　鸣华，命运有时全靠自己创造，我们现在还年轻，可以大展宏图，平平庸庸地混过这辈子太可惜了。

鸣　华　混？！你认为我是混日子的男人？

（唱）　溪水清，河水浑，

洗衣姑娘一眼明！

天牛山，鸣华何处无脚印，

茶园中，哪株茶树没把汗水淋？

大事小事我心操碎，

问心无愧对乡亲。

如今你说话不怕人气死，

过水忘了撑渡人！

茶　花　鸣华呀！

（唱）　泥土黄，茶青青，

茶山姐妹看得清！

丰收喜悦有你份，
有苦有难你操心。
怎奈形势把人迫，
不进则成落伍人！
为茶山，望你吃苦再发奋，
早铸良材报佳音。

鸣　华　哈，说来说去，你还是瞧不起我这个土技术员，对吗？

茶　花　鸣华，说老实话，我越来越觉得太缺乏知识了，比如“一叶春”，已栽了三年……

鸣　华　别说了，“一叶春”现在就不错。你听信张克之言，把虚幻的传闻作为追求目标，可笑！

茶　花　不。人家是专科学院出来的高材生，有知识、有能力、有钻研精神，又有……

鸣　华　（急打断）有有有，别人样样有！告诉你，一方蚯蚓吃一方泥，我鸣华别的不敢“车大炮”，种茶，我不比别人差！（愤然下）

茶　花　鸣华……

（唱）　鸣华一走火冲冲，
不愿进修费思忖……
相恋三年似初识，
枉过一春又一春！
莫非爱河多风浪，
好事多磨竟是真？
欲架鹊桥风雨阻，
何日他心似我心。（出门下）

［三发上，捏着鼻子学斑鸠叫。

［秀玲从内室上，至门口探窥三发后立即关门，用背顶住。

秀　玲　三发，你这只大斑鸠叫什么？

三　发　喂，李老板真的没来？

秀　玲　明知故问，烦死人！

三　发　烦？那好，今夜月色好，我在茶树岗等你……

秀　玲　唉，我姐姐要我给李老板捧茶送水，不准我离开。

三　发　你呀，死田螺唔晓过田丘！刚才我遇见你姐姐出去找鸣华，你……

秀　玲　哼，不行。我妈说，再见到我与你往来，非打断我的腿不可！

[唐姨从内室上，把秀玲推开，秀玲欲喊，被唐姨急捂住嘴。

三　发　哟，你妈难道是湛江蛇药——这么厉害？！她呀，生的是白鸽眼，看衰人！俗话说，人怕人打落，火怕人吹着，我三发今后要发誓做赢人。到那时，（学唱《天仙配》歌曲）“树上的鸟儿……夫妻双双把家还”，我俩吃鱼吃肉，她在一旁看到口水碌碌吞，连剩下的骨头都不让她啃！

[唐姨听得怒火上冲，开门揪住三发耳朵。

三　发　哎哟，我的玲，轻点！

唐　姨　轻点？！我是不是湛江蛇药，你说？

三　发　（大惊）大婶，是你……

唐　姨　（揪住三发耳朵不放）怎么，剩下的骨头让不让我啃？

三　发　不，不……

唐　姨　还不？你这屎缸石——又臭又硬！

三　发　不，（挣脱）大婶，不是这个意思。我想，待我做赢人时，你年纪老了，无牙无齿，让你啃骨头是大逆不道，我让你吃鱼吃肉，还得焖烂一点。哈哈哈……拜拜！（奔下）

秀　玲　三发……（欲追下）

唐　姨　（严厉地）回来！

秀　玲　回就回。妈，三发样样好，就是喜欢讲鬼话。

唐　姨　鬼话能当饭吃呀？

[二叔咬着烟斗上。

二　叔　哈哈，俗话说，嫁吃嫁着嫁鬼话，三发三条条件具备，不错嘛！

唐　姨　二叔，三发不错，你女儿怎不嫁他？

二　叔　（瞧一眼秀玲）嘿嘿，“酸钵”如今物已有主，要是他做我的女婿，只怕有人家不肯哩！

秀 玲 二叔，你……喏，来了！

[茶花引李春上。

二 叔 （迎接）李老板，终于来了呀！

茶 花 二叔，老板因与外商洽谈一宗大生意误了时间……

李 春 让你们久等了，二叔，对不起！

二 叔 好好，来了就好。秀玲，备茶！

茶 花 妈，他就是当年的春仔，还认得吗？

唐 姨 哟，是春仔？！

李 春 唉，大婶，二十年了！

（唱） 旧地重游上茶山，
茶山已改旧时颜，
往昔历历犹在目，
不胜感慨思绪翻……

唐 姨 春仔，当年你来茶山，个子最小，干活可最肯出力，大婶我那时最疼你，常常偷偷塞几条番薯给你填肚子。哦，别说这些了，春仔，有几个孩子了？

李 春 这……

二 叔 来，来，二叔我敬你一杯！

（唱） 茶杯照影影照人，
一杯烫茶表热情；
冷茶一杯忆当日，
一热一冷两样心！

李 春 二叔！

（唱） 秉性好比一杆秤，
秤星钉就星难移。
我，待客冷面性难改，
今日上门把情赔！

二 叔 好，好，几句话风吹走，别认真！今天你能上茶山，二叔我心里高兴，一家人别说二家话，不用赔，不用赔……

茶　花　妈，秀玲，稀客光临，摆茶宴接风！

唐　姨　晓得，晓得！（与秀玲下）

茶　花　李老板，请！

李　春　二叔，请！

[茶花引众入座。

[唐姨与秀玲各端一茶盘上。

唐　姨　来，大家来尝尝这糍粑——

（唱）　摆茶宴，出糍粑，（摆宴）
糍粑来伴天牛茶；
细茶甘香糍粑韧，
绕绕韧韧扳脱牙！

秀　玲　（唱）　摆茶宴，出蜜饯，（摆宴）
清甜蜜饯妙无言，
一日落嘴甜到肚，
滋味甜甜忆百年！

唐　姨　（唱）　摆茶宴……

秀　玲　（唱）　出柿饼，

李　春　（唱）　无核柿饼早闻名！

茶　花　（唱）　莫见笑……

二　叔　（唱）　一家人，

李　春　（唱）　今晚相聚慰平生。

茶　花　李老板，吃吧！荒山僻岭拿不出什么象样的东西来款待，委屈了。

李　春　不错，这些茶点正是我李春平生所好，难得！

[众在寒暄中吃茶点。唐姨与秀玲下。

二　叔　（迫不及待）春仔，这茶？

李　春　这茶嘛——

（唱）　天牛茶，早闻名，

色素油润汤色青，
一冲满室郁芳味，
茶仙口涎三尺三！

二　叔　（大喜）好，李老板不愧是大行家，见多识广，二叔我佩服你！来，抽烟。（装好烟递给李春）

李　春　二叔，我从不抽烟。

二　叔　好好，没学这贱术，又省钱又长寿！

李　春　不过……

二　叔　不过什么？有屁就放嘛！

茶　花　二叔……（制止）

李　春　好，我说。天牛茶施用化肥太多，茶味苦中带涩，且炒青时锅温偏高，搓茶时手势又不够轻快，致使茶汁外流过多，影响了质量。

［二叔听来不是滋味，把烟斗往脚底一敲，站起。

二　叔　你这小子，二叔制茶你还未出世，你挑这挑那，我明白你的意思！

李　春　（一笑）茶花场长，情况是否属实？

茶　花　（点头）看来，李老板不是一般的内行家，我们茶山的五脏六腑他都看得一清二楚。

二　叔　屁！我看他是屙尿射竹壳——听声！

茶　花　不，李老板跟茶混了二十多年，走遍了半个中国的大山名川、茶山茶行，他讲的是实话。

二　叔　你……怎么倒替他说起话来了？

茶　花　做生意还是实事求是为好。

二　叔　茶花，这种人我见得多了，无商不奸，他无非想压价，你还蒙在鼓里！

茶　花　（叹气）唉，自己有几条蛔虫，肚里明，怪只怪自己。

李　春　二叔，茶花场长为着了解行情，暗里走了几十个茶行，什么茶什么价她心里有数，想压也压不了呀！

茶　花　（惊愕）你……你怎么知道？

李　春　信息是生意之魂。知己知彼，百战百胜，做生意也用得上这个兵法。

茶　花　（大笑）哈哈哈，好一个生意之魂！

李　春　（有意把话扯开，观画）这画好象是出自张克之手？

茶　花　还好吗？

李　春　听说他的《白茶图》在读大学时曾获过奖，我几次索求墨宝，他总推说忙，看来还是小姐的面子大呀！

茶　花　女人有优势，是吗？

李　春　也许是。（吟）"遥知不是雪，逢秋吐清芬"。太可惜了，我李春……

茶　花　怎么，李老板也有雅兴共描《白茶图》？

李　春　（叹息）唉，二十年前梦，三十六岁情，只叹拙笔难遂心愿！

茶　花　这……

二　叔　（不耐烦地）李老板，别说东道西了，天牛山的茶，你究竟订不订货？

李　春　订。不订我又何必上山来呢？！

二　叔　那你先出个价，如何？

李　春　（伸出张开的拇指、食指翻了翻）这个数。

二　叔　多少？

李　春　（一笑）二叔，这你都不懂？

二　叔　（气怒）你……像个猪行中的猪中人，捏手捏脚，邪门！

茶　花　（走近李春捏住他二个指头）多二点！

[鸣华上，在一旁闷看。

李　春　哈哈哈，若是"一叶春"成功了，愿出五倍之价。

茶　花　现在说的是天牛茶，白血流得多，心里谁不痛？

李　春　（苦思有顷）好吧！就多一点吧。俗话说，杀头生意有人干，亏本生意哪个为？我李春只好割肉补疮，第一次开例！

茶　花　那色种呢？

[李春与茶花不断地比手势捏拿着，用暗号讨价还价，时而庄重时而戏谑。

鸣　华　（唱）　见此情，心气愤，场长、老板太邪门！

二　叔　（唱）　一个捏，一个牵，

好似两个猪中人。

茶　花（唱）　为避二叔来干预……

李　春（唱）　且看她是否胆气浑？

鸣　华（唱）　今日见她风骚动，

二　叔（唱）　不似交易似谈情！

茶　花（唱）　但愿乡亲多谅解，

鸣　华（唱）　果见女子似浮萍！

李　春　场长大人，就这样了吧。

茶　花　唉，各有各的难处。今年我们将亏损近十万。

二　叔　什么，亏损十万？！

茶　花　二叔，没奈何，这十万元的学费不便宜呀……

鸣　华　茶花，这茶不能跟他订，千万别上这大奸商的当！

二　叔（气愤地）李老板，你没半点茶山情，吃人不吐骨，好狠的心呀！

茶　花　李老板为我们这批茶，伤得也不轻呵！

李　春（苦笑）哈哈哈，茶山没一个敢做亏本生意的人，算我白跑了。我该走了。（欲走）

茶　花　慢。二叔！鸣华！

（唱）　亏十万，谁忍心？
痛定思痛细思忖……
自从改革春潮动，
处处茶山面貌新，
革新技术求增产，
年年产量节节升。
茶多难销是行情，
细细盘算心内明，
卖别处，亏更重，
幸遇李春好心人……

鸣　华（忍不住）什么，他是好心人？！女人呀女人，果然是头发长见识短！好，你订吧。（愤然下）

二　叔　（指茶花）茶花，我提醒你，莫做茶山的败家女！（悻悻地下）

李　春　场长大人，怎么样？

茶　花　罢罢罢！

（唱）　今日亏损势所定，

有待来日展雄心！

快刀斩断忧与怨，

备墨铺纸把合同订。

李　春　好，好！果然不简单。

茶　花　李老板，谢谢你的支持，我……我是不得已而为之呀！

李　春　我能力有限，深感惭愧！

[茶花晕倒，李春欲扶，茶花强挺住。

[幕急落。

第五场

[离前场数天。

[景如第一场。

[幕启。秀玲戴草帽手拎饮料雀跃上。

秀　玲　（唱）　溪水照影影照人，

打打扮扮一身新；

今日替姐伴张克，

上山考察“一叶春”。

来到桥头四下望，

只见鸟雀不见人。

哟，阿酸来了。（隐入茶丛中）

[三发扛鸟枪上。

三　发　（念）　三发三发，

机敏灵活，

上山能打鹧鸪，

下水会捉王八。

为讨唐姨欢心，

扛枪南征北伐！

唉，自从茶花姐下山几天，秀玲天天陪张克笑笑闹闹，难得几回跟我坐嬲，三发我见到又妒又恼！莫非她……她……姐妹两人都爱上了他？不，不，可笑呀可笑，新社会不准娶小。

［鸣华上。

鸣　华　三发，又上山打鹧鸪？

三　发　啊，鸣华哥，是你。待我打到鹧鸪，送你一个。

鸣　华　我有这个口福？

三　发　怎会没有？

鸣　华　用来讨好丈母娘的，我吃了心中有愧。

三　发　你……我是为张克的，怎么样？

鸣　华　哈哈，又是为张克的，是茶花吩咐你干的吗？

三　发　是又怎么样？

鸣　华　此后上工时不准你扛这鸟枪，拿来！（伸手）

三　发　哎哟，吃醋了？你还是场长未字号的丈夫，别神气得太早！

鸣　华　你也敢看轻我？（欲夺鸟枪）

三　发　茶山多瘦狗，吠不准！

鸣　华　你……（气极）

［鸣华与三发争夺鸟枪。

［秀玲从茶丛中跃上。

秀　玲　鸣华哥，三发他狗嘴里吐不出象牙，莫跟他计较。

鸣　华　秀玲，那你拎着这些东西也是为张克的？

秀　玲　是呀，他是稀客嘛！

鸣　华　是你姐姐的主意？

秀　玲　这……

鸣　华　好，别说了，我鸣华全明白啦！

秀　玲　鸣华哥，别生气。我姐姐的一片苦心全是为了将来的茶山。

鸣　华　（大笑）哈哈哈！她的苦心恐怕并非如此，她……（欲言又止）

[张克挟一资料包上。

张　克　鸣华同志，来得可早呀！

鸣　华　哈，早睡不如会眠！

张　克　（不解）你……

鸣　华　嘿嘿，张先生，今日上山好威风，既有宫娥伺茶奉水，又有百发百中的枪手护卫，真是一代天骄！

张　克　（愕然）是什么意思？

鸣　华　说话听声，锣鼓听音，你怎么理解就怎么理解吧！

张　克　啊，秀玲，叫你别来你偏要来。还有你，（指三发）天天在打什么鹧鸪，不务正业。你可知否，这等于是破坏生态平衡！

鸣　华　嘿，张先生，在城里不容易吃到这种野味，他的一片好意是为你呀！

张　克　为我？好，鸣华同志，现在正是采摘春茶的最忙季节，叫他们回去吧！

鸣　华　唉，可惜我是瘦狗，吠不准。

张　克　这……三发，秀玲，快采茶去！

三　发　这……（瞧秀玲眼色）

张　克　走吧，我求你们了。

秀　玲　好。鸣华哥，张先生不习惯走山路，请你多多关照，这几瓶饮料帮我带去吧？

鸣　华　（不接）谢谢，我鸣华喝惯了天牛山的清泉水，无福享受这洋东西。

张　克　秀玲，带回去。我有茶……（解下水壶，连喝几口）还是茶解渴。嘿嘿，对喝茶人来说，世界上最好的饮料还是茶！

秀　玲　张先生，我……（伤心地下）

三　发　秀玲！（追下）

[天幕上乌云渐涌，远处传来闷雷声。

张　克（旁唱）今日事，费思忖，

鸣　华（旁唱）想处境，气难吞……

张　克（旁唱）他冷嘲热讽似有怨，

鸣　华（旁唱）我被人冷落气难平。

张　克（旁唱）莫非他，心狭隘，

怪我插手“一叶春”？

鸣　华（旁唱）思茶花，对我情意日渐淡，

只因张克进茶村！

张　克
鸣　华（旁唱）今日上山心意乱，

同路同行不同心。

张　克　鸣华同志，时间不早了，去看看“一叶春”吧？

鸣　华　张先生，看这天气……

张　克　我正想观察风雨中的茶树，走吧。

鸣　华　茶花又不在身边，你有心思？

张　克　（气愤地）你……老是这么损人，缺德！

鸣　华　平生不做亏心事，半夜敲门心不惊，何必生气呢？

张　克　（更气）我……我对茶花无半点邪念，你……快说，我干了什么亏心事？

鸣　华　好，既然你硬逼我说，那我就不客气了！

（唱）天牛水，清又清，

茶山安居颂升平！

自从来了你“茶博士”，

搞得人心乱纷纷。

三发为你把鹧鸪打，

秀玲关照献殷勤；

说什么“一叶春”是希望，

故弄虚玄道高深；

花言巧语把茶花骗，

斑鸠欲把鹊巢侵。

你为何，城里有福偏不享，

屈居茶山何居心？

张　克　（气得说不出话）你……想不到你竟说出这种话……

（唱）　听此言，心肺如雷击，

不由我怒气冲九天！

原来他，小人之心度正人之腹，

气得我，肝肠寸裂乱了语言。

[天幕上风雨欲来，闷雷声渐近。

鸣　华　怎么，默认了？

张　克　（取下眼镜）无事生非，可耻！

鸣　华　谁可耻？

张　克　（伸出拿着眼镜的手）你！

鸣　华　我？……婊子声最响！

[鸣华欲打张克耳光，后又忍住，往张克伸出的手上一拍，眼镜飞架在树丫上。

张　克　你，无赖！

鸣　华　谁是无赖，茶山人终会明白。（悻悻地下）

[此时雷鸣电闪，风狂雨猛。

[瞎子似的张克在地上摸索眼镜。

[幕内歌：

雨正猛，风正狂，

白昼如夜黑茫茫……

恰似摸索沧桑路，

谁知光明在何方？

张　克　（唱）　遭欺辱，遇诽谤，

眼镜打飞心刺伤。

如瞎子，怎走山中崎岖路，

意惶惶，双足踏出眼茫茫……

想当初，一片深情寄茶山，

天牛雄伟久向往！

谁预料，欲干事业非易事，

方知世道不寻常。

[幕后伴唱：

啊……

山崎岖，路漫长，

一步一印步踉跄……

[张克一步步摸索着下。

[风狂雨猛，雷鸣电闪震撼着茶山。

[幕落。

第六场

[紧接前场。景同。

[雨后初晴，茶山一片清新。

[在一片寻找张克的呼喊声中幕启。披雨具的二叔、秀玲、三发等急上。四处寻找着下。

鸣　华（上）唉！没想到在气头上一时失手，惹下了这场麻烦……（跃起摘下树丫上的眼镜，下）

[茶花上。

茶　花（唱）　飞步走，回茶山，

云遮雾绕心绪烦！

为贷款，跑尽几多辛苦路，

到头来，费尽心机空手还。

今日茶山陷困境，

恰似小船过急弯；

一杆竹篙实难撑，

何日飞舟到平川？！

（叹气）唉！茶山这条船……

[茶花疲惫地坐在石块上，千思万虑涌上心头。

[张克狼狈地摸索着上。

张　克（唱）　意惶惶，眼茫茫，

一双赤足踏何方？

碰石崖，跌山涧，

一身泥巴一身伤！

[茶花抬头，瞧见张克模样，大吃一惊。

茶　花　张先生，是你……鸣华呢？

张　克　啊，是茶花。他……（苦笑）

茶　花　你怎么会弄成这样，眼镜呢？

张　克　没什么……眼镜丢了，丢了。

茶　花　张先生！

[茶花急向张克奔去，紧紧地抱扶着他，把安抚、怜惜、负疚之情贯注其中。

[手拿眼镜的鸣华上。

鸣　华　她……他……果然如此！（稍稍退下）

茶　花（慢慢松开手）张克呀！

（唱）　一抚先生头，

鲜血还在流……（擦张克额上血）

见他强忍痛，

热泪不胜收！

张　克　茶花，我的伤不重、不重……

茶　花（唱）　二拭先生眼，

不幸眼镜丢，

思起君学识，

十年苦寒楼！

张　克　唉，早知如此，我多带一付眼镜就……

茶　花　（唱）　三理片片破衣襟，
引我一腔负疚情！
累及先生受尽苦，
石块如刀刈我心。

张　克　不，我自愿到茶山，何言累及呢！

茶　花　（唱）　四握血斑君双手，
想起为茶志未酬；
但愿共辟荆棘路，
莫把得失记心头。

张　克　茶花，别伤心，快牵我回去吧。

茶　花　（擦泪）张先生，我的皮袋里有一套刚买来的男装，你先换上吧。

张　克　这……算了吧！

茶　花　不，你换上，我的心会好受些。

张　克　那就……

[茶花帮张克换衣服。

[鸣华拿眼镜怒气冲冲上。

鸣　华　唉！
（唱）　一对男女情依依，
恋人快成他人妻！
越看越气心头恨，
趁早摊牌莫迟疑！

[鸣华丢眼镜于地，恰好丢在地下的脏衣服上。

[茶花、张克惊觉。

茶　花　（一喜）鸣华，你把张先生的眼镜找回来了！（拾起眼镜欲替张克戴上）

鸣　华　（挡住）慢，眼镜是我打落的，也是我找回来的。你看这独板石桥，我曾把它比作爱河鹊桥，今天你是让我过呢还是让他？

茶　花　你！……

鸣　华　快说，你要哪一个？

茶　花　怎么，你疯啦？（替张克戴上眼镜）

张　克　鸣华同志，请冷静点。

鸣　华　冷静？！我越冷静，你俩可越热火了，对吗？

茶　花　你胡说些什么？

鸣　华　心痛心知，肚痛肚知！

茶　花　你……快说，你为什么要打落张克的眼镜？

鸣　华　你不知道爱情是最自私的吗？

茶　花　啊，现在我知道了，原来是疑惧加妒火，让我看清了你的行为和思想。没想到你竟自私到如此地步，如此容不得人，你……

（唱）　男女相恋贵知心，
彼此猜忌枉多情。
今日里，听你说出真情话，
我心中，阵阵绞痛似火焚……
为茶山，我不惜重金把高才聘，
你猜忌，疑神疑鬼做小人，
为惜才，我对他尊重无它念，
你吃醋，妒他辱他不留情！
你若如此心狭隘，
茶花实难托终身。

鸣　华　那好，一句话，要结合，明天就去打结婚证。要分离，今天就分手，痛痛快快！

茶　花　（痛心地）俗话说，人无完人，尽管你怎么样，我想算了吧。你看，张克穿的这件衣服，我本来是替你买的，准备结婚时穿。想不到你竟这么专横、自私！眼看花了三年感情架起的鹊桥就这样被你毁了，我真感到痛心……

鸣　华　别说了。今天我总算看穿了你！你近来对我冷淡如水，对别人情热似火；还说送我去进修，哼，偷梁换柱，醉翁之意不在酒，你这个风骚茶女！（悻悻地下）

茶　花　（喊）鸣华！（叹气）唉，好心无好报！做人难，做女人更难。张先生，你说是吗？

张　克　是呀。茶花，因为我，使你蒙受了感情上的打击，我心里很难过。我……

茶　花　张先生，你……

张　克　我想，我应该回城里去了。

茶　花　（大惊）什么，你要回城？！

张　克　是的。我感到再在茶山工作下去，会给你带来更大的麻烦。

茶　花　不。麻烦是有的，但是可以解决的，生活的意义是解决困难，而不是回避困难。张先生，留下吧，我求你了！

［张克在脏衣服中找出一个本子递给茶花。

张　克　我的主意已定。这是我的工作日记，里面详细记载着各个山头的土质和气候情况和“一叶春”的栽培资料。我看，天牛山一定能产出像传闻中的珍茶。努力吧，你会成功的。

［茶花如获珍宝把本子捧在胸间。

茶　花　张先生，你就这么走了？

张　克　我和你在乐华茶庄相逢，蒙你看重，把我聘来，我认你是生活中的诤友。茶山相处月余，你对我百般关怀和信任，真使我感激万分，我也曾经对你……

茶　花　（惊异）对我？

张　克　可是后来觉得我不配，你处事果断，待人直率而又热情，我是望尘莫及的。你好像是……

茶　花　像什么？

张　克　像是水塘里的月亮，离得这么近，又隔得那么远……

茶　花　啊……（一阵晕眩）

张　克　你怎么啦？

茶　花　（挺住）没什么，你说吧！

张　克　（紧握茶花手）茶花同志，一朝失意莫悲恸，事业就在奋斗中。祝你成功。原谅我吧，我走了。（转身欲走又回，后毅然奔下）

茶　花　（凝思）事业就在奋斗中……水塘里的月亮……风骚茶女……（苦笑）哈哈哈……

［幕落。

第七场

[离前场一个星期，上午。

[茶花家，景如第四场.

[幕启。茶花伫立窗前，心绪百感。

茶　花　（唱）　忆往事，心惆怅，

面对茶山郁愁肠……

茶花我千斤压顶心不死，

且丢悲怨出门行。

[二叔拿着一张纸，急急上，进门。

二　叔　茶花！

茶　花　二叔，发生了什么事？

二　叔　（扬纸）你看——

（念）　风骚茶女太无能，

一纸输掉十万元。

眼看陪她吃冷饭，

不如进城去赚钱！

茶　花　啊！二叔……（痛心地）难道真的是我错了？

二　叔　茶花，要坚强些，再艰苦的日子都熬过来了。怎么，只几天时间，你就瘦成这个样子，是不是病了？

茶　花　（佯笑）吃了二十多年白米饭，我还不知道病字是怎样写的呢！哈哈哈！

[三发跑着上，进门。

三　发　茶花姐，不好了，刚才王小二闯进仓库，大吵大闹，说要把茶叶分掉……

二　叔　无法无天，这还了得！我去！（下）

三　发　（看看室内，故意大声地）茶花姐，我三发生是茶山人，死是茶山鬼，永远忠于你！

[唐姨上，咳了一声。

三　发　（一惊）大婶！

唐　姨　三发，你不会过桥抽板，看来还有点良心。

秀　玲　（上，拉住唐姨）妈，我早就说过，三发人不错嘛。（向三发递眼色）

唐　姨　担竿做过竹笋来，你不用使眼色我也知道。你们两个不准在妈的眼皮底下梭梭米米（即傻气），还不快去！

三　发　（向唐姨鞠躬）谢谢妈！（高兴地拉秀玲出门，跑下）

唐　姨　茶花，听说鸣华和你脱钩了，辞职不干了，张克也下山走了？

茶　花　（点头）嗯。

唐　姨　一个人不能在一条树上吊死呀。凡事莫勉强。我说呀，好花谁也想摘，俏妹子不愁卖不出去。前几天，后山阉鸡的青林，还有镇上杀猪的二柱，都托人来过……

茶　花　妈，别说了。

唐　姨　别说了？！妈想你过个安稳日子，俗话讲头阉二补三叮哨，猪叫鸡叫财神到，猪刀一帮（擦），胜过县长……

茶　花　（双手捂住耳朵）总是钱钱钱，烦死人！妈，我的事我会管。（下）

唐　姨　你嫌我唠叨，巴不得你到房里休息去。哼，今日我就做个守门大将，谢绝会客！

[唐姨端张凳坐到门口。

[李春西装革履，手拎提包上。

李　春　大婶！

唐　姨　（故意地）嗯，你是谁，水打秧苗哪里人氏（莳）哟？

李　春　我是李春呀，认不得了？

唐　姨　李春？！我以为是来了大番鸭（番客），怪不得，怪不得罗！

（唱）　你鼻公大大向上天，
你眼珠圆圆盯着钱，
吃铜吃铁心肝横，
吞我茶山十万元！
难怪你手掂皮包耎气派，

难怪你西装领带一身鲜！
老板进山非好事，
莫来再吸茶山钱！

李　春　（苦笑）大婶，别误会。嗯，茶花呢？

唐　姨　茶花被你逼死啦，想见面……

李　春　别开玩笑，我有急事，今天非找她不可。（欲进门）

唐　姨　去去去！说了不见就不见，天王老子也免想！

李　春　（稍思）大婶，听说茶花病了，不想治治吗？

唐　姨　你这衰嘴，狗血泼你！

李　春　哈哈哈，纸包不住火，忌医留祸根呐！

唐　姨　她有什么病？

李　春　心病。

唐　姨　心病？！

李　春　大婶呀！

（唱）　对症下药把病治，
心病还需心药医；
我保她药到病除得安康，
我保她春风满面喜开眉！

唐　姨　好，治就治。要是你治不好我茶花的病就割你的头！（下）

[茶花掀帘上。

茶　花　李老板，你找我有事？

李　春　哈哈哈！茶花小姐，亏本生意无人为，杀头生意有人干。看来今天我要冒杀头的风险了？

茶　花　你一上门一开口就谈生意，谈点别的好吗？

李　春　你可知我今天是专门为你治病来的？

茶　花　笑话！你又不是医生……

李　春　望闻问切，略知一二，对症下药，妙手回春。不信请试。

茶　花　李老板，你莫不是患神经病吧？

李　春　神经不神经，一帖药方见精神。（说完坐在茶几边，提笔写就一方递给茶花）

茶　花　（念）　两只黄鹤去，
闺楼空自悲；
渺渺“一叶春”，
何日显神奇？

“一叶春”，“一叶春”？！哈哈，人走了，茶树也快枯死了，一切都快完了，你还忘不了它！……哈哈哈……（极为悲怆）

李　春　茶花，一切没完，别伤心。（取一包茶冲泡，斟一杯递给茶花）给！

茶　花　好，你很会安慰人，这情，我领下了。（闻杯中茶味大惊，速饮一口，细品；复抢过茶壶连斟两杯，精神一振）李老板，这茶一口初饮口舌生津，齿颊留香；二口深饮，气爽神清，五内透畅；三杯饮罢，直起喉咙想再饮一壶。（抓茶壶）

李　春　（阻住）慢。神药开窍，肚饥时不宜多饮。

茶　花　李老板，茶从何来？莫非是“一叶春”？！

李　春　对！是“一叶春”。这是我和张克几天前爬上天牛山顶的悬崖绝壁处找到的，经化验分解，用了几个不眠之夜，得到了各种成分的比例，看来，传闻中的珍茶“一叶春”出产为期不远了！

茶　花　啊……（猛斟一杯饮干）何惧断肠！

（唱）　连饮数杯“一叶春”，
满口甘香味芳醇；
本疑路到山穷处，
谁知喜讯竟临门！

李春哥！（激动地握住李春手）

李　春　茶花，茶本是药，现在仍是帮助消化的良药。这“一叶春”，外商很感兴趣……

茶　花　（更喜）好，产品打出去，你就可……

李　春　（急接口）但我想……

茶　花　想什么就说什么呗！

李　春　为了“一叶春”大面积栽种，我愿无偿投资三十万，我做你的助手，行吗？

茶　花　你？此话可是当真？

李　春　茶花！

（唱）　久有凌云志，
心欲上茶山，
事业腾飞靠双翅，
产销挂钩紧相关！
细思忖，人生不唯为私己，
愿家乡，繁荣兴旺家家欢。
种茶利国又利民，
我们何不同携双手越关山？！

茶　花　（听得神情入迷，口角开花）你说什么？同携双手越关山？

李　春　欢迎吗？

茶　花　（忘情地牵住李春双手转了一圈）李春哥……（发现什么，凝视）你……

李　春　哦，你是看我身上这身西装？忘记告诉你了，这衣服是张克托我原物归还，可一进山我感到有些寒意，就穿在身上，不怪意吧？（欲脱衣服）

茶　花　慢……衣服属谁，至今无主。

李　春　那……我穿上合适吗？

茶　花　（心潮激荡）给我一支，有烟吗？

李　春　我从不抽烟。

茶　花　不抽烟的男人跟抽烟的女人一样少。

李　春　不抽烟的男人一样招人议论！

茶　花　不少人说我是个“风骚茶女”……

李　春　“风骚”两字看你怎么理解，我还嫌自己“稍逊风骚”呢！

茶　花　李春哥，你真的这样看我？

李　春　是的。我有一个比你更难听的花名——

茶　花　（笑）“暮咕狗”。

李　春　你怎么知道？

茶　花　（再笑）不叫的狗更会咬人！

李　春　有人说我是“生坟墓”。

茶　花　不，遇事冷静而多思，修养不浅！

李　春　茶花，你真的认为我是这种人？

茶　花　在人生的途程中，我真庆幸能遇上你这样的“茶知音”。

李　春　“茶知音”？请你把“茶”字省掉，行吗？

茶　花　钱财易得，知音难求，就怕我不够格。

李　春　（激动地握住茶花的手）茶花！命运让我在这里遇到了你。没想到，我在青春已经过去之后，才找到了“知音”！

茶　花　（含情地）李春哥！

（唱）　人生交友贵相知，
相逢犹似梦中语，
茶山有路情为径，
命运安排我和你！
你好比烈日之下一凉篷，
遮我护我荫有余；
你好比风雨之中一棵树，
有你依傍力不疲。
美好事业双手创，
并肩共进喜心扉；
高山流水奔大海，
春华秋实待来时……

李春哥，让我们成为事业的知音，人生的知音吧！

李　春　（紧握茶花双手，凝视）茶花，我今天真想好好地看看你。

茶　花　熟人三见无好相，越看越丑！

李　春　不，你这“风骚茶女”，人靓心更靓！

茶　花　你坏，你坏，你坏！（乐得用双手捶打李春）

［三发、秀玲、唐姨、二叔等拥上。

三　发　喂，天牛山通讯社现场报道最新新闻：茶花场长和李春老板刚才演出了精彩的一幕——

[茶花、李春窘住。

秀　玲　你这“酸钵”通讯社这次不是放酸屁了吧？

三　发　酸不酸，请各位注意收听本社新闻跟踪报道！

[众笑，各人显出不同的表情。

[幕急落。

[剧终。

（剧本版本：《南粤剧作》1990年第2期）

·韶关戏曲卷·

粤北采茶戏

青山水东流

编剧：郭福平

人　物　表

刘桂成　　男，40 岁，石溪管理区党支部书记。

陈月凤　　36 岁，刘桂成妻。

何石养　　男，35 岁，石溪管理区党支部副书记。

周秀莲　　女，38 岁，村民。

吴玉娇　　22 岁，农村女青年。

李源发　　男，52 岁，村民。

王新娥　　女，22 岁，石溪管理区团支部书记。

谢镇长　　男，48 岁。

溜　古　　男，25 岁，二流子。

群众若干。

时　间：20 世纪 80 年代末。

地　点：粤北某山区。

第一场

[深秋，上午。

[幕内歌起：

石溪水，潺潺流，

穿山过坳不回头。

历尽世间兴衰事，

看尽多少美与丑。
今朝又见戏一出，
山高水低分良莠。

[幕启。山问路上。王新娥、周秀莲等群众挑柑橘和各种农副产品舞蹈上。

[幕内伴歌：

身后甩下山座座，
脚下蹬过条条河。
手提肩挑出山去，
眼前秋色坡接坡。
你挑鸡鹅鸭，
我担竹木果。
你爬山栋顶，
我落坳下窝。
不怕汗水湿衣襟，
不怕腿酸腰背驼。
担担劳苦运山外，
换回笑声换回歌。

女　甲　大家休息一下吧！

[众陆续休息，周秀莲欲下。

王新娥　秀莲嫂，休息一下再走嘛！

周秀莲　家里有事，我要快去快回！

王新娥　吊颈都要喘口气，别太累坏了！（硬拉周秀莲歇下）

女　甲　唉，投胎在这穷山沟命就是苦，做什么都靠两只手、两条腿，一辈子当牛做马！

男　乙　哎，听说公路快修到我们这儿来了！

男　丙　离这儿还有一百多公里呢。

女　丙　一百多公里？还不得十年八年？

男　甲　你懂什么？现在是机械化施工，别看山高坡陡，放上炸药，“轰”地就炸出一条路来。

女　乙　有了公路，再不用这么辛苦手提肩扛出山了！

女　丙　我们的农副产品，也不愁销不出去喽！

男　甲　对，对，有了公路，你们这些妹子人也不愁销不出去了！

[众笑。何石养上。

男　乙　何副支书回来了？你和刘支书到县里开什么会呀？有什么好消息？

何石养　告诉你们一个很好的消息，国家的公路从我们这里经过，征用了土地，按政策，有农转非指标拨来！

女　甲　农转非，食皇粮？好，好！

何石养　不但农转非，还会招到县里中外合资的织造厂做工！

众　人　（雀跃）太好了！

男　甲　何副支书，有多少指标？

何石养　我跟你们一样——唔晓得！

女　甲　何副支书。到时要关照关照我们啊！

众　人　（七嘴八舌）是呀，别把我们漏了！

何石养　行了，别吵啦！等刘支书回来再说吧！

男　乙　他不是和你一块开会的？怎么没一块回来？

何石养　县里留他有点事。（下）

女　甲　如果我们能农转非就好了！

女　丙　就是，你看人家城里的妹子人，又白又嫩笋，上班过手唔过肩，怎会像我们一样乌乌赤赤做到绝死！

女　甲　可不。（对女众）

（唱）　迁了户口食皇粮，

我们也三两花生确落爽。（喻神气之意）

女　乙（唱）　唔见日头唔见水，

唔站柜台就进厂。

女　丙（唱）　我们的皮肤也白嫩嫩，

我们的手指也纤纤长。

女　丁　（唱）　我们也会巧打扮，
　　　　　　　　涂脂抹粉把发烫。
男　乙　（羞众女，唱）
　　　　　　　　嫁个老公也唔愁，
　　　　　　　　最少是个什么长。
女　甲　多嘴！
男　甲　（唱）　最怕指标有几多，
　　　　　　　　发梦食参是妄想。
男　丙　依我说，有指标也应该男的去，你们呀！
　　　　（唱）　要像山雀不恋外，
　　　　　　　　安安心心留下来。
溜　古　就是，你们都进城了，我去哪里找老婆？
女　甲　（唱）　不知丑，不知羞，
　　　　　　　　谁愿往你身上挨。
溜　古　城里好多靓妹，我拿到农转非指标，还怕找不到？
王新娥　（唱）　指标分配有条件，
　　　　　　　　游手好闲莫想来。
溜　古　你说，给什么人？
王新娥　（唱）　军属烈属要照顾，
　　　　　　　　有功之人更应该。
众　　　团支书说得对，我们同意，我们拥护！
男　丙　喂，喂，你们是主任还是支书？你们说了算？告诉你们，这种好事轮不到我们，最后都让那些有权的私分掉，你们别争啦！
溜　古　他妈的，这次我非争一个不可！
男　甲　你争个屁，你有什么条件？二流子！
溜　古　你说什么？你再说，我揍你！
男　甲　你就是二流子，有指标也不能给你！
溜　古　你想要？（推搡）给你，给你！

[两人开打，众劝架，最后溜古打不过男甲，边骂边下。

[众陆续下。

王新娥 秀莲嫂，走吧！

[周秀莲挑起担子，突觉一阵头晕，踉跄几步。

王新娥 你怎么啦？

周秀莲 没什么。

女　甲 秀莲嫂，我帮你挑一程！（硬把担子抢过）

王新娥 添华哥的腿不方便，里里外外全靠你，真难为你了！

女　甲 这次有农转非指标，添华哥应该得一个。秀莲嫂，你要去找刘支书！

周秀莲 不好吧！

王新娥 可以的，秀莲嫂！

（唱）　添华他，为保护，集体财产，与歹徒，勇搏斗，腿伤致残，

女　甲 （唱）　到如今，人辛苦，重活难胜，得指标，农转非，理所当然。

周秀莲 看看情况再说吧！（三人边说边下）

男　丙 人人都想得指标，这下可热闹了，这台戏看刘支书怎样唱下去！

[灯暗。

第二场

[当天晚上。

[幕启。刘桂成上。

刘桂成 （唱）　山迎水接风送爽，

脚踏月色回山乡。

一路步伐有快慢，

喜忧参半费思量。

喜的是——国道将从村边过，

开发山区有保障。

拨有指标农转非，
政府关怀暖心房。
忧的是——山里暂时还贫困，
不少人想脱谷壳食皇粮。
指标有限人人要，
处理不慎起风浪。
我这里，要掌稳篙，
雨打风吹船不晃。
好事要办得人满意，
切莫弄到天怒人怨起祸殃。

［刘桂成家，一般农家摆设。

刘桂成 啊，到家了！（欲叫门）慢——（摸挎袋）摺骨伞、圆领秋衣、花围巾。坏啦，小孩的波士鞋忘记买了，怎么办？是了，就说我间间店都看遍，没有咁小型号的。（叫门）月凤，月凤！

［陈月凤上，开门。

刘桂成 还没睡觉？

陈月凤 早睡了，莫非你三更半夜回来，也等你半夜三更？

刘桂成 莫骗我了，睡觉还穿鞋着袜，衣衫整整齐齐？

［陈月凤端来洗脸水，刘桂成洗脸。

刘桂成 这几天村里没发生什么事吧？

陈月凤 没有。哦，应该说有。

刘桂成 什么事？

陈月凤 （唱）石养今日一回村，
各家各户传新闻。
国家要开新公路，
农转非指标落到村。
一时间，纷纷扬扬人心动，
多人到家来询问。

刘桂成 石养也是，这么快张扬出去干什么？

陈月凤 真有农转非指标？桂成，这回无论如何自家要弄几个。

刘桂成 什么？弄几个？你的胃口真大，全管理区才五个指标。

陈月凤 这么少？五个就五个，……那，我们也要两个，一个给你，一个给我表妹。

刘桂成 我说你在讲梦话吧！你说要多少就要多少？

陈月凤 不管三七二十一，起码你要为自己留一个。

刘桂成 好，好……以后再说吧！

陈月凤 怎么？这次你又想不要？

刘桂成 （笑）你舍得我出去吗？

陈月凤 我跟你说正经的！上次你复员归来，县里给你的指标，你让给人家，这次你再不为自己考虑一下，我就不放过你！（揪耳朵）

刘桂成 （捂耳）放开，放开！你也真狠！好，好，这事以后再说。

[陈月凤放开，帮他揉吹，见刘桂成欲离开。

陈月凤 你去哪？

刘桂成 我看看明仔！

陈月凤 早睡了！喂，叫你买的东西呢？

刘桂成 买到了。（边从挎包取边唱）

小巧玲珑摺骨伞，
秋衣圆领带碎花。
花围巾，腈纶的，
一条花了六块八。

陈月凤 明仔的波士鞋呢？

刘桂成 （唱） 整整跑了十间店，
没有一双适合他。
还有一件好靓的东西！（拿出一塑胶瓶）

陈月凤 什么东西？

刘桂成 珍珠洗面奶。

陈月凤 给谁的？

刘桂成 给你的。

陈月凤 我要它干什么？

刘桂成 （拿起洗面奶）你看！（念）“本品具有清洁滋润肌肤，消雀斑，防面皱，去痱子，使你肌肤白嫩，可爱迷人。”

陈月凤 哟，七老八十还怎样可爱迷人？！

刘桂成 试用一下嘛，你脸皮变白嫩了，我亲得就更勤啦！

陈月凤 没点正经，算你心里还有我。

刘桂成 那还用说！我开会剩下的钱全部给你买了东西，看，袋里只剩下二块五。

陈月凤 （收下）得了，得了，别在这表功了。厨房里放着炖好的杞子鸡汤，你吃了吧！

刘桂成 嗬，看来老婆对我也是好心疼的。（进内）

[陈月凤喜滋滋地比试、欣赏买回来的东西。

[李源发手提礼物上。

李源发 （唱） 神台佛子要开腔，
除了跪拜要进香。
想法凑来礼一份，
支书家里走一趟。（叫门）

陈月凤 谁？

李源发 我，李源发。

陈月凤 （开门）源发叔，这么晚了，你——

李源发 支书回来了吧？我找他有点事。

陈月凤 回来了！（向内喊）桂成！

[刘桂成从内出。

刘桂成 啊，源发叔，坐，坐。（请源发坐下，递烟送茶）你送这么多东西干什么？

李源发 没什么好东西，这笋干是我傻仔上山弄的，这山茶是我傻妹上山摘的，鸡是自己养的，正如现在城里人说的：湿湿碎！

刘桂成 湿湿碎？这些东西拿到街上卖，起码四、五十块钱！源发叔，找我有事？

李源发 支书，听说有农转非指标，能不能给一个我家，照顾照顾？

刘桂成 我刚回来，这事还没商量。

李源发 支书，我家好困难。

刘桂成 你家的困难，我们大家都知道。这样吧，你先回去，我们讨论的时候，把你的实际困难提出来！

李源发 好，好，我走了！

刘桂成 源发叔，东西你拿回去！

李源发 不，不，这是我的一点心意，你不是也经常送东西给我？这次，你无论如何要收下！

刘桂成 （见推辞不了，摸摸口袋）月凤，你袋里有钱么？

陈月凤 干吗？

李源发 怎么？要给回钱我？支书，你分明看我不起！

刘桂成 不，不！

李源发 这东西拿来了，就不打算拿回去，钱，我是坚决不收的！

刘桂成 （左右为难，突然想到什么）好，源发叔，俗话讲：来而不往非礼也！我也送几件东西给你。

李源发 什么东西？

刘桂成 （从月凤手里拿过摺骨伞，“嘭”地打开，吓李源发一跳）

（唱） 摺骨伞，巧玲珑，

自开自合在手中。

李源发 我用不了这花里胡哨的东西。

刘桂成 （唱） 给你傻妹最合适，

遮阳挡雨又挡风。

（塞在李源发手上，又从陈月凤手中拿过秋衣）

（唱） 碎花秋衣圆领装，

时下流行这款样。

（陈月凤拿过去，刘桂成要回来）

你老婆也应随俗走，

穿件把女人新时装。

[陈月凤一旁强忍怒火。

[刘桂成再搭上花围巾，想想还不够抵数，又从陈月凤手里拿过洗面奶。

刘桂成 （唱） 洗面奶，更新鲜，

涂在脸上嫩又白。

李源发 我涂这东西？

刘桂成 你不涂也行。

（唱） 叫你老婆搽一搽，

五十岁的婆子变成嫩娇。

李源发 这给月凤嫂子就合适了！

刘桂成 她已有了。月凤，是吗？

[陈月凤碍着面子，不好发火。

李源发 不行，不行，我不能要你的东西！

刘桂成 你不收我的，我也不收你的。

李源发 这——你这么有心，我也只好收下了！（收下）刘支书，指标的事——

刘桂成 你放心，这事我一定记在心里。

李源发 多谢，多谢！

刘桂成 你慢走。（送出门，见天黑路暗，回屋取来电筒）源发叔，这把电筒你也拿去用！

[李源发下。

刘桂成 （回屋，见陈月凤满脸乌黑）月凤，见把东西送给人家，心里不舒服了？

陈月凤 舒服，我心里不知几舒服！哼！（气愤地进屋里，"砰"地关上门）

刘桂成 月凤，你，开开门吧！

陈月凤 （隔门顶着）等明天吧！没见过那么短命的，买给自己老婆的礼物转眼间全部送给人家！

刘桂成 我们当干部的，怎能随便收别人的东西？

陈月凤 那你就别收！

刘桂成 不收他不走啊！

陈月凤 不管怎么样，你要把东西全部给我拿回来！

刘桂成 好，好，我明天一件一件买回给你！开门吧，离开四五天了。你再……再不开门，我就撬门了！

陈月凤 你敢！今晚你就睡沙发吧！

刘桂成 唉！（无奈，自唱不成调的歌）

（唱） 又得罪了老虎嫲，

今晚还得睡沙发。

（搬沙发，睡觉，突然计上心来）哎哟，哎哟！

陈月凤 （从里出）怎么了？（忙开门，上前扶住）

刘桂成 我的腰，我的腰不行了！

陈月凤 怎么，腰痛病又犯了？（给刘桂成揉抚）

刘桂成 嘻嘻，真怪，你的手这么一揉抚，腰就不痛了！

陈月凤 （方知中计，捶打）骗子，看等会怎么收拾你！

刘桂成 喂，我可以进去睡了吧！

陈月凤 去，去，可别忘了指标的事。

刘桂成 又是指标，你呀！

[灯暗。

第三场

[翌日。

[灯亮。吴玉娇上，打扮得不洋不土，还戴了副太阳镜。

吴玉娇 （唱） 离村进城两年长，

为跳龙门赶回乡。

山水有情我无意，

赶快搞掂高飞翔。

也真怪，山还是这座山，爬起来就比以前辛苦，路还是那条路，走起来就一高一低的，我的脚也差点崴断了。看来，我是住城市的命了！

溜　古　（上）哎哟！豪婆娇回来了？

吴玉娇　你嘴巴放干净点！

溜　古　如果玉娇大姐也讲干净，世界上就没有邋遢的人了。

吴玉娇　你也不是好东西，什么时候放出来的？

溜　古　我，想进就进，想出就出，就像进你的路边店一样。

吴玉娇　我不在路边店了，去酒楼宾馆上班啦！

溜　古　嗬，升级了。一夜捞几多钱呀？（把手放到她胸前）

吴玉娇　死开去！

溜　古　怎么？摸一下都唔得？

吴三娇　摸摸，摸你妈去！穷鬼也想捞油水！

溜　古　哼，等我拿到农转非指标，你想靠近一点，我都不要你！

吴玉娇　什么？农转非指标会给你？

溜　古　他们不给我就跟他们搏命！（挑逗地）怎么样？玉娇大姐——（又靠向吴）

吴玉娇　以后再说。（拨开）

溜　古　我现在就想跟你亲亲，玩玩！（扑向吴，吴跑开摔了一跤，被溜古抓住）哈哈，跑不掉了！

吴玉娇　救命啊！

周秀莲　（上）溜古，你要干什么？（向吴）玉娇，你回来了？

吴玉娇　刚才溜古要流氓。

周秀莲　溜古，你要老实点，不要欺负人！

溜　古　我没欺负她，刚才是想和她玩一玩。如果你喜欢，我也可以和你玩一玩。（上前）

周秀莲　你敢？

溜　古　算你恶。好，后会有期，拜拜！（下）

吴玉娇　秀莲姐，多谢你了！

周秀莲　没什么！（欲下）

吴玉娇　（拉住）秀莲姐，你忙什么？

成秀莲　这几天，添华病了，家里的猪又跳栏，我去找人帮忙！

吴玉娇 去找刘支书嘛！

周秀莲 你——

吴玉娇 全村上上下下，谁不知道刘支书是你的老情人。你叫一声桂成哥，他能不帮忙？

周秀莲 你别乱讲，我先走了！（下）

吴玉娇 哎呀哩，她还挺正经的。（从另一个方向下。切光）

[灯亮。何石养家，摆设较时髦。

[李源发上，提着一袋礼物。

李源发 我送东西给桂成，他又送回这么多东西给我。看来，他是不肯帮我的了！

（唱） 一夜没睡定下来，

“阿副哥”更要拜一拜。

桂成送的几件礼，

转送石养去安排。

只要指标搞到手，

不怕费神又破财。

刘支书没诚意帮我，还是拜拜何副支书。哦，他家到了。（喊）何副支书！（传来犬声，战兢兢进屋）何副支书！（没人应）咦？不在家。咳，拜神没择好时辰呀！（欲走）不，既然来了，就等一等吧！

[源发把礼物放几个地方，都觉不合适，想坐不敢坐，蹲在地下。

[何石养上，没发现李源发，待泼杯中剩水，才惊觉。

何石养 源发叔，干什么？

李源发 何副支书，我求你来了！

何石养 什么事呀？

李源发 想求你要一个农转非指标——

何石养 （打断）源发，这个热闹你就别来凑了！

李源发 不是凑热闹，我家确实有困难呀！

何石养 困难？谁没困难？

李源发 我家有特殊困难！

何石养 你的困难我知道，不用讲了！

李源发 不，不，你听我说，何副支书，你知道，我们这里——

（唱） 山穷水恶地偏僻，

寻衣揾食不容易。

辛辛苦苦做一年，

唔够人家两台席（指宴席）。

更何况——我家人多劳动少，

几个小孩是白痴。

何石养 （打断）谁叫你要跟姑表妹结婚的？

李源发 那是过去的事，怪我糊涂。

（续唱） 浑浑噩噩唔晓做，

死食烂撑（吞）考第一。

所幸老四是正常，

知书识礼有气力。

望给指标农转非，

安排工作进城去。

他有工作，也能挣点钱回来扶持这个家呀！

何石养 我告诉你，现在僧多粥少，没那么容易！

李源发 我知道，我知道，所以才来求你，通融通融，关照关照。唉，你们当干部的也不容易。（递过口袋）这几件东西表表我的心意！

何石养 什么东西？

李源发 （拉开口袋，取出摺骨伞）

（唱） 摺骨伞，巧玲珑，

自开自合在手中，

给你傻妹——

何石养 我傻妹？

李源发 不，不，给你傻婆——

何石养 我傻婆？你讲什么鬼话？

李源发 看我闹糊涂了。

（唱） 给你老婆最合适，

遮阳挡雨又挡风。

（伞放在桌上，又拿出秋衣）

（唱） 碎花秋衣圆领装，

时下流行新款样。

你老婆也应随俗走，

穿件把女人新时装。

何石养 这算什么新款样？！

李源发 （拿出洗面奶）这件你一定中意！

（唱） 洗面奶，顶呱呱，

涂在面上嫩又白。

何石养 我的面不涂这些东西！

李源发 你不涂你老婆涂。

（唱） 叫你老婆搽一搽，

保她五十变成个嫩娇。

何石养 什么？我老婆五十岁了？

李源发 不，不，保她三十转少年。

何石养 我老婆也不一定涂这些东西。

李源发 要的，要的！

何石养 喂，你去哪学得这一套？学又学不像。现在报纸天天登，会上次次讲，不准请客送礼，你这样不是给我们当干部的为难吗？你这是行贿！

李源发 （诚惶诚恐）对，对，没错，没错。我“会行”！

何石养 你是不是拿回去？

李源发 何副支书，我求求你收下吧！

何石养 好吧！

李源发 何副支书，这个也给你！（递过电筒）

何石养 什么？手电筒？

李源发 晚上天黑，你好照着走啊！（何石养接过）我的指标问题——

何石养 你的问题，我们研究研究，能照顾我们一定照顾，你先回去吧！（半推半送李出门，尔后把门关上）

李源发 这个收了东西，看来这菩萨拜对了！（高兴地下）

[吴玉娇上，敲门。

何石养 （以为是源发）什么事这么烦？（开门，一怔）是你？什么时候回来的？请进！

吴玉娇 你刚才骂谁呀？

何石养 不就是全管理区最穷的李源发了，整天缠着，要我弄个农转非的指标给他。

吴玉娇 哈哈，真是穷鬼好算命，搏撞彩喽！

何石养 （给吴玉娇倒茶，递烟）回来干什么？

吴玉娇 当然有事了，给我一个农转非的指标。

何石养 这事不好办啊，你去找刘支书吧！

吴玉娇 哼，我才不去找他！

何石养 那就去找你姐夫，他是镇长！

吴玉娇 我当然找过他了，他是支持我的。不过他说，县官不如现管，要你们点头，这是他给你的字条！

何石养 （接过字条）玉娇，难啊！我是个副的，很多事做不了主，这个问题我现在还不能答应你。

吴玉娇 哦，你现在不能答应我？别忘了，两年前野猪坳的事——

何石养 那是你主动的。

吴玉娇 有谁证明？只要我跟我姐夫一说，你还有好日子过？

何石养 你——你说吧。说出去，我臭了，你也不会香！

吴玉娇 石养哥，看你激动的，我才不是那种人，我会同我姐夫讲！

（唱） 说你办事能力强，

对人热情性直爽。

年轻有为够魄力，

石溪山乡一希望。

怎么，答应不答应啊？

何石养 （旁唱） 别看她是绣花枕，
她背靠大树好遮阴。
要想步步登青云，
还得靠她这根引线针。

吴玉娇 （旁唱） 知他老想往上升，
知他怕官不怕民。
抛出钓饵给他吞，
谅他不会不答应。

石养哥，只要你帮了我的忙——

何石养 怎样？

吴玉娇 你这个支部副书记做得很有味道吗？

何石养 唉，我这个副支书早就不想当了！

吴玉娇 想提升吗？

何石养 升什么？在这山区再发达也有限。

吴玉娇 那叫我姐夫在镇里帮你安排个工作！

何石养 （有顷）这还差不多。这样吧，我一定跟你争个指标！

吴玉娇 算你有良心！（扑在何石养身上亲了一口）

何石养 别，别让人看见，门没关！（前去关门）

吴玉娇 怕什么？真是少见多怪！（搂住何石养）石养哥，告诉我，你用什么办法，用什么办法？

何石养 你呀——！

[刘桂成上，敲门。

何石养 谁？

刘桂成 我，刘桂成。

何石养 糟了，刘支书来了，你快到里面躲一躲！（推吴玉娇进里，开门）哦，桂成哥，有事吗？

刘桂成 我想开个支委会，研究一下指标分配的问题。

何石养 刘支书，指标才五个，干脆我们五个支委分掉算了！

刘桂成 什么？我们分了，你不是开玩笑吧！

何石养 不，我说的是真话！

（唱） 支委们为石溪辛辛苦苦，

没有功也有劳理应照顾。

得个把指标额天公地道，

我劝你莫把这良机错过。

刘桂成 石养呀，这次指标的分配，事关重大，我们每个支委都要秉公办事，不徇私情唷！

何石养 我——

刘桂成 走吧，李主任他们在管理区等着我们。

何石养 这——（无奈，跟着出门）

刘桂成 快点！你还在门边站着发什么呆？

何石养 （锁上门）大黑狗，前面的门锁了，你要出去的话，走后门！

刘桂成 怎么？你的狗还会听人话？

[何石养尴尬。切光。

第四场

[距前场数天后，山路上。

[周秀莲上。

周秀莲 （唱） 七绕八拐到这方，

愈到工地愈心慌。

多年来，未曾单独找桂成，

见面对，叫我怎样来开腔。

电站建在石溪旁，

石溪河水哗哗响。

眼看溪水悠悠去，
往事历历闪眼旁。
溪岸边，
曾照倩影双依偎，
大树下，
共数星星到天亮。
谁曾想，
有情人未能成眷属，
无情棒，
赶打鸳鸯各一方。

咳，都怪他父亲，嫌我出身不好，怕桂成当兵不成，硬将我们拆散，当年的情景真不堪回首呀！

（唱）　所幸历史写新章，
阴霾扫尽沐春光。
到如今，我已成家他结婚，
虽有遗憾不凄惶。

［电站工地工棚。刘桂成独自在看设计图纸。

周秀莲　果然他一个人在此。（欲进，迟疑）

（唱）　见他埋头工作忙，
脚步抬起又轻放。
怎好用事多打扰，（退下）

不！

（唱）　趁此最好跟他讲。

（鼓起勇气欲进又止）

（唱）　桂成平日原则强，
秉公办事人夸奖。
指标之事怎提出，
一口拒绝怎收场？（犹豫）

[幕内伴歌：

平日开言轻轻松，
今日顿觉千斤重。
昔日恋人今求到，
增加忧虑一重重。

周秀莲 （唱） 为添华莫彷徨，
是非曲直我承当。
马行夹道难退步，
船入大河帆要张。

周秀莲 桂成！

刘桂成 （没抬头细看图纸）好，修改得好，至少可以节省一万来块钱！（喝水，口盅空着）

[周秀莲给他加水。

刘桂成 你有什么事？

周秀莲 我——

刘桂成 怎么？（抬头一见，怔住）是你？（慌乱，图纸掉地，两人默视）

[幕内伴唱：

（男声） 十多年从没单独找过我，
今日里形单影只却为何？
是否有事要急办，
抑或家里起风波？

（刘桂成给周秀莲递茶，秀莲接过茶，欲说又止）

（女声） 事到提起难开口，
心如鹿撞面带羞。
怕他说我不自重，
凭着旧情来相求。

刘桂成 （打破寂静）听说添华的身体不太好，本来要去看看的，一直忙着，现在好了点吗？

周秀莲　我正为他来找你。

刘桂成　什么事?

周秀莲　他的腿伤残后，县里曾答应安排他出去工作，当时他不想去，现在看来是出去好，他在家做不了重活儿。

刘桂成　说吧!

周秀莲　（委婉地）这次农转非的指标能不能照顾添华?

刘桂成　应该照顾，添华为保护信用社十几万元与歹徒搏斗致残。可是……

周秀莲　桂成，十多年来，我从没麻烦过你，你复员回来当了支书，我也没有求你办过一件事，现在添华这个样子，我的确是出于无奈呀!

刘桂成　（为难，低头不语）……我明白。

周秀莲　很为难吧?（少顷）那就算了，当我没说!（欲走）

刘桂成　（不忍）秀莲——（欲说无语）

[幕内起歌：

应也难，辞也难，
桂成急得团团转。
答应指标怎解决，
辞绝又觉心愧然。

刘桂成　秀莲，添华的确需要照顾，但这次指标只有五个，我们想先照顾去年扑灭山火光荣牺牲的五户烈属家庭。

周秀莲　这——

刘桂成　少了哪一户都不妥。秀莲呀!

（唱）　去年失火新山口，
烧得天红水断流。
若非他们奋争先，
村夷平地草不留。
若非他们勇献身，
万亩林海光溜溜。
念及此，心存敬意难报答，

怎样照顾不过头。

周秀莲 （体谅地）对！你想得对！应该这样做！

刘桂成 秀莲，那你——

周秀莲 在这个时候，我真不该来给你添麻烦！（起身欲离去）

刘桂成 （感动地）秀莲，难得你这么理解我！我对不起你，对不起添华呀！

周秀莲 你怎么这样说呢？这也不能怪你呀！

刘桂成 不！是我工作没有做好呀！

（唱） 想当年，我复员回家乡，
立宏愿，就在潺潺的溪水旁。
要让那，十里杉松铺翠绿，
百亩稻禾翻金浪；
要让那，山清水秀百业兴，
父老乡亲乐安康。
可如今，雨汗未浇千山绿，
民还贫困村不强。
故土难圆乡人梦，
人心思走意惶惶。
想到此，坐卧不安存内疚，
有负众望愧难当。

周秀莲 你别难过，这些年你一直是这样做的，我看在眼里，记在心上，群众没有不夸你的。

［吴玉娇上，看见两人在一起。

吴玉娇 好啊，两人偷偷摸摸在这里幽会！

［工棚电话铃响。

周秀莲 你忙吧，我走了！（下）

［刘桂成目送周秀莲下，接电话。

吴玉娇 （暗笑，又发现什么）又一个妹子向这里走来。看来，这刘桂成艳福不浅！（躲起来）

王新娥 （上，进棚）桂成叔！

刘桂成 什么事？

王新娥 有一封县里给你的公函！（递函）

刘桂成 （接过拆阅）太好了！

王新娥 什么事？

刘桂成 县里又追加了一个农转非指标。（递函）你看看。

王新娥 是给你的？

刘桂成 （阻止）嘘，千祈保密！

王新娥 那你快点去办手续吧！

刘桂成 不，我不去！

王新娥 怎么？

刘桂成 我想跟县里说说，把这个指标让给添华，你说好吗？

王新娥 让给添华？对！哦，今天谢镇长来了三次电话，要你关照一下吴玉娇！

刘桂成 吴玉娇？为什么要关照她？

王新娥 就是，不管她！

吴玉娇 （愤恨）哼，你们不管我，我倒要管管你们！

[灯暗。

第五场

[次日。

[村边路上。

[何石养垂头丧气上。吴玉娇内喊“何副支书——”

何石养 怕见谁，谁就来！

吴玉娇 （追上）何副支书，是不是老虎追着你，跑这么快干什么去？

何石养 没什么，我心烦！

吴玉娇 怎么，挨批评啦？

何石养 （发火）什么都是他刘桂成对，我全错啦！

吴玉娇 我的指标问题——

何石养 他说要优先照顾烈属，我也不好反对！

吴玉娇 哼，说得好听，告诉你一件新闻！（凑到石养身边，耳语）

何石养 刘桂成不是这种人，你没听错？

吴玉娇 一清二楚！

何石养 （冷笑）刘桂成呀刘桂成，当面比谁都正经，背后还是为自己。

李源发 （上）何副支书，我家老四的事你们研究得怎么样？

何石养 源发叔，你的困难我都跟刘支书说了，可是——（摇头）唉——

李源发 啊！没有指标？

吴玉娇 指标倒是有，只是轮不到你，人家私自给他的老情人周秀莲的老公李添华了！

李源发 真是人心难测水难量！（深沉地）刘桂成，刘桂成你也变了！石溪水呀，你自古以来向东流，今朝要改向朝西走，朝西走了！（下）

［灯暗。

［复明。石溪管理区办公室。几个青年手拿钢钎，肩扛炸药出门。刘桂成在打电话。

众青年 刘支书，我们先走了！

刘桂成 （捂住电话）好，我马上就来！（对着话筒）好，好，谢谢！

（放下电话，对一旁的王新娥）县里同意我的意见。带帽指标可以让出去。你，先给添华通通气。

王新娥 我去告诉秀莲嫂！（下）

何石养 （上）桂成，支委会的决定群众有反映。

刘桂成 群众的意见我也听到一些，你有什么新的想法？

何石养 我想，指标的分配事关群众的利益，不能搞得一部分人满意，一部分人有怨气，要做到人人满意才行呀！

刘桂成 能做得这样当然好呀！你说怎么办？

何石养 依我看，最好的办法就是投标。

刘桂成 投标？

何石养 对！

（唱） 捉住指标来要价，
投标人人可参加。
基数可定一千五，
欢迎价钱往上加。
谁出钱多谁拿去，
谁人财多谁是爷。
所得款项分各村，
保证人人满意没闲话。

刘桂成 这样就能人人都满意了吗？有钱的人得益，没钱的人怎么办？

何石养 现在改革开放，搞商品经济，投标就是用经济规律来进行行政管理！

刘桂成 那也不能把党的原则，把为人民谋利益的宗旨全部当成商品进行买卖交易。你想想那些真正困难的，需要政府照顾的群众，能拿出那么多钱来投标吗？

何石养 这叫哑佬教书——没声出，鬼叫你没钱，鬼叫你穷！

刘桂成 石养，你怎么能这样说呢？石溪有多少富裕户？有多少财神爷？最后真正能中标的是吴玉娇这样的人。

何石养 没错，我之所以提出投标的办法，其中也考虑好解决吴玉娇的问题。

刘桂成 哦——

（唱） 算你讲了真心话，
好对上来好对下。
玉娇中标心欢喜，
镇长也会把你夸。

何石养 就是嘛。桂成哥，你想一想，投资、拨款、减免、升降，哪一件我们不要求谢镇长的？千万不能得罪他呀！

刘桂成 那你就不怕得罪石溪乡的父老乡亲了！石养呀！

（唱） 别以为几个指标小事情，
群众一旁眼盯盯。

看你干部怎解决，
看你处理公平不公平。

何石养 （唱） 绝对公平不可能，
世间之事讲不清。
给个指标谢镇长，
虽不合理也顺情。

刘桂成 （唱） 办事要讲原则性，
迁就徇私失民心。
为众为民党宗旨，
切切谨记莫轻心。

何石养 道理人人会讲，实际上谁都在为自己打算！

刘桂成 不见得吧！

[王新娥上。

何石养 不见得？我看有的人道理一套又一套，原则一条又一条，背后却以权谋私！

溜　古 （上）他妈的，什么人以权谋私？（一个个问去）是你？是你？还是你？哼，老子告诉你们，谁敢私吞一个指标，我就不放过他！（坐到办公桌上）

王新娥 溜古！（把他推下桌）

溜　古 你想招打？

何石养 溜古，你出去，这里没你的事！

溜　古 怎么没我的事，我的指标还没解决呢！（坐在沙发上，见有几粒花生，目中无人吃起来）

刘桂成 溜古，我们有事研究，你出去！

溜　古 那我的指标呢？

刘桂成 （威严地）我请你出去！

溜　古 好，好！（走到门口，摔一跤，回身）打倒刘桂成！（下）

何石养 听听群众的呼声吧，做人可不能要两面派呀！

王新娥 你在说谁？

何石养 谁这样做，谁心里明白！

王新娥 你把话说清楚，你说谁？

何石养 我说的就是他！（指刘桂成）我问你！

（唱） 这指标怎么突然增一个，

凭什么你私自送给添华哥。

（王新娥几次欲说，被刘桂成拦住）

你口口声声为群众，

背后营私又为何？

王新娥 你知道实际情况吗？

何石养 我当然没你知道。

王新娥 （拉开抽屉，取出公函）这是县里来的公函，你自己看看吧！

何石养 （忙拆阅）啊？！是县复退安置办给他的带帽指标！

王新娥 何副支书呀！

（唱） 刘支书有条件离开山乡，

解人难让指标风格高尚。

你却在乱咬人无中生有，

听谣传兴风雨太不应当！

何石养 刘支书，县里给你的指标，你为什么不要？

[雷声。

刘桂成 快要下雨了，我们都到工地看看！（与王新娥下）

[何石养望着刘桂成的背影有些茫然。灯暗。

第六场

[接前场。

[陈月凤兴高采烈上。

陈月凤 （唱） 娘家回来刚进村，

喜讯一道耳边闻。

县对桂成特照顾，
带帽指标落在他名份。
平日说他没福气，
不想今朝行好运。

何石养 （上）哎哟！月凤嫂，捡到金砖了？

陈月凤 金砖倒没捡到。何副支书，你没听说？县里落了个带帽指标给我家桂成！

何石养 我知道。月凤嫂，还是别高兴太早，听说这个指标他又让给别人了！

陈月凤 啊，给谁？说呀，到底给了谁？

何石养 （逼得步步退后）这，这——

陈月凤 快说给谁了？

何石养 给，给了李添华。

陈月凤 李添华？（有顷）是啊，李添华也好艰难的。

何石养 月凤嫂，你劝劝桂成，指标要让也让给吴玉娇，不要让给李添华！

陈月凤 怎么？

何石养 他风格高，当然好，可是我们当干部的行为不能不考虑给群众的影响！

陈月凤 什么影响？

何石养 你没听说呀，有人讲，“这下好了，添华一走，桂成去找秀莲就方便多了！”

陈月凤 （悟及，气愤）哼！

何石养 桂成是个好干部，我担心他在这个问题上犯错误啊！

陈月凤 （突然想到什么）我桂成不是那号人！

何石养 很难说，有人看见秀莲趁你不在家单独去找过他——

陈月凤 真有此事？（石养点头）好哇！（猛然转身，气冲冲下）

［何石养冷冷地笑了笑，下。灯暗。

［灯亮。刘桂成家。

［刘桂成在收拾房间。陈月凤风风火火上，进屋。

刘桂成 啊，老婆回来了！坐，坐！

陈月凤 （本想发火，忍了下来）哟，突然变得这样勤力了？

刘桂成 你老说我懒，不做家务，现在不是做了吗？

（唱）　几十里山路赶回来，
又饥又渴你步难抬，
先喝杯茶歇口气，
我进里给你热饭菜。

陈月凤　（旁白）食气都食饱了！（对桂成）不用，不用，你先给我坐下！
（唱）　不用端茶热饭菜，
不用忙里又忙外。
两人静静坐一坐，
拉拉家常叙情怀。
桂成呀，结婚十几年，我对你怎样？

刘桂成　好，好！

陈月凤　忠不忠诚？

刘桂成　没发现第三者。

陈月凤　那好，听说县里给了个带帽指标给你？

刘桂成　唷！这么快你就知道了？

陈月凤　你不想要？

刘桂成　对。

陈月凤　为什么？

刘桂成　我不想离开家，更不想离开你呀！

陈月凤　啊，好，好，我也不愿离开你，怎样？把指标干脆让给别人。

刘桂成　对！

陈月凤　让给李添华？

刘桂成　我们想到一块了，真是知我者莫过于吾妻也！

陈月凤　李添华一走，他家里就剩下周秀莲一个人了？

刘桂成　可不。

陈月凤　那你就——
（唱）　采花唔怕筋蓬拦，
偷食唔怕猫打转。

半夜想见半夜走，
长期相好称心愿。

刘桂成 讲到哪去了？

陈月凤 难道你不是这样考虑，这样打算的？（发火）想不到呀，刘桂成！

（唱） 为这家我日夜劳累受奔波，
为了你我受人埋怨多折磨。
不想好心无好报，
好柴烧的烂泥灶。
你肚藏咸湿肠花花，
家床唔睡睡野窝。
问你对不对得良心住，
要不要杀头枪毙去沉河。

刘桂成 是这样的，你听我说——

陈月凤 不听！不听！

（唱） 你赶快去那李家寨，
把那指标要回来。
老老实实给我农转非，
快快速速到县听安排。
要不然，一日把你三次闹，
十日打锣骂上街。

刘桂成 已答应给人了，怎么好又要回来？

陈月凤 哦——你不去要回来，是碍着个周秀莲吧！周秀莲，周秀莲，她是镶了金边还是开了八丫？什么地方使你鬼迷心窍？这个骚货狐狸精，我去找她！

刘桂成 你给我站住！你怎么说我都可以，但不能污蔑人家！

陈月凤 哟，到底是老情人，我说她你心疼了？

刘桂成 你——

陈月凤 你什么？这个骚货，狐狸！

刘桂成 你再说！

陈月凤 说就说，骚货，狐狸精，你敢怎样？

刘桂成 我——我！（举手欲揍）

陈月凤 你打呀，吃里爬外的东西！

刘桂成 你，你给我出去，滚！

陈月凤 （从未受过这样的气）喂呀！你这斩千刀，为了这个骚妇人，属于自己的指标也不要，这个家也不要了，老婆也敢打了！（拉哭腔吵闹起来）

刘桂成 你别这样好不好，让人听见影响多不好！（递过一块手巾让她抹泪）

陈月凤 （一甩手巾）好，我走！我滚！（向门口走去）

刘桂成 （叫住）月凤！

陈月凤 （气愤地）我一辈子也不见你！（伤心地）妈呀！（哭下）

刘桂成 月凤，月凤！（追出门）糟，她朝猴子额跑去了。唉，刚才我也不应该向她发火！月凤！（追下）

周秀莲 （上）刘支书！（见刘桂成追月凤远去）出什么事了？（下）

[灯隐。

第七场

[紧接前场，山间路上。

陈月凤 （上，唱）离家门，朝前奔，

一腔悲愤一腔怨。

谁曾想，桂成不想农转非，

美好理想化云烟。

更可恨，旧日的情人他难忘，

新茧还把旧丝缠。

[刘桂成内喊：“月凤！月凤！”

陈月凤 （续唱） 猛听背后阵阵喊，

桂成追赶在后面。

跋山涉水唔停步，（上山，下岭，过涧）

不让冤家追上前。（下）

刘桂成 （上）月凤！你停下，你跑去猴子额干什么？

（唱） 女人都是小气眼，

讲没两句就翻脸。

翻脸投娘家不要紧，

不能攀崖跳深渊。

（喊）月凤！——（下）

陈月凤 （上，唱）就得爬上猴子额，

刘桂成 （上，唱）猛追急赶将她拦。

陈月凤 （唱） 就得那儿摆条件，

刘桂成 （唱） 老虎嫲你莫咁刁蛮。

陈月凤 （唱） 若依我意回家转，

敢说不字赴黄泉！

[猴子额，形势险峻，云雾缭绕。

[幕内起歌：

猴子额，入云端，

千仞绝壁万丈渊，

多少冤魂此归去，

世人闻听心胆寒。

刘桂成 月凤，你不能去，不能去呀！

陈月凤 （退到悬崖边）你再近前，我就往下跳！

刘桂成 别，别，你退回来，到这大树下说。

陈月凤 你得答应我，不能让指标，要不，我就死给你看！

刘桂成 行，行，指标我不让了，马上去要回来！（装着往回走）

陈月凤 还有——以后要和那狐狸精一刀两断！

刘桂成 这——

陈月凤 你不答应，我跳了！

刘桂成 我答应，我答应！

陈月凤 还有，今后不准你和她讲话，也不准你看她一眼！

刘桂成 （气极）你——

陈月凤 不答应，我就跳！

刘桂成 我答应，我答应！

陈月凤 对天发誓，决不反悔！

刘桂成 （举手发誓）好，对天发誓，决不反悔！

陈月凤 （离开崖边）哼！（下山）

刘桂成 你给我站住！（火）你太不像话了，为了一个农转非指标，就喊生喊死跑到这猴子额来，让全世界的人都知道，刘桂成的老婆要跳崖了！你、你叫我怎么在管理区待下去，怎么走村串户去做人家的工作！你还有脸去见人吗？（说得激动，闪着了腰）

陈月凤 桂成！（走上去扶）

刘桂成 你、你一点也不理解我！一点也不为我想想！

陈月凤 你都不要我了，我还不去死？

刘桂成 谁不要你了？

陈月凤 刚才——

刘桂成 怪我一时气愤。月凤，有天大的事情都可以商量解决，跑到这里来就是不应该。这猴子额崖高千丈，万一不小心掉下去——

陈月凤 无非一死。

刘桂成 无非一死？说得好轻松，你一死我怎么办？这个家怎么办？明仔又怎么办？

陈月凤 （有点为其所动，但嘴上还硬）你去找周秀莲嘛！

刘桂成 你——结婚十几年了，你还不了解我吗？咳！

陈月凤 总之，你把指标让给人家我就是想不通！

刘桂成 人家因公受伤，理应照顾。

陈月凤 你呢？你是三级残废复退军人，更应该照顾！

刘桂成 别谈这些了。

陈月凤 我要说，偏要说！

（唱）　反击战你流血负伤得残废，
要个指标谁会背后说是非。
你想想多少战友已出去，
莫非你要在山里苦一辈！

刘桂成　我就是不想一辈子苦死穷死！

陈月凤　那你——

刘桂成　不仅仅我不想，全管理区二百多户、一千几百人也不应该一辈子在这穷死苦死！

陈月凤　又是要带领大家脱贫致富呀，“脱贫致富”那么容易？喊了几年了，有多大变化？

刘桂成　现在不同了，国道上马，公路快修到我们家门口，水电站也快建好了。月凤呀！

（唱）　夜难安寝细规划，
石溪三年要大变化。
东山电站一竣工，
多种项目接上马。
建个云石加工厂，
办个竹木竹器社。
国道从那西山过，
西山铜矿可开发。
再办一个根雕厂，
国际市场有好价。
到那时，你看看，
这里炮声隆，那里人喧哗。
热气腾腾百业旺，
石溪何愁不发达！

陈月凤　真能那样就好了！

刘桂成　怎么不能？你说，我舍得离开石溪吗？

陈月凤 这——但你把指标让给李添华，我心里头就是不舒服！

刘桂成 （突然笑起来）我懂了！你真是我的好老婆，醋劲不小啊！

陈月凤 谁跟你开玩笑。

刘桂成 月凤，我问你，如果添华的老婆不是秀莲，你说，该不该第一个让给他？

陈月凤 （不语）

刘桂成 说呀，该不该让给他？

陈月凤 我不跟你说话。

周秀莲 （上）刘支书！

[刘桂成看看月凤，不语。

陈月凤 （示意桂成）你——

周秀莲 月凤嫂，你和支书在这儿——

陈月凤 噢，我们——来这猴子额看看柴草长得好不好，想搞几担回去。

周秀莲 刘支书，我有件事要跟你说。

[刘桂成望着月凤。

周秀莲 刘支书——

陈月凤 （见桂成不理秀莲）你聋了还是哑了？人家叫你呢！

刘桂成 （请示月凤）我可以和她说话吗？

陈月凤 （想起刚才的事，有点尴尬）你呀，别摆支书的架子了！

刘桂成 遵命！（对秀莲）秀莲，有什么事？

周秀莲 新娥说你将自己的指标让给了添华，添华不同意，他非常感谢你，让我把指标退给你。他说，你应该去。

刘桂成 秀莲，你要做做他的工作嘛。月凤，你说是么？

陈月凤 我——我——你们谈事，我看我的柴草。

周秀莲 他说水电站没建好，他不能走，等水电站建好，他还要在水库办养殖场。

刘桂成 添华想得对！

[何石养内喊“刘支书”！上。

何石养 哎呀，你躲在这儿？我到处找你！

刘桂成 什么事？

周秀莲 你们谈，我回去了！（下）

陈月凤 我也走啦！（随下）

何石养 刚才谢镇长来了，批了两万元给我们建水电站！

刘桂成 太好了！那我们的水电站第一期工程就可以按期完工了！

何石养 不过，一定要给一个指标给吴玉娇！

刘桂成 嘀，亲自出马了！

何石养 桂成，考虑到电站的建设：我答应他了！

刘桂成 你怎能这样做呢？

何石养 桂成，算了吧，手拧不过大腿，你别坚持了！

刘桂成 （沉思，话中有话）现在也只好这么办了！

[王新娥内喊“刘支书”——上。

王新娥 刘支书，何副支书，出事了，溜古听说农转非的指标没他的份，大吵大闹，把管理区的办公室砸了！

刘桂成 （大怒）岂有此理！走，看看去！

[三人下。灯暗。

第八场

[半个月后。

[灯亮。水电站工地前。

[幕启：幕侧竖有一块木牌，上贴一张红纸，“热烈庆贺电站第一期工程胜利完工！”

[众陆陆续续上。

男　甲 喂，你们听说了吗？这次的农转非指标，谢镇长硬是挖一个给吴玉娇。

女　甲 啊？凭什么给她？

男　甲 凭什么？

（唱）　凭自己有权是镇长，

凭自己对石溪支持挺大方，
前些天批了二万块，
硬逼区里指标一个袋里装。

女 丙 难怪吴玉娇这几天趾高气扬！

女 乙 不行！这钱是镇政府的公家的！不是他个人的！他这是以权谋私！

[众议论纷纷。

吴玉娇 （上）大家都在这，好热闹呀！

女 甲 吴玉娇，你来这干什么？

吴玉娇 干什么？看看呀，怎么，这地方是你的？我不能来？

女 甲 你姐夫给你弄了个农转非，飞鸽牌、永久牌了！

吴玉娇 你们眼红了？

男 乙 我们怎敢眼红？只怨自己没姐夫当镇长。

吴玉娇 这你可说对了！

（唱） 别怨天，别怨地，
只怪自己没福气。
没有姐夫当镇长，
也没姑丈在县里。
就算有个表哥镇里当副手，
指标兴许会给你。
哎，如今的世道就是这样喽！

男 乙 吴玉娇，你别这么得意，刘支书还不一定同意！

吴玉娇 这你就信息闭塞了，告诉你，何副支书说刘支书已答应了。

女 甲 别在这儿吹牛皮了，我才不信呢！

吴玉娇 有些事由不得你不信！

男 丙 要是你真能拿到指标，我就和镇长、支书没个完！

吴玉娇 我怕你不敢，你也想学溜古，想到派出所去接受教育呀？

男 甲 吴玉娇你别神气！我告诉你：指标要是有你的份，我就不是人养的！

吴玉娇 那你是什么养的？

男　甲　我就是……就是你养的!

吴玉娇　我可养不了这么大的儿子!

［众起哄。

男　乙　（火，站起）什么庆祝会，不开了！（欲走）

女　丙　（撞撞女甲）来了来了！刘支书、谢镇长他们来了!

［谢镇长、刘桂成上，何石养、王新娥等支委随上。

谢镇长　刘支书，今天的庆祝会，群众来得还是挺多的。

刘桂成　不少，不少。谢镇长，开始了吧。（对众）大家安静了，今天区里召开电站第一期工程完工庆祝大会。镇领导很重视，现在请谢镇长讲话!

［众稀稀拉拉拍掌。

谢镇长　我也没有很多话要说，开这个会就是要总结成绩，提高斗志：建好水电站，把石溪落后面貌尽快改变，所以镇里很关心，在经济上也给予大力支持。前几天，我就亲自批了两万块钱嘛！希望大家再接再厉，继续努力，使电站早日竣工发电！我讲话完啦!

刘桂成　乡亲们！刚才谢镇长的话，对我们是极大的鼓舞，极大的鞭策，我就不重复了。现在趁这个机会，趁那么多群众都来了，我讲讲大家最关心的农转非指标的事!

［众安静下来。

谢镇长　（对何石养）这个会你们有这议程?

何石养　大家要求这样做，我也没办法。

刘桂成　这件事，党支部很慎重，总的来说这次指标的分配是按照政策，绝不搞拉关系，走后门，干部以身作则，不以权谋私。（转向谢镇长）谢镇长，你说对吗?

谢镇长　对，应该这样做!

群　众　（七嘴八舌）说得对！说得好！指标到底给了谁呀?

刘桂成　好！为了增强透明度，我现在宣布农转非的名单：张石山、李朝古、陈龙生、何桂芝、刘学田、吴……（对镇长）镇长，你看这要不要宣布——

男　甲　吴什么？说下去呀!

男　丙　是不是吴玉娇呀？！

男　丁　怎么不敢往下说啦！

谢镇长　（不语）……

刘桂成　（对镇长）镇长，要是宣布恐怕……

谢镇长　（低声地）这个恐怕就不要宣布了！

刘桂成　六个指标，人人都知道，这一个不宣布，怎么向群众交代？

群　众　（七嘴八舌）快点说！

男　甲　这个名字不敢公布是不是有鬼呀！

刘桂成　谢镇长，你看怎么办？

谢镇长　我不管！你们的事你们自己决定！

刘桂成　那——好！第六个指标是李源发的儿子李四根！

［群众、镇长、吴玉娇皆感愕然。

吴玉娇　什么？

谢镇长　（问何石养）怎么又跑出个李四根？

何石养　支委会同意他做候补。

群　众　（热烈地鼓掌、欢呼）好！

［几个男青年围着吴玉娇鼓掌、起哄。

吴玉娇　（委屈地跑到谢镇长跟前）姐夫，你怎么——

谢镇长　你先回去，以后再说！

［吴玉娇匆匆下，众续起哄。

谢镇长　（对刘桂成）刘桂成，你干得不错呀！

刘桂成　多得领导夸奖。

［内喊“桂成——”李源发拨开人群，脚步踉跄上。众寂然无声，看着他。

李源发　（走到刘桂成跟前）感谢领导！感谢大家！桂成，你是好人，你没有变！（猛然跪地）

刘桂成　（慌忙搀起）源发叔！

［众激动。

［幕内歌起：

石溪水，潺潺流，
穿峡谷，过平洲，
冲污淘垢东流去，
百折千转不回头。

[幕落。全剧终。

（剧本版本：《南粤剧作》1992年第2期）

· 韶关戏曲卷 ·

粤北采茶戏

借婚记

编剧：吴达明

人　物　表

桃花　　村民，少妇，养猪专业户

牛峰　　村长，桃花丈夫，中年

乡长　　新官上任，女

狗牯　　村文书，男，大青年

山泉　　村民，男，青年

记者　　县新闻记者

水莲　　村民，牛峰妹，青年

犟叔　　老年村民

阿福　　村民，男，青年

小兰　　村民，阿福未婚妻，犟叔女儿

村民、青年男女若干

第一场

[现在。

[牛脚坑村、县城。

[村头。

[迎亲喜庆音乐起。

[狗牯阿福等吹吹打打抬花轿上，山泉新郎打扮随上。

众　人（唱）　抬起那个花轿好神气，

高高兴兴娶娇妻。

酒席摆了上百台，

山珍海味都摆齐。

抬起花轿山路走，

肩不酸软步伐急。

人逢喜事精神爽，

讲话大声腰板硬。

牛　峰　（内喊）气死我啦！

［牛峰挎只人造革提包气得急匆匆上。

牛　峰　真是气死我啦！

［众人抬花轿圆场，与牛峰相遇。众人故意逗牛峰，左右拦路不相让。

牛　峰　（急，吼）别闹啦！

众　人　（假装发现）哟！牛村长回来啦！是牛村长回来啦！

狗　牯　（示意大家安静）哎——哎——我说啊，我们牛脚坑村今日是双喜临门。

众　人　双喜临门？（问）这第一喜是什么？

狗　牯　山泉娶老婆是一件喜事。

众　人　那第二件喜事呢？

狗　牯　这第二件嘛，就是更大的喜事。牛村长去乡里领文明村奖牌，我们牛脚坑村被乡政府评为文明村啦！

众　人　（欢呼）好哇！牛村长，奖牌呢？给我们开开眼界。

狗　牯　牛村长，你就把奖牌拿出来吧。

牛　峰　不要提那文明牌啦！

（唱）　一提奖牌我心冒火，

到嘴的鸭子飞下河。

众　人　这是为什么？

牛　峰　（接唱）　山泉结婚充阔佬，

讲排场大摆酒席违反乡规民约。

山　泉　我？

牛　峰　（接唱）　还把新来的乡长请，

等于飞蛾自扑火。

（掏出厚厚的一叠请帖）这些都是你请书记请妇联主任请民政干事还有请新乡长的请帖，人家都退回给你啦。

狗　牯　这么说……那文明村牌我们牛脚坑村没有了？

牛　峰　（接唱）　还有更加恼人事，

鸡脚坑村今日石头变珍珠。

上台捧走文明牌，

介绍经验眉飞色舞。

众　人　（惊）啊？！鸡脚坑村人都跑到我们前面啦？

我们牛脚坑村哪样工作不是全乡的先进？

今日连文明村牌都拿不到。

[众人沮丧。

[水莲提皮箱上。

水　莲　（念）　电影演员没考到，

垂头丧气回来这大山坳。

（见众人）哟！你们一个个都拉长脸，谁得罪了你们？

狗　牯　（讨好地）水莲，大家都为没有拿到文明村牌发愁呢。

水　莲　哦……不就是那块文明牌？怪不得刚才我在乡里听到一首顺口溜。

众　人　顺口溜？什么顺口溜。

水　莲　你们听着：

（念）　牛脚坑人真好笑，

到手奖牌都飞掉。

要想重当文明村，

……

众　人　怎么样？

水　莲　（接念）　除非菩萨会屙尿。

众　人　（被激怒）哎呀呀！

[水莲下。

众　人　（唱）　这些话语像刀枪，
伤人心肺伤肝肠；
做人就争一口气，
做佛就争一柱香。

牛　峰　（唱）　发誓争回文明牌，
争回自豪争回往日的风光。

众　人　（唱）　发誓争回文明牌，
争回自豪争回往日的风光。

狗　牯　其实鸡脚坑村有什么，只不过结婚时少请了几台客，就评上了文明村。

山　泉　（受启发）牛村长，他们鸡脚坑村少请几台客。山泉我将功补过，不请客不摆酒席，干脆到祠堂里给大家唱支山歌，婚事新办。

牛　峰　（惊喜）对——啊！这个补救措施真是太好啦。这就叫……就叫……（想）对！就叫集体婚礼，精神文明的集体婚礼。狗牯，你立即写一篇广播稿给乡文化站宣传宣传扩大影响。题目就叫……叫……对！“牛脚坑村婚事新办，隆重——举行集体婚礼。”

狗　牯　（为难）牛村长，我们村二十几对新婚夫妇大部分都请了客摆了酒席，这“隆重”二字恐怕……

牛　峰　（习以为常）嗳——
（念）　要想文章写得好，
里面有个大绝招：
评奖向来伸缩大，
加点水分无关紧要。

众　人　加点水分无关紧要？

第二场

[村祠堂。

[牛峰扛块“婚事新办”的牌子兴冲冲地上。

[猪崽叫。桃花追猪崽上。

牛　峰　桃花!

桃　花　(唤猪)努努努!(对牛峰)老公,家中的猪崽跑出来了。

[桃花、牛峰表演抓、拦猪的舞蹈。但无论是“努努”地引诱还是追逐都不奏效。

[猪崽突然停下,机会来了。桃花与牛峰肩并肩蹑手蹑脚地上前,牛峰突然扑过去。

[猪崽被按住,牛峰却“哎哟”大叫,捂住额头。

桃　花　(忙问)撞伤了我的猪没有?

牛　峰　(醋意)桃花,你就整天记得你的猪猪猪,我是你的老公,额头撞个大包都不关心。

桃　花　你也来撒什么娇?家中的猪都突然不吃潲啦。

牛　峰　哦,还不快请兽医看一下。

桃　花　请了。刚才乡兽医站的老甘来看了。(掏出药单)努,这是甘兽医开的处方,你快去墟场买药来。

牛　峰　哎哟桃花,我正忙着村里的集体婚礼,哪里有时间?

桃　花　你真是吃饱饭没事干。集体婚礼集体婚礼,我不管你什么婚礼都给我先买猪药。(塞药单给牛峰)

牛　峰　(仍想推辞)我说桃花……

桃　花　桃什么花?(撒娇)去不去。

牛　峰　我去我去。

桃　花　(欲下,转回身)记住,药单。

牛　峰　(扬扬药单)放心,丢不了!

[桃花下。

牛　峰　我老婆真是娇得可爱啰!

[狗牯内喊:“牛村长!”上。

狗　牯　牛村长!牛村长!

牛　峰　狗牯,我布置写集体婚礼广播稿的事……

狗　牯　我早就写好了，并亲自送去乡政府给了乡长她。

牛　峰　什么？你亲自将广播稿送给了乡长。（急）乡长她是怎么说的？

狗　牯　这……乡长她可没说什么，只是看了又看，好像舍不得放手。（讨好）你牛村长的指示我是最认真执行啊？就怕你在水莲面前捅两句，我还怎么做得成你的妹夫。

牛　峰　（得意）你这个家伙。

［牛峰、狗牯下。

［乡长拿广播稿上。

乡　长　（唱）

捧文稿心情激荡，
稿纸薄薄意义长；
好比山坳荡春风，
吹散疲劳醉胸膛；
好比山谷涌清泉，
洗净烦恼精神爽；
都说山村观念旧，
移风易俗难上难。
今日牛脚坑村爆新闻：
婚事新办新风尚。
新官上任我三把火，
抓典型光耀山乡。

［牛峰、狗牯上。

牛　峰　哟！乡长，新乡长驾到。欢迎欢迎！感谢对我们牛脚坑村的关心。

乡　长　牛村长，应该我感谢你们才对啊！你们牛脚坑村婚事新办，隆重举行集体婚礼，真是太好啦。婚礼定在什么时候举行？

牛　峰　今夜7点。

乡　长　一共有多少新人参加集体婚礼？

狗　牯　（抢上前，举起一个指头）只有一、一、一……

乡　长　（失望）什——么——才一对？这也叫隆重举行集体婚礼？

牛　峰　（忙上前，也举起一个指头）哎哎哎，乡长，是这个数。一、一、一……

乡　长　一什么？

牛　峰　是一、一、一十对！

狗　牯　（惊）啊？！

乡　长　（高兴）有一十对新人参加集体婚礼？好啊！

（唱）　深山举办新婚礼，

一十对也是大规模。

狗　牯　（拉牛峰）牛村长你你你。

[牛峰甩开狗牯。

狗　牯　（旁唱）　村长他一炮惊耳，

水分加得太离奇；

牛　峰　（旁唱）　只要乡长她高兴，

只要乡长她欢喜。

乡　长　（旁唱）　小山村惊雷贯耳，

文明新风沐大地；

狗　牯　（旁唱）　山村人观念陈旧，

哪里有十对新人参加新婚礼？

牛　峰　（旁唱）　无非多加一个零，

有点水分不出奇。

乡　长　（旁唱）　快快上报好典型，

推广经验莫迟疑。

好！今天晚上我要亲自来参加这个婚礼。

狗　牯　（急）什么？乡长你还要亲自来参加这个……集体婚礼！

乡　长　是啊！怎么？不欢迎？

狗　牯　这……

牛　峰　（临危不惧）欢迎欢迎，一百个欢迎。不过我说乡长啊，我们这山区小路高低不平，加上黑灯瞎火的，恐怕……

乡　长　（打断）哎，你以为我这个乡长是豆腐做的？别争了，我还要买上十份礼物送

给这些新人们。（看手表）我还要到其他村去走走。（欲下，又折回）记住，晚上我一定要来参加。（下）

狗　牯　（泄气）这下就麻烦啦！牛村长你这加的是什么水分？简直是火上浇油。你说现在去哪里找十对新人参加集体婚礼？

牛　峰　这……（无意中掏出药单）

［阿福与小兰逃跑似地上。

阿　福　小兰，快跑，快跑！

小　兰　阿福哥，我跑不动了。

阿　福　（发现牛峰）牛村长，终于找到你了。我和小兰要求参加山泉他们的集体婚礼。

［犟叔内喊："哪里逃？"手拿一只鞋追上。山泉劝阻着随上。

犟　叔　告诉你阿福，没有我的同意，就休想和我女儿小兰去打结婚证。

小　兰　我偏要嫁给阿福哥。（拉阿福下）

犟　叔　牛村长，你们牛脚坑村的人哄骗我女儿，你要管哪！（发现阿福、小兰已下）哪里逃！（追下）

狗　牯　真是，结婚证都还没有打，就想冒充参加集体婚礼。

牛　峰　（受启发）冒充？你是说冒充！

狗　牯　他们是想冒充啊。

牛　峰　（忙将手中的药单封住狗牯的嘴巴）对啊！我怎么就没有想到这一招。狗牯、山泉，你们立即动员这段时间打了结婚证的，不管有没有请客摆酒席，今夜统统都去参加集体婚礼。一定要保证够十对。

狗　牯　牛村长，这个问题恐怕……

牛　峰　你啊！

（唱）　集体婚礼唔使怕，
就是胸前戴红花；
顶多领导握握手，
双方无损半根毫毛和头发。

［狗牯仍有为难情绪。

牛　峰　狗牯，你还想不想我这个做阿哥的催水莲和你快些……（打撮合手势）

狗　牯　（振奋）想想想，我做梦都想。

山　泉　牛村长，我们马上去完成任务。（下）

[牛峰下。

狗　牯　要一下凑够十对新婚夫妇也真难啊！（板指头计算）阿强一对，大只牯一对，石桥生两公婆外出打工去了。还有就是……就是……

[山泉追赶拦堵一群青年男女上。

[有的青年不服，欲下，狗牯、山泉阻拦。

[众青年躁动。

甲　我早就请了客摆了酒席，还参加什么集体婚礼！

乙　我老婆都快生仔啦，来出什么洋相。

丙　（调侃）这是人家狗牯和山泉叫你们复习复习新婚之夜的功课。

[众人笑。

[桃花提菜篮上。

桃　花　狗牯你们这是……

狗　牯　桃花，你来得正好，快帮帮忙。

桃　花　我能帮你什么忙？

狗　牯　按照牛村长布置的任务，动员他们今夜都去祠堂里参加集体婚礼。你们听着！

（唱）　集体婚礼唔使怕，
就是胸前戴红花；
顶多领导握握手，
双方无损半根毫毛和头发。

桃　花　（唱）　好笑好笑真好笑，
集体婚礼变假药。

狗　牯　桃花你你你，怎么跟我唱反调？

桃　花　（接唱）　狗屎洒些花露水，
冒充香甜猪肠糕。

众青年 （唱） 狗屎洒些花露水，

冒充香甜猪肠糕。

[众青年欲下，狗牯、山泉拦阻。

山 泉 慢！大家再商量一下。

众青年 （返回）哦！又怎样商量？

山 泉 （唱） 每人给个五十元，

当作副业发劳保。

狗 牯 对对对！

（唱） 只要你们肯配合，

狗牯情愿掏腰包。

众青年 （犹豫）这……

桃 花 （招手聚拢大家私语）好！

（唱） 要使你们记教训，

吹牛过税不能少；

给够一百才同意，

吹牛就要狠狠敲。

众青年 （唱） 给够一百才同意，

吹牛就要狠狠敲。

狗 牯 什么？要一百块啊！

众青年 怎么样？舍不得！

狗 牯 （咬咬牙）好！一百就一百。

（唱） 宣布纪律二三条，

参加集体婚礼最重要；

其次对外要保密，

山村形象莫搞糟。

[众青年嘻嘻哈哈拥着桃花下。

[牛峰抱着一摞“新娘、新郎”的红花上。

[狗牯、山泉发现牛峰。

狗　牯　牛村长。哟，连“新娘、新郎”的红花都买好啦。

牛　峰　任务都完成得怎么样？

狗　牯　基本完成，就是还差两对。

牛　峰　我也早就料到了，困难是很大哪！

山　泉　我们将全村搜了个底朝天也只有这八对。其余的都双双对对外出打工去了。

牛　峰　这……那就将阿福和小兰也算一对。还差一对……还差一对……

[水莲提皮箱上，又是一副准备外出的模样。

水　莲　阿哥！

[牛峰摆手，示意别烦我。

狗　牯　（讨好）水莲你又去哪里？

水　莲　听说大导演张艺谋在我们县城拍一部电影，正要挑选演员。水莲我这就去报名。

[牛峰受启发。

狗　牯　（哀求）水莲，你就别去考那个电影演员了吧！你看人家个个都结了婚，我们两个……

水　莲　（撒娇）狗牯哥，你就支持我最后再去一次吧。如果这次选不上，我马上回来和你结婚。

牛　峰　（突然）水莲讲得对！

水　莲　（高兴）阿哥，你也支持我去考电影演员？

牛　峰　当然支持，而且你来得太巧啦！

（唱）　水莲老妹来得巧，
刚好有个喜讯到；
张艺谋电影来村里拍，
还要村里把演员挑。

水　莲　（惊喜）真的？

牛　峰　当然是真的。不信你问问狗牯和山泉。

山　泉　（心领神会）对对对！就在村祠堂里拍集体婚礼的戏。

狗　牯　这……

[山泉踢狗牯一脚。

狗　牯（明白）哦——是是是！

水　莲（唱）　我说眼皮老是跳，
原来水莲星运到。
我和狗牯演夫妻，
你要认真配合好。

狗　牯 水莲，我对天发誓，这一辈子只爱水莲你一个人。

水　莲（激动）我好感动好高兴！我好幸福啊！（吻狗牯）

牛　峰（高兴，对狗牯、水莲）别动。（对观众）一十对——我凑齐啦！

第三场

[牛峰家门前。

[桃花高兴地端酒菜上，摆桌上。斟酒。

[树上喜鹊叫。桃花望树上。笑。

桃　花（唱）　树上喜鹊笑哈哈，
也来恭喜我桃花；
今日结婚三年整，
忙得我宰鸡杀鸭又蒸大龙虾。（照镜）
对镜梳妆理秀发，
满面羞涩飞红霞；
一心盼着牛峰归，
美得我心甜似蜜瓜。（入屋）

[牛峰急上。

牛　峰（念）　集体婚礼快响锣，
好比吹响进军号；
快快回家西装领带穿，

文明婚礼形象最重要。

（神气地对桃花喊）桃花桃花，快将我的西装领带拿出来，快些。

桃　花　来了来了。（拿西装领带出，举起）你看！

牛　峰　（接西装）啃，又做了一件新西装。（将领带套颈上）

桃　花　穿上新西装，赛过新郎官。

牛　峰　对啊！今天的新娘一个个都赛过天仙。

桃　花　来，按往年的规矩，先饮两杯喜酒。

牛　峰　哎——告诉你，我已经向乡长汇报，今天改了规矩，不请客不饮酒啦。

桃　花　（纳闷）这……你报告乡长干什么？

牛　峰　等会再跟你解释，我走了。（拿西装欲下）

桃　花　（急）哎！走，你走去哪里！你，忘记了今天是什么日子？

牛　峰　什么日子我当然不会忘记。今天是我们牛脚坑村为了争回文明村牌，搞集体婚礼的好日子。

桃　花　（气）你你你！

牛　峰　那你说是什么日子？

桃　花　你我结婚三周年。

牛　峰　（醒悟）哦哦哦，对对对，当年结婚闹洞房时候，你也是穿着这套新娘装。我俩还唱了一段传统的采茶戏《俏妹子》哩！

（入戏，唱）

哥打鼓哟嘿！

桃　花　（唱）　妹耍锣哟嘿！

俩　人　（唱）　乐是乐，

牛　峰　（唱）　想妹做老婆，

桃　花　（唱）　啐啐啐，怎么叫老婆？

牛　峰　（唱）　怎么叫不得哟嘿？

桃　花　（唱）　满妹不能叫老婆哟嘿。（佯怒）

牛　峰　（唱）　满妹生了气，上前赔个礼。

桃　花　（唱）　双手牵起哥，

牛　峰（唱）　你牵我做什么？

桃　花（唱）　哥有情，

牛　峰（唱）　妹有意，

俩　人（唱）　俩人配夫妻，啦啦嗬嘿，咿咿哟嘿……

（笑）哈哈哈！

牛　峰　哟！我没有时间啦，没有时间啦！我去忙完婚礼，回头再跟你接着唱。

桃　花　你！（兴致索然）算了吧！你去忙你的。（伸手）拿来。

牛　峰　拿？拿什么？桃花你也真是太幽默了，那些参加集体婚礼的夫妻又不是在我的袋子里，怎么拿给你？

桃　花（急）你扯到哪里去了。谁要你的集体婚礼，我叫你去买的猪药呢？

牛　峰（惊）啊！糟糕，这集体婚礼的事情一急，就给忘记了。（忙赔笑脸）桃花，唔使急。我看那些猪主要是因为气候反常，就好像人一样，这个季节一变，刚开始也有时是屙屎不出吃饭不下。

桃　花　呸！你不去我去。快将药单给我。

牛　峰　药单。（寻）哟！丢哪里了？药单丢哪里去了？

[幕内狗牯喊："参加集体婚礼的人员，马上到村祠堂集中。"

牛　峰（急）来不及了。桃花我的好老婆。（拿起西装欲下）

桃　花　不准走！（拉住西装）你快给我寻到药单来。

牛　峰　我马上要去祠堂。（拉西装）

桃　花　不准去！（拉）

牛　峰　我要去！（拉）

桃　花　不准！（拉）

[俩人来回拉西装。"嘶"的一声，西装被拉得脱掉两只衣袖。

牛　峰（急）你！

桃　花（叉腰挺胸）你！

牛　峰（不服输，加大嗓门）你！

桃　花（叉腰挺胸跺脚）你！（不意踩到牛峰的脚）

牛　峰（痛）哎哟！哎哟！哎！我有办法啦！（打电话）喂！是乡兽医站的老甘吗？

我是牛峰，那张药单我丢了，请你按原药方配药。什么？你要亲自将药送来，真是太感谢你啦！（放话筒，讨好地对桃花）问题解决了，我可以走了吧。

桃　花　不行！我不准你去。

牛　峰　桃花，我这是为了全村人的利益。

桃　花　什么为了全村人的利益，其实是为你自己的利益。

牛　峰　（硬）今天你同意我要去，你不同意我也要去。（推开桃花，欲下）

［狗牯内喊："牛村长——不好了——"和山泉急上。

狗　牯　不好了！

山　泉　水莲她跑了。

牛　峰　（惊）什么？水莲她跑了！

狗　牯　（念）　　水莲发现没有张艺谋，
　　　　　　　　坐车县城去把真戏做。

山　泉　（念）　　婚礼马上要开锣，
　　　　　　　　千万不能出差错。

牛　峰　（念）　　平地突然起风波，
　　　　　　　　老天存心将我磨。

三　人　（念）　　怎么办啊怎么做？
　　　　　　　　怎么做啊怎么说？

山　泉　（念）　　我有一个好办法，
　　　　　　　　借人顶替解忧愁。

狗　牯　（念）　　你是借牛借猪狗，
　　　　　　　　借做新娘谁人肯上钩？

桃　花　（念）　　真是撑饱没事做，
　　　　　　　　自讨苦吃自领受。（欲入屋）

山　泉　（悟）哎——（绕着桃花转一圈）

桃　花　（念）　　难道女人没见过？
　　　　　　　　一双贼眼不害羞。

山　泉　（对牛峰、狗牯，念）

我说你们莫发愁，
新娘我能借到手。

牛、狗 是哪一个？

山　泉 远在天边近在眼前就是——（指桃花）她！

牛　峰 （惊）什么？我的桃花借给狗牯做老婆？（忙摆手）不行不行不行！

（唱）　我的娇妻好桃花，
不能借给别人家。
此事万一传出去，
世代被人笑掉牙。

山　泉 （仿牛峰前调，唱）
集体婚礼唔使怕，
就是胸前戴红花；
顶多领导握握手，
双方无损半根毫毛和头发。

牛　峰 你……

[电话响。狗牯接电话。

狗　牯 喂！是是是！（指话筒）牛村长，乡长她马上就要到村祠堂啦！

牛　峰 这……（自语）山泉讲的也有道理啊！嘿嘿，嘿嘿！桃……花……

桃　花 （背转身，不睬）……

牛　峰 桃花，就当我求求你吧！救场如救火，只要你帮了我这个忙，我今后一切都听你的。煮饭炒菜洗衫，甚至，甚至帮你洗底裤。

桃　花 不行不行就不行！

山　泉 牛村长，这也不行那也不行，怎么办？你快些拿主意吧！

牛　峰 （无措）主意主意，我现在还有什么主意！乡长一到真相就全部曝光。我我我（痛苦地）我这个村长无能啊！不能带领大家拿到文明村牌，我还有什么脸去见人？

[桃花在一旁陪着伤心。

牛　峰 我怎么去见人啊？我，我今天只有……只有……

桃　花　（紧张）只有什么？

[牛峰见桌上的酒壶，冲上去端起一杯接一杯地猛灌。

桃　花　（夺过酒壶，哭腔）牛峰，你不能喝，你不要喝啦！

牛　峰　你让我喝，你让我喝，我还有什么脸去见人。我这个村长不能再当啦！狗牯你马上帮我写一份辞职报告……

桃　花　（急）不能写不能写！牛峰你千万千万不能这样啊！

山　泉　唉！也真是太为难牛村长哪！桃花嫂，难道你就一点也不同情牛村长，一点也不肯帮他的忙？

桃　花　我，我我我……

牛　峰　（紧盯）我什么？桃花，你就帮帮这个忙吧。顶多胸前戴红花和领导握握手，去祠堂里站一下就得了。

桃　花　（思索，叹息）嗨！

（唱）　嘴唇缺了牙齿寒，
丈夫痛苦妻忧伤；
牛峰他难过至极把酒灌，
自将身体来摧残。
我不怜他谁怜他？
我不帮忙谁帮忙？

说好了，就只去祠堂里站一下。

牛　峰　（高兴）桃花你答应啦？你答应借给狗牯做老婆啦！（对狗牯）狗牯，我先警告你，你可不许占我老婆桃花的便宜啊。

狗　牯　这个当然。

牛　峰　（对观众）哈哈！一十对——又被我凑齐啦！

第四场

[村祠堂。

[狗牯、山泉和其他青年男女分别戴着“新郎、新娘”红花上。

众　人　（唱）　牛脚坑村假婚礼，
热热闹闹像演戏；
泥鳅当作过江龙，
凤凰扮成野山鸡。

［牛峰胸戴“主婚人”的红花神气地上，招呼大家入祠堂。

牛　峰　（唱）　山村迎客情似火，
语言淳朴情谊厚；
乡长今夜进山村，
乐的哈哈直拍手。

（得意）乡长啊乡长，我们牛脚坑村现在是万事俱备，就是只等你来举杯、握手、作指示啦！哈哈哈！（欲下）

［乡长高兴地边打手机边上。

乡　长　报告县领导，这里真是好热闹啊！
（唱）　牛脚坑村好热闹，
到处都是人欢笑；
我向领导来汇报，
山村文明升高潮。

（发现牛峰，喊）牛村长。

牛　峰　哟！乡长，欢迎欢迎，领导果然不辞劳苦，亲自关心我村的精神文明建设。

乡　长　牛村长，你成为全县的先进典型啦！

牛　峰　（莫名其妙）全县的先进典型？

［桃花暗上。

乡　长　想不到我将小小的牛脚坑村举办大型集体婚礼的情况汇报上去，立即就引起了县领导的高度重视，要把你们当作精神文明的先进典型在全县推广。

牛　峰　（高兴）感谢乡长的关心，感谢乡长的重视。

桃　花　（上前）哟！这位就是新官上任的乡长吧。

乡　长　这位……

牛　峰　哦哦哦，（自豪）这位桃花就是我牛峰的老……（自觉失口，忙捂嘴）

乡　长　老什么？你说啊！还羞答答的，老什么？

牛　峰　（支吾）老，老，老……（向桃花求援）

桃　花　（调皮地）乡长，我是牛村长他的老——妹——

牛　峰　对对对，老妹，老妹——我老妹桃花也是今天参加集体婚礼的新娘。

［汽车喇叭声，记者上。

记　者　祝贺你啊，大乡长。新官刚上任就做出了轰动全县的优异成绩。县领导作出一个重大决定：将你们今天晚上的集体婚礼改为在县城举行，以期推动全县的精神文明建设。你看，接新人去县城的大客车都开来了。

［桃花牛峰乡长三人“啊”表情不一。桃花、牛峰是惊慌，乡长是高兴。

［记者欲对乡长拍照。

乡　长　欢迎欢迎，热烈欢迎记者对我乡工作的鼓励和支持。不过，该上镜头的不是我。

记　者　是哪一个？

乡　长　我们乡的老牌先进村，牛脚坑村村长，牛峰。（推牛峰上前）

［记者对牛峰拍照。

牛　峰　（连连后退）别拍，别拍我。我们今天不去县城。

记　者　哦？！乡长这是为什么？

乡　长　牛村长，你要看到这件事并不仅仅是牛脚坑村的事，而且也不单纯是我们乡政府的事啦，她关系到全县推动精神文明建设的战略方针问题。

牛　峰　（哀求）乡长，我们确实是不能去啊。

桃　花　（急）我，我，我，我也不去县城。（欲下）

乡　长　（拦）桃花不能走！不能走！牛村长，你怎么还这么谦虚！

牛　峰　不不不！不是谦虚！

记　者　那又是什么？

牛　峰　（支吾）这这这……（拉桃花至一旁，求）桃花，你说怎么办怎么办？

桃　花　你啊，都是你做的好事，现在知道味道了吧。

乡　长　桃花，你们兄妹俩在嘀嘀咕咕唱哪出戏？

桃　花　（急）我是说，我是说，我是说……（急中生智，调皮地一拍手）对，我是说，阿……哥，去县城举行集体婚礼是顶呱呱、呱呱叫，打着灯笼也难找的好事啊！

牛　峰　桃花你是怎么啦？不去不去，我们坚决不去。

桃　花　阿——哥啊！

（唱）　良机天赐到山乡，

乡　长（唱）　牛脚坑村一步登天堂。

桃　花（唱）　集体婚礼出晒名，（出尽名）

乡　长（唱）　成为全县好榜样。

桃　花（唱）　好比飞机吹喇叭，

乡　长（唱）　飞得高来吹得响。

桃　花（唱）　最威是你牛村长，

山沟飞出的金凤凰；

记者拍照县长夸奖，

还能把那电视上。

到时全县上下人人知，

牛脚坑村有个村长当当响。

这种一本万利好生意，

你为何阻拦又推挡。

乡　长（唱）　桃花讲话最在行，

机遇难得莫轻放。

牛脚坑村成典型，

你当先进乡长也沾光。

牛　峰（唱）　莫将我往险路赶，

莫叫我去县城出洋相。

万一……万一……

桃　花　万一什么啊？万一什么？

牛　峰（接唱）万一不慎出差错，

你我脸面哪里放？

桃　花（唱）　你怕脸面无处放，

我有一个好秘方。

牛　峰　什么秘方？

桃　花　（唱）　包你不用去县城，

包你解忧精神爽；

包你轻装来上阵，

包你能将文明村牌扛。

牛　峰　到底是什么灵丹妙药，你快些讲啊！

桃　花　（接唱）　乡长面前认个错，

老老实实讲出大真相。

牛　峰　啊？！不不不！不行！

（唱）　桃花讲话欠思量，

“认错”两字口难张。

领导重视新婚礼，

哪有理由主动认错来交枪。

桃　花　（唱）　你不交枪我交枪，

要让诚实清风吹山乡；

要让老实人物长相久，

要你美梦全泡汤。

[桃花在以上唱段时，牛峰急得跟着桃花后面恳求作揖。当桃花要对乡长时，牛峰阻拦，桃花推开牛峰，上前对乡长。

桃　花　（接唱）　桃花请求新乡长，

实事求是作主张；

集体婚礼文明事，

哪容随意耍刀枪。

记　者　（感兴趣）哟！有谁耍刀枪？耍什么刀枪？

牛　峰　记者同志，你莫听她乱讲。

乡　长
记　者　（旁唱）　桃花轻轻几句话，

牛峰急得诚恐诚惶。
我这里察言又观色，
我察言观色，
里面肯定有文章。

记　者（对桃花）是谁要刀枪？

桃　花（指牛峰）你去问他牛村长。

记　者（对牛峰）要什么刀枪？

牛　峰（支吾）我……

乡　长（接唱）如今婚礼已经全县宣扬，
如今乡长我已经受到夸奖；
如今县城等我把戏唱，
如今箭已搭弦上。
记者他刨根究底，
牛峰他穷于应付难抵挡。
怎么办啊怎么办？
我要上下左右考虑周详。
（思考）要保婚礼顺利来举行，
坚决不能美好计划全泡汤；
要保牛峰这典型，
坚决维护山乡好形象。

记　者　乡长，刚才桃花她说是什么要刀枪？

乡　长　这个嘛……

牛　峰（绝望地）乡长……

乡　长（接唱）桃花乐得晕了头，
结婚也想舞刀弄枪。

桃　花　这……

乡　长（对牛峰，接唱）
快快上车县城去，

把那文明新歌唱。

牛　峰（绝处逢生般高兴）对对对！

（唱）　坚决服从上级好召唤，

快快上车县城赶。

早些上路早回归，

免得梦多夜又长。

（对内喊）上车，都上车去县城。

[众新郎新娘出，上车。

桃　花（求）乡长，牛峰他……

乡　长（亲热地）桃花，到县城去举行集体婚礼是县领导的决定，这是关系到牛脚坑村和全乡的精神文明和物质文明的大事啊！

桃　花（执拗）乡长，不行啊！

乡　长（严肃地）桃花同志！难道你比乡党委还正确？比县领导还要英明？

桃　花（一怔）我……

牛　峰　少啰唆，上车吧！（推桃花上车）

第五场

[紧接前场。路上。

[众人表演坐车舞蹈。

众　人

新　郎（唱）　一坐汽车上山坡，

新　娘　好比乌鸡跌进白米箩。

县城去演结婚戏，

多谢村长牛大哥。

二坐汽车下山坡，

一路春风一路歌。

众　人
新　郎（唱）　　但愿年年有今日，
众　人　　　　　县城免费娶老婆。
新　娘（佯怒）你们！（捶打新郎）

［汽车颠簸，众人被摇晃得坐立不稳。众男青年纷纷上前扶新娘，唯独桃花无人扶，欲跌。狗牯想扶又局促，牛峰想扶又忙后退。

［乡长和记者发现，观察、思考。

记　者（旁唱）　　行山路汽车颠簸，

乡　长（旁唱）　　众新郎忙护娇娥；

记　者（旁唱）　　唯有他俩不寻常，

乡　长（旁唱）　　貌合神离似水火。

记　者（旁唱）　　难道里面有文章？

乡　长（旁唱）　　难道害羞脸皮薄？

记　者（旁唱）　　要抓住新闻线索，

乡　长（旁唱）　　要保婚礼莫出错。

记　者　停车！快停车！

［停车状。众人下车。

乡　长　我说记者啊，走得好好的为什么停车？

记　者（径直对牛峰）牛村长，（指桃花和狗牯）这两个是不是货真价实的新人？

乡　长　哟！难道大记者怀疑这娶老婆嫁老公的事也会有假。

牛　峰　哎呀记者，整天讲打假打假都讲了多少年啦。谁还敢以次充好，以假乱真。他们俩啊，光谈恋爱就谈了三年。（示意桃花、狗牯）对吧！

狗　牯（爽快）三年，足足谈了三年。

记　者　这……

乡　长　说了没事的。（吆喝）上车吧，大家快上车赶路。

记　者　慢！（对桃花俩）既然你俩是真夫妻，当然也就不怕笑话。今天是大喜的日子，大家都高兴。你们就当着大家的面亲一下嘴巴给快乐快乐好吗？

［众人起哄大笑。

记 者 来来来！亲一个，我给你们选几个靓镜头。

众 人

新 郎 （起哄）亲一个！亲一个！

新 娘

[桃花、狗牯异常尴尬。

[记者欲拍照。

牛 峰 别拍！别拍！（用身体挡住照相机）这光天化日，叫人怪不好意思的。（对众人）你们起什么哄？

[众人大笑。

记 者 （旁白）这个牛峰，让我再试他一试。（佯怒）牛村长，你好大的胆啊！

（念） 说你牛峰高风格，

婚礼舍得借老婆。

牛 峰 （念） 记者你是喝醉酒，

乱点鸳鸯出差错。

记 者 （念） 既然人家是公婆，

为何你要插脚把醋喝？

牛 峰 （支吾）这……

（唱） 记者声声将我逼，

急得我锅上蚂蚁一样；

看桃花鲜艳滴翠，

怎忍心狂风暴雨将她伤。

罢罢罢，

牛峰投降来交枪。（欲上前）

不不不！

牛峰不能儿女情长。

为了争回文明村，

今日我要铁石心肠。

（拉桃花到一边，讨好地，接唱）上前请求桃花你，委屈一下好过关。

[幕后伴唱：

一声“过关”炸雷响，

惊得桃花透心凉。

桃　花（唱）牛峰啊牛大村长，

到底你想怎么样？

为了自己能过关，

忍心把妻送到砧板上。

哪里还有夫妻情，

弄假成真走了样！

悔当初，

我借自己做新娘；

到此时，

光天化日众目睽睽要我出洋相。

我是鲁班饮醉酒，

自做木枷套头上。

我不从，

桃花要坚决反抗；

我要说，

揭穿这场婚礼的大真相。

记　者　同志，我们两个人（指狗牯）根本就不是……

牛　峰（忙打断）哎哎哎……

记　者（紧逼）根本就不是什么？快说。

牛　峰（紧张地挡开桃花）哎，记者同志记者同志，她是说她和狗牯两个人根本就不是……根本就不是……（急得抓腮拍脑）

乡　长（接）根本就不是反对亲嘴巴。对吧？

牛　峰（如卸重负）对对对！

记　者　桃花你说是吗？

桃　花　（犹豫）我……

乡　长　桃花，这欺骗领导的假——话千万不能讲啊。

桃　花　（惊）啊！

村民甲　桃花，现在全村的人都为争文明村牌出力，你就别顾着自己出风头啦！

桃　花　啊呀！

山　泉　（对桃花）像你我这样的平民百姓倒无所谓，如果牛村长这样的大干部欺骗领导，万一被揭穿了，就要撤职受处分。

桃　花　啊呀呀！

牛　峰　（恳求）桃花……桃花……

众新郎　新娘桃花，你就亲狗牯一下吧！（笑）

桃　花　（唱）　背后声声将我唤，

桃花心中倒海又翻江；

牛峰他，泪眼汪汪将我望；

众乡亲，忧我翻脸反调唱；

大乡长，话虽不多刺脊梁；

桃花我，心中撞倒五味缸；

是甜是苦，是酸是辣还是香？

难道到此就收兵，任他牛峰满口空话大话讲？

（欲上前对记者，又止步）不不不！

夫妻恩爱三年长，

不能无情雪上又加霜。

是走是留是留是走？

我好比骑在虎背上。

桃花我要问青天，

讲真话为什么这样艰难？

［幕后重唱：

讲真话为什么这样艰难？

记　者　牛村长，怎么样，认了吧。

牛　峰　（急）桃花你就快点吧！

［牛峰趁不备，推桃花一把，桃花踉跄差些跌入狗牯怀中。

桃　花　（被激怒）你你你！好！既然你牛峰想看，今日我桃花就亲给你看一下。（欲亲狗牯）

狗　牯　（怕，假打喷嚏）阿——嚏！

牛　峰　（对观众）我又过——关啦！（甩汗）

第六场

［县迎宾馆外。

［牛峰已有几分醉意地双手抱块特大的“文明村”奖牌，上。

牛　峰　（仍沉浸在刚才的兴奋之中）谢谢县领导的奖励，谢谢乡长的关心，谢谢各位记者的支持。我没醉，我没有醉。今夜牛峰我，好高兴好高兴啊！

（唱）　集体婚礼真轰动，
牛峰今夜成英雄；
县长亲自来祝贺，
记者围我似铁桶。
原以为，
进县城险情种种；
没想到，
风平浪静只摆功。
从此总结好经验，
水分越多越成功。

［牛峰醉得支持不住，抱住“文明村”牌卧倒一边。

［牛峰梦境：（以下是电影慢镜头般的动作）

［乡长捧那块特大的“文明村”牌上，到处找牛峰。

乡　长　（喊）牛——村——长——牛——村——长——

（唱）　婚礼搞得真热闹，
乡长我立下大功劳。
牛村长啊牛村长，
是株难得好苗苗；
应该精心细培育，
育成大树冲云霄；
最悔当初扣奖牌，
今日我要把歉道。
这块金字文明牌，
牛峰来扛最骄傲！

[牛峰胸前戴朵用红绸布扎成的大红花，被村民簇拥上。

[乡长向牛峰授"文明村"牌。

[村民欢呼。

[幕后山歌：

哎——
乌云满天你讲亮，
檀香你话是米糠；
今日瞒天能过海，
明天看你难收场。
唷——嘿！

[牛峰梦醒。寻找刚才的辉煌，无踪影，知是梦，"嘿嘿"自笑。

牛　峰　（对幕内）大家回去了，婚礼举行了，荣誉也到手了。上车了，回家去了。

[幕内无反应。

牛　峰　（大声）上车，回去。

[山泉上。

山　泉　牛村长，我们今夜都不回去了。

牛　峰　开玩笑，统统都回去。

山　泉　县领导说大家太疲劳啦，就在这迎宾馆给每对夫妻开了一间，作为新婚之夜的洞房。

牛　峰　（大惊，酒醒。抓住山泉衣襟）你说什么？

山　泉　每对夫妻都开了一间房，在这里睡觉过夜。

牛　峰　（丢开山泉，号啕）桃花，我把你送进狼窝啦！

第七场

［县迎宾馆内。舞台一侧是房间。

［桃花上，显得焦急、忧虑。

桃　花　（唱）　住进宾馆心里慌，

假新娘只盼着快点到天亮。

恨牛峰得意忘了形，

忘了自己几斤两。

忘了家中猪有病，

忘了自己姓牛还是姓羊。

只恨夜沉路远难回村，

这才是自酿苦酒自己尝。

［狗牯内喊："桃花桃花！"急上。

狗　牯　（气喘吁吁）桃花！

桃　花　（嗔怒）你，不是说好了今夜你在外面租房过夜，又来干什么？

狗　牯　冤枉，你真是冤枉我。我是特地来告诉你，你家养的猪没有救啦！

桃　花　（惊）啊？！（疑虑）你，骗人。

狗　牯　谁骗你。我刚才遇见村里的人，是他们亲口告诉我的。

桃　花　（懵）这……这……这是我几年的心血和全部家当啊！

（唱）　昏沉沉天地飘摇，

步难移心如刀绞；

莫非桃花在梦中？

莫非狗牯开玩笑?
我的肉猪正长膘,
良种猪崽盼我回家去喂潲。
眨眼间,
一切都成水中泡;
眨眼间,
多年心血白白抛。
什么致富好计划,
什么小康大目标;
为了一场假婚礼,
统统云散烟又消。
牛峰啊牛峰,
你现在是哭还是笑?
牛村长啊大村长,
这就是吹牛的好回报!

[狗牯手机响。

狗　牯　(接手机)喂,你是兽医站的老甘。什么?桃花家的猪全部得救了。(递手机给桃花)桃花你听听,你自己听听。

桃　花　(接手机,听,激动)感谢,感谢,真是太感谢甘兽医啦!

[牛峰幕内喊:桃花——桃花——

狗　牯　牛村长在寻你。

桃　花　(唱)　牛峰来得正是好,
要他尝尝吹牛的好味道。(与狗牯耳语)

狗　牯　(为难)这……

桃　花　(唱)　要他从此能觉醒,

狗　牯　对对对!

桃　花　(唱)　要他从此走正道。

狗　牯　对对对!

（唱） 要他先将老婆丢，

要他搬石自打脚。

桃、狗 （合唱） 甜言蜜语难治病，

沉疴就要用猛药。

[牛峰内喊：“桃花——桃花——”抱着那块特大的“文明村”奖牌上。

狗　牯 牛村长他来了。

桃　花 照我说的办，快关房门。（关房门）

牛　峰 （急）桃花桃花你在哪里？（喊）桃——（忙自掩嘴，轻声地）花，桃——花——

[桃花、狗牯在门后窥视，极力忍住笑。

牛　峰 （急，似哭）桃花，你千万不要上狗牯的当啊！

[桃花和狗牯捂住嘴巴，笑。

牛　峰 （急）桃花，你们到底在哪里？

[桃花、狗牯在门后故意唱山歌激牛峰。

桃　花 （唱） 新织纸扇好摇风，

狗　牯 （唱） 新穿靓衫好裁缝；

桃　花 （唱） 哥在河东妹河西，

狗　牯 （唱） 阿妹想哥船就通。

桃　花 狗牯哥——

狗　牯 桃花妹——

牛　峰 （发现）啊！她们两人在这里。终于让我寻到了。（喊）出来，狗牯你给我出来！

[乡长上。

[牛峰没有发现乡长，爬上木墩趴在窗口喊，敲窗。一不小心，摔倒在地。

乡　长 （笑，上前拉起牛峰）牛村长！

（唱） 人家新婚入洞房，

你莫多事敲门窗；

堂堂村长不正经，

万一传出笑断肠。

牛　峰　（尴尬）嘿嘿！这，这，哦，是啦！

（唱）　我听有人在吵架，

以为他俩和气伤；

新婚之夜演武戏，

从此难妻和夫唱。

乡　长　（唱）　你的耳朵有毛病，

明明人家情歌唱；

唱得山花烂漫开，

唱得白头百年长。

（拉牛峰）走吧！这结婚的婚礼嘛，就好像打篮球一样，你我只负责上半场，下半场是由他们鸳鸯自拉自唱演双簧。走吧！

[牛峰不情愿地磨蹭随乡长欲下。

桃　花　（故意大声）狗牯哥，关灯啦！

狗　牯　（故意大声）桃花妹，快关吧，我早就想上床啦！

[牛峰忙挣脱乡长的手，冲到房门前。

牛　峰　（喊）不能关灯，你们不能上床。（上前擂门）开门开门，快给我开门。

乡　长　（严肃）牛峰同志，你这是破坏人家的合法婚姻，属于违法的行为。

[桃花、狗牯出。

牛　峰　什么？我破坏人家的合法婚姻？（拉过桃花）桃花她……她……

乡　长　她什么？

牛　峰　（干脆）乡长，我向你承认错误吧，他们俩个人根本就不是……

乡　长　（打断）这我早就猜到啦！他们俩个人根本就不是什么新婚夫妻。

牛　峰　（惊讶）你早就猜到了？

乡　长　牛村长！有两对夫妻请了客摆了酒又来参加集体婚礼是不对。不过，为了把我乡的精神文明建设推上新高潮，有那么一点水分是难免的，是正常的。走吧！（拉牛峰）

牛　峰　乡长，不是一点水分，全部都是水！桃花她是我牛峰的老婆！

乡　长　（大笑）哈哈哈！刚才在路上你还信誓旦旦说人家俩人光谈恋爱就谈了三年。怎么一转眼就变成是你牛峰的老婆？你啊！

（唱）　今夜喝得太多酒，
　　　　蚂蚁被你看成牛；
　　　　盖子宜捂莫乱捅，
　　　　免得丢人出尽丑。

牛　峰　捂盖子捂盖子，这是我的老婆你叫我怎么去捂？

桃　花　（笑）哈哈哈！

（唱）　乡长盖子捂得好，
　　　　捂得牛峰老婆丢。
　　　　如果一意来孤行，
　　　　送进班房情不留。

牛　峰　你你你！

桃　花　（唱）　劝你村长把话收，
　　　　这是乡长帮你酿的酒。
　　　　到底是香还是甜，
　　　　是苦是辣自己受。

［水莲怒气冲冲地上。

水　莲　（念）　那边没有找到张艺谋，
　　　　这里狗牯起风波；
　　　　急急去把婚礼闹，
　　　　不抢回狗牯不罢休。

狗　牯　（见水莲，高兴）水莲你来了，没有选上吧！没关系，狗牯我等着你，我们结婚去吧！

水　莲　（醋意）结婚结婚，（一手扯下狗牯胸前新郎红花）你新郎都做了，还跟我结什么婚？

狗　牯　（急）水莲，你别吃醋，这是假的。

水　莲　（抢白）今日是假的，明天就会弄假成真。你狗牯口口声声说一辈子只爱我水

莲一个人，想不到你是个吃着碗里的，看着锅里的，你你你，怪我瞎了眼。（将红花一丢，哭下）

桃　花　水莲！（追下）

狗　牯　（跺脚对牛峰）都是你搞得好事。我娶不到水莲，跟你，（指乡长）还有你，我跟你们没完。水莲——（追下）

[犟叔拉小兰上。阿福随上。记者暗上。

犟　叔　牛峰，你要赔我女儿的清白。（见乡长）乡长，你可得给我老头子作主啊！我女儿小兰连结婚证都没打，就被阿福这打把的骗来参加什么集体婚礼。

乡　长　什么？你们连结婚证都没有打就来参加集体婚礼？连桃花也是借来顶替的？

记　者　乡长，这盖子还要不要继续捂啊？

乡　长　我，（悔恨）唉！

[众人上。

[山泉急上。

山　泉　好消息，好消息，特大好消息！牛村长，刚刚接到上级通知，要你到县电视台介绍集体婚礼先进经验。

牛　峰　先进先进，都是你出的馊主意，把我老婆借出去，搞到我现在……

桃　花　（对牛峰）你不是想当先进想当文明村吗？（举那块特大的“文明村”牌）这块“文明村”奖牌终于到手啦！给你！（将牌往牛峰身上塞）这下满意了吧？高兴了吧？

牛　峰　（捧“文明村”奖牌，百感交集）文明牌啊文明牌，今日你终于到手啦，可是我牛峰却是用了不文明的办法把你弄到手啊！

（唱）　捧奖牌，真惭愧，
　　　　为你演出一场场戏；

桃　花　（唱）　自作聪明假婚礼，

牛　峰　（唱）　强装笑脸借娇妻，

乡　长　（唱）　掩耳盗铃自己骗自己，

牛　峰　（唱）　夫妻反目成怨敌；

乡　长　（唱）　割肉补疮笑破人肚皮，

桃　花　（唱）　　得到奖牌人间真情失！

众　人　（唱）　　得到奖牌人间真情失！

牛　峰　奖牌啊奖牌！（高高举起奖牌）

众　人　（喊）牛村长！

牛　峰　我们牛脚坑村不要这种弄虚作假的奖牌，来年争取捧回一块金光闪闪的大奖牌！（将牌交回给乡长）

众　人　对！来年捧回金光闪闪的大奖牌！

[众人在歌声中谢幕。

[幕后歌：今日借婚闹剧催人醒，
吹牛是误国的大祸根；
亡羊补牢犹未晚，
实事求是迎新春。

[全剧终。

（剧本版本：作者本人提供）

·韶关戏曲卷·

乐昌花鼓戏

蠢子卖纱

整理：邓天财 罗发玉 陆洪华

人　物　表

张秀英　　正旦（25 岁），蠢子之妻。

胡蠢子　　（半蠢子）（29 岁），英之夫。

豆各礼　　老生（60 岁），织卖布人。

唐赖崽　　丑角（28 岁），做买卖小生意。

[某年春末的一天。

[某城郊区。

[幕启。音乐声中，张秀英家，清早，张秀英在正厅打扫卫生，摆设台凳。

张秀英（念）　内当家来外当家，
提起当家乱如麻。
清早起来七件事，
油盐柴米酱醋茶。

（坐白）吾乃，张秀英，嫁与胡蠢子为妻，只因蠢子不识事务，因家道贫寒，靠我纺棉纱出卖谋生。今日我要纺纱去卖，买些米粮回来度日。你看这蠢子，太阳出来五丈高了，还冇起床，待我叫蠢子起床，背纺纱车子出来，给我纺纺纱。（向内喊）蠢子快点起床！

[胡蠢子内应，（打哈欠）：“啊！啊！天都还没、没有亮呢！”

张秀英　太阳出来五丈高了，还讲没天亮。

[胡蠢子内应：“那是月、月亮哩！”

张秀英　不是月亮，那是太阳，月亮是白的，太阳是红的，快点起来！

[胡蠢子内应：“啊！晓得，老、老婆呀，我的衣服呢？”

张秀英　你的衣服在你枕头边！

[胡蠢子内应："晓得，老、老婆，为何我这衣、衣服穿不上来呢呀？"

张秀英 你从哪里穿？

[胡蠢子内应："我从我脚、脚上穿法上哩。"

张秀英 死蠢子，衣服只有从手上穿法进，那有从脚上穿法进啰！

[胡蠢子内应："晓得，从手上穿、穿法进，我的裤、裤子呢？"

张秀英 你的裤子在那柜头面上啰！

[胡蠢子内应："晓得。哎哟，老、老婆，为何穿起这裤子不见光了啦？"

张秀英 你这死蠢子，裤子只有从脚下穿法上，哪有从手上穿的哩！

[胡蠢子内应："我就默到从手、手上穿的哩！"

张秀英 快点来呀！

[胡蠢子半蠢半乖，说话结结巴巴地上。

胡蠢子 （打哈欠）啊……啊！我就来、来，来了呀！

（唱纱合调）

我在后堂打磕睡，

忽听老婆叫高声。

一步来在厅堂上，

老婆打叫为何情？

老婆！你叫、叫我起来，有何屁、屁放哩？

张秀英 呸！有何贵干啰！

胡蠢子 （笑）哦！哦！有何贵、贵干！

张秀英 叫你出来，因你是个蠢子，不知事务，快到后堂背得那纺纱车子出来，给我纺些棉纱到大街去卖点银钱买些米粮回来。

胡蠢子 晓得。（入内）哎呀！老、老婆，这车子背我不动啦！

张秀英 死蠢子，要你去背车子，怎么要车子背你哩！

胡蠢子 （内应）因为他、他有四、四个脚，我才两、两只脚，他不背、背我呀！

张秀英 蠢子，你是人，它是木做的，它不会动的，你赶快背起来。

胡蠢子 （背出来就丢在张秀英脚边）你还要我、我来背！

张秀英 （骂胡蠢子）埋你死蠢子，差点打到我的脚了。

胡蠢子 （骂车子）你这个死、死东西，差点打到我老、老婆的脚了，你快走开。（又搬）

张秀英 算了，（拌棉纱放车子边）蠢子，你来给我拍扇子。（拿老把扇子给胡蠢子）

胡蠢子 丈夫老子大、大于天，我与你拍、拍扇子呀！当、当崽去了（将扇子一丢）。

张秀英 你这死蠢子，我做事纺纱，天气闷热，给我拍扇，多做点工，多卖点钱，是为我们这个家的生活好！（扯胡蠢子的耳朵）。

胡蠢子 哎哟！老、老婆，好痛，快、快放下，我拍我拍，哎哟！哎哟！（给张秀英拍扇）

（唱纱合调）

老婆堂前把纱纺，
蠢子忙把扇来拍。
拍得老婆一身凉，
我蠢子拍得一身汗。
丢下扇子我不拍，
看你把老子怎么样！

（将扇子丢下）睡觉去啰！

张秀英 （扯住胡蠢子的耳朵）你到哪里去？

胡蠢子 我拍！你放、放下啰！我好、好痛哩！（张秀英放下）老、老婆，我拍就拍，你、你在家里做寡、寡妇娘娘。

张秀英 呸！做满姑娘娘！

胡蠢子 哦！满姑娘娘！哎！老、老婆，你唱的洋、洋情小调好听，唱给我听、听啰！

张秀英 你也爱听？

胡蠢子 嗯，我爱听！

张秀英 你爱听就拍起扇来。

胡蠢子 晓、晓得。（拿扇子向外拍）

张秀英 蠢子，你拍的风在哪里？

胡蠢子 在这里，你没、没有装、装到风呀？

张秀英 死蠢子，要你拍扇是向我拍啰！

胡蠢子 啊！啊！我向外面拍，那风就会给你装、装到哩！

张秀英 向外面拍，风就外面跑了，我怎么会得装到风呢？

胡蠢子 别个的女、女人装得到外、外面的风啦！你装、装不到呀？

张秀英 你这死蠢子，不用多说，快向我拍！

胡蠢子 晓、晓得！（用力拍，张秀英受不了）

张秀英 不要拍得太大了！

胡蠢子 晓得，拍小的。（拍得连风气都没有了）

张秀英 要拍不大不小的，你拍好来，我就给你唱小调。

胡蠢子 要得！（拍不大不小）唱、唱呀！

张秀英 唱将起来哟！（边纺纱边唱）

（唱玉堂春）

玉堂春坐白楼，自思自想，
想起了王公子，好不悲伤。
王公子在楼台，三年未满。
花费了，三千六佰两银钱。

胡蠢子 （很高兴地拍）老、老婆，你唱得好好的，为何又、又不唱了呀？

张秀英 小调从此唱完了，棉纱也纺好了。蠢子，来，俩人将纱来扭好，你拿那头，我扭这头。

胡蠢子 要、要得！（与张秀英同扭一个方向）

张秀英 你这死蠢子，我扭这边，你就扭那边啰！来调转一头！

胡蠢子 要、要得。（又跟着同扭一个方向）

张秀英 我扭这边，你就扭那边都不晓得！你不要扭了，你把手指勾紧，不要动！

胡蠢子 晓、晓得！（用手指勾紧纱，张秀英用力地扭，胡蠢子的手指被纱扭紧了，痛得大喊）哎哟！哎哟！我的手指缠、缠断了！

张秀英 死蠢子，我与你取脱就不会痛了。（将纱松脱）

胡蠢子 哎哟！这么痛、痛啦！

张秀英 蠢子，纱子扭好了，你将车子背进去。

胡蠢子 晓、晓得，（指着车子叫）车子！你有四个脚，你自己进、进去啰！走呀！

（用脚踢车子）

张秀英 他不会走路的东西，你背他进去！

胡蠢子 他硬要我来、来背！要得！（背车子入内即出）

张秀英 蠢子，你到王妈妈家去借秤来。

胡蠢子 晓得！（向内喊）王、王妈妈呀！

[内应：怎样？

胡蠢子 我老、老婆要我来借、借个甑。

[内应：大甑蒸到糯饭，小甑蒸到糍粑，不得空啰！

胡蠢子 （走到张秀英身边）老、老婆，王妈妈的大、大甑蒸到糯、糯饭，小甑蒸到糍、糍粑，不得空啰！

张秀英 死蠢子，叫你去借秤，你就借甑，是借秤！

胡蠢子 晓、晓得！（向内喊）王、王妈妈！

[内应：怎样？

胡蠢子 我老、老婆说不是借甑，是借镜。

[内应：镜在墙上挂起，你拿去。

胡蠢子 （拿起镜子边走边照，得意地对着镜子笑着说）嘿嘿！你也晓得笑，好看好看。（走到张秀英面前）老婆老婆，你看，（双手拿镜子对着张秀英脸前）嘿嘿，镜子里有一个你，她、她与你一样漂、漂亮！

张秀英 死蠢子，叫你借秤，你就借镜，快去，是借一把秤。

胡蠢子 晓、晓得！（向内喊）王、王妈妈！我老婆叫我来你家不是借镜，是借一条棍。

[内应：到我那外面拿啰！

胡蠢子 老婆！棍、棍来了！

张秀英 真是个死蠢子，（接到棍往胡蠢子身上打）叫你借秤就借棍。

胡蠢子 哎哟！哎哟！不要打、打了，你冇、冇讲清楚呢。

张秀英 告诉你到王妈妈家借有钩钩、有挂挂的秤哩！

胡蠢子 你早、早就不讲清楚，晓、晓得了。（向内喊）王、王妈妈，我老、老婆讲不是借棍，是借有、有钩钩、有挂挂的秤！

［内应：在那壁上挂起，你拿去啰！

胡蠢子 老、老婆！秤来了。

张秀英 那你为何不拿秤砣来？快去拿秤砣来！

胡蠢子 （向内叫）王、王妈妈！我、我老婆叫我还要借面锣哩！

［内应：你要借锣呀！在墙壁上挂起，你自己来拿。

胡蠢子 （边走边打锣）乓！乓！乓！我老婆偷和、和尚啰！偷和尚啰！

张秀英 埋你死蠢子，要你拿秤砣，就拿面锣，拿锣来埋你呀！

胡蠢子 你讲要拿、拿锣！

张秀英 告诉你是秤的砣！

胡蠢子 啊！是拿那公、公不离婆，秤不离砣啰！

张秀英 不错！就是拿秤砣。

胡蠢子 晓、晓得！（向内喊）王、王妈妈呀！我老婆讲，还要借秤砣、砣哩！

［内应：蠢子，古话说，公不离婆，秤不离砣，席子就不离被窝，你拿去！

胡蠢子 晓得（将秤砣背起来）老婆这砣背、背起来了。（丢在张秀英脚边）

张秀英 （吓得张秀英跳起来，骂胡蠢子）你这蠢子，你碰到鬼呀，差点打到我的脚了，打伤我的脚你就吃风了！

胡蠢子 你这个砣！打、打到了脚，你会有、有的吃了！快走开！

张秀英 死蠢子，来，你来钩起！

胡蠢子 晓、晓得。（拿秤钩钩自己）

张秀英 你这死蠢子，为何蠢得这么伤身！叫你钩纱子，你就钩自己。

胡蠢子 啊！要钩纱子，我以为是钩、钩我哩！晓得了，是钩纱子啰！早、早不讲！（将纱子钩好）

张秀英 纱子称好了，蠢子，我教你来认秤。

胡蠢子 要、要得！

张秀英 （拿着秤杆给胡蠢子看，用手指指着秤杆上的麻子）这里一两。

胡蠢子 这里一、一两，二两。

胡蠢子 两两。

张秀英 二两。

胡蠢子 我总是两两！

张秀英 二两和两两是一样的。三两。

胡蠢子 三两。

张秀英 四两。

胡蠢子 四、四两。

张秀英 五两。

胡蠢子 半、半斤。

张秀英 半斤就半斤。

胡蠢子 我的总是半斤。

张秀英 六两。

胡蠢子 六、六两。

张秀英 七两。

胡蠢子 七、七两。

张秀英 八两。

胡蠢子 八、八两。

张秀英 一斤。

胡蠢子 一、一斤。

张秀英 总共一斤八两，要卖银子一吊。

胡蠢子 要一、一跳。（跳起来）

张秀英 一吊。

胡蠢子 一、一吊、吊呀！我崽好拗、拗口哩！

张秀英 最少要八百八。

胡蠢子 晓得要（爬动作）爬、爬介之爬。

张秀英 要八百八。

胡蠢子 晓得，要八、八百八，我崽好好哟。

张秀英 卖得了银钱，到大街前去买些米回来。

胡蠢子 什么，还要买你呀？

张秀英 买煮饭吃的米！

胡蠢子 是买、买米啰！我就默到还要买、买你啰！

张秀英 你买到米就早回来，不要到处撞事情！

胡蠢子 晓得，我买好米就、就回。老、老婆，你就要闩、闩紧门，不要拿别人来爬、爬缸哟！

张秀英 你这死蠢子！不用多嘴，早去早回。（下）

［二幕前。胡蠢子用棍排起纱走出门外。

胡蠢子 老、老婆，你、你要闩紧门、门哩！那我就走、走了哟！

（纱合调）老婆叫我把纱卖，
要往大街把路赶。
推动步儿往前走，
边走边想真奇怪。
别的事情少来讲，
单讲我家近三代。
代代有个怕老婆，（当讲我蠢子怕老婆。我家怕老婆有三代）
祖公怕我那祖母。（嘞）
爹爹就怕我母亲，
母亲生下我蠢子。
我蠢子又是怕老婆，
你说此事怪不怪？
尚我蠢子养出的崽，

崽呀！

（接唱）你就不要达我的脚（嘞）。
丢罢闲言少来讲，
要往大街把纱卖。
迈开大步快快走，
卖得银钱把米买。

［二幕启。豆各礼家，厅堂摆设台凳，豆各礼上。

豆各礼 （念）生意有路人无路，

买回纱子织成布，

做了三年布生意，

老表嘞！好彩数，

赚到一条裤头布。

（坐）老汉豆各礼，年老半百有余，别的手艺未学到，单单学到织布卖为生，今日观看天气晴和，不免往大街前去，买些棉纱回来织布。岂不是好，待我拿起秤崽崽出来。（入内拿秤出，秤挂在肩上）闲话少讲，待我出了门庭，带关门户。我还要往大街行走走！

[二幕前。豆各礼排起秤崽崽出。

（唱川调）我豆老汉出门庭，要往大街走一程。

买得棉纱回家转，织布出卖来谋生。

丢罢闲言少来讲，快步要往大街行。

推动大步往前赶，不觉来到三差门。

[胡蠢子低着头，抱紧纱子在路旁站着发呆。

豆各礼 （见胡蠢子便问）喂！你这位后生崽，在这路旁，抱着什么东西？你为何不出声？你是不是抱着棉纱？

胡蠢子 你会抢、抢我的！

豆各礼 你讲怪话，你的纱子，我抢你的？喂！你这纱子，是不是卖的？我同你买。

胡蠢子 嗯！你、你会抢我的！

豆各礼 我不会抢，我同你买，拿来看看。

胡蠢子 我不搞，你会要、要光我的。

豆各礼 不得啰！我是买你的，拿来称一下，要好多钱我付钱给你啰！

胡蠢子 要得啰！你一定要给、给我钱哟！

豆各礼 称好有好重，你要好多钱，我马上给你。

胡蠢子 你称啰，你要给、给我钱哟！

豆各礼 （同张秀英教认称一样）是一斤八两。

胡蠢子 你是我老婆生、生的？

豆各礼 当然是你老婆称的。呸！上了你的当了！

豆各礼 你是最多要好多钱？

胡蠢子 最多要一、一跳。（跳一下）

豆各礼 敢么是要一吊，最少哩？

胡蠢子 少要、要（双手爬）爬介之爬！

豆各礼 敢么是八百八？

胡蠢子 （笑）嘿！嘿！你又是我老、老婆养的？

豆各礼 呸！是你老婆讲的啰！又上了你的当了。来，来，给你一吊，我点钱给你，你看到来。一、二、三、四、五、六、七、八、九、十，就是一吊了，拿纱子来。

胡蠢子 （要了钱不给礼纱子）这是我、我的纱子啦！要给你？我不、不搞。

豆各礼 噫喝！你个蠢子是晓得蠢进不蠢出的蠢子啦！我给了你钱，这纱子就是我的了啰！怎么还是你的呢？

胡蠢子 我老婆会骂、骂我！

豆各礼 你有钱就不会骂你了。

胡蠢子 我老婆不会骂、骂了？

豆各礼 一定不会骂你的，快点给我！我要赶路！

胡蠢子 给、给得地。

豆各礼 应该给得啰，（接过纱子，旁白）差点乖子上蠢子的当了呀。（下）

胡蠢子 我卖、卖了纱有了钱，老婆要我买、买米，现在还要去大、大街之上买米去哟。

（唱纱合调）

我在途中把纱卖，

卖得银钱把米买。

将身且把路来赶，

要往大街走得快。（下）

[二幕启。唐赖崽家，厅堂摆设台凳，唐赖崽上。

唐赖崽 （念） 第底哆来，第底哆，

爹娘生下我一个。

别的手艺未学到，

单单学到卖杂货。

（坐）在下，我唐赖崽是也！爹娘生下我来，别的未学到，只得卖杂货来为生，几天来想到大街办货，今日观看天气晴和，要到大街前去，办些糖崽下乡卖点钱，岂不是好，待我背得笼子箱出来，（入内拿箱出）哎呀呀！三天未出门，这笼子起了灰尘，我来拍光拍光才，（拍灰尘）灰尘拍光了，待我背着它，（把笼子箱背在背上）出了门庭，还要待关门户。出得门来把门带，免得婆娘扯被盖。还要往大街行走走！

（唱杂货调）

笼子背上肩，大街去一趟。

一家大和小，靠我来承担。

在家闲无事，去趟杂货店。

办些货回来，下乡卖点钱。

推动大步走，来到老板店。

（咿来咿之哟，那咿哟，

咿来咿之哟，那呀咿哈嗨）

[二幕启。某镇街上，人来人往。街头上一店门关上，唐赖崽来在店门口。

是我行也行得快来，走也走快，不觉来到李老板店房门口来了，待我叫一声老板开门，在他店中办些杂货糖崽。

（向内喊）喂！李老板呀！开门啰！

[内应，“哪个打叫？”

唐赖崽 我唐赖崽，来你店房办些杂货糖崽啰！

[内应：“啊！唐赖崽呀！今日我盘点不开门啰！你要办货，把你笼子箱从我那狗眼上摔了进来啰！”

唐赖崽 从狗眼上摔法进呀！要得啰！你看到啰！嘟噜！摔进去了。

[内应：“唐赖崽呀，我点糖崽给你，你听到来：点介之点，是圆年糖，红介之红，杨梅糖，尖介之尖，薄荷糖，长介之长，辣椒糖，弯介之弯，香蕉糖，总共点五百六十双，再加上三十八双，给你打利钱，打利钱啊！唐赖崽呀！”

唐赖崽 怎样啦？

[内应：“货点好了，你货钱过几天就要送到来哩！我从狗眼摔出去，嘟……”

唐赖崽 接到了，我过几天就送来！李老板呀！那我就走了哇！

[二幕前。唐赖崽背起装满杂货的笼子箱往乡下去。

（唱杂货调）

杂货已办成，要往乡下行。

乡下去卖货，但愿走好运。

小卖小杂货，脚步走不停。

[胡蠢子上，轻步跟着唐后背，用手拿唐背上笼子箱里的糖边走边吃。

唐赖崽 （接唱） 三天不出门，饿坏全家人。

上村无人买，要往下村问。

（叫喊）卖杂货，买糖崽，快来买嘞！………

（接唱） 大叫那三声，姑娘大嫂无踪影。

推动了大步，快快往前行。

不觉得来在，到了此凉亭。

[胡蠢子不出声，跟着进凉亭，蹲在左边，头向内，动也不动）

唐赖崽 （旁白）噫喝！这个狗吊出来地，他跟着我来在凉亭上缩紧缩紧，好像那缩头乌龟一样，就不走了，只见背身，不见面，不知是哪一个啦！待我拉转他看过，（拉胡蠢子转面来，见他手上拿着钱，旁白）你看这人手上拿着钱，他跟着我背后边走边偷我的糖吃，好，待我来骗他的钱了，（走到胡蠢子前）哎呀！原来你是我的老表啦！来来！老表，吃糖。

胡蠢子 你不知道我是叫什么名、名字？

唐赖崽 自己的老表我知道知道！

胡蠢子 我叫胡蠢子。

唐赖崽 是啰！没错你叫胡蠢子。

胡蠢子 我还有老、老婆。

唐赖崽 我知道，你有老婆。

胡蠢子 我老婆叫什么名字？你、你不晓得了？

唐赖崽 我晓得。

胡蠢子 叫张、张秀英。

唐赖崽 是啰！叫张秀英，叫张秀英。

胡蠢子 我还有、有钱嘞。

唐赖崽 不错啰，你还有钱，来，来吃糖，吃糖，自己老表，没关系的，你吃啰！

胡蠢子 （上前抓糖吃）这糖好、好甜。

唐赖崽 好甜，就多吃一点，吃快点！

胡蠢子 我一个手吃、吃不快。

唐赖崽 吃不快用两个手，就吃得快了啰！

胡蠢子 我这个手拿、拿到钱哩！

唐赖崽 那就把钱放在地下，用你的脚踩紧，就会吃得快了，我不会要你的钱。

胡蠢子 这糖好、好吃！

唐赖崽 （将箱一二从胡蠢子前拖动，胡蠢子跟着上前拿糖）来来，你走近一点来吃，就吃得快了，来，过来一点，再过来一点。

胡蠢子 好好吃。

唐赖崽 来来再过来一点，吃快一点（见胡蠢子脚松开速捡钱入衣袋里）老表你在这里快点吃，不要走，我要小个便，再来陪你吃糖啊！

胡蠢子 晓、晓得。（猛吃糖）

唐赖崽 （旁白）列位，这叫强盗遇上拐子的下场呀。（下）

胡蠢子 （见人未来，看钱不见了）啊呀！我、我的钱，不、不见了，我的钱哩？（喊）老、老表！我的钱、钱哩！到哪里去、去了啰？哎哟！

［内喊："蠢子，你找钱，强盗遇上拐子，拐走了啰！"

胡蠢子 （哭叫）哎哟！是他拿、拿走了我的钱了！这下我就会死、死了！你这死拐、拐子呀，你害得我好、好苦啰！

（唱益阳泪调）

棉纱卖得零当光，卖得银钱买米粮。

未想途中遇拐子，将我银两全拐光。

亏了老婆把纱纺，老婆出汗我拍扇。

流血流汗来的钱，白费心血空一场。

叫我怎么归家转，见妻如何把话讲。

今日归家定受骂，不得已要回家乡。

慢步走来用目看，不觉回到家门前。

[二幕启。胡蠢子家。

胡蠢子 （愁眉苦脸站在家门口）是我回到自己家门来、来了，我也要叫老、老婆开门。（向内喊）老、老婆开门啰！

[张秀英上。

张秀英 忽听门外叫，可能蠢子到，推开门来看，果然蠢子回来了，进来！

胡蠢子 见过老、老婆。

张秀英 （问）蠢子，你去卖纱的钱呢？为何不买米回来？

胡蠢子 老、老婆不好、好了！

张秀英 不好就吃药啰。

胡蠢子 哎哎哟！吃药都不得受、受了哟！

张秀英 怎么不受了？

胡蠢子 （哭）我卖纱有一吊钱，在半、半路上遇、遇到了一个卖、卖糖的，他要我吃糖，将我卖纱的钱全部都拐、拐走了。

张秀英 你才怎讲？

胡蠢子 钱拐、拐走了。

张秀英 （气愤地）哎呀呀！不好！（晕倒）哎哟！

胡蠢子 （着急）哎呀，老、老婆，不要急、急啰，我、我拜过你、你啰！（乱拜乱拜）

张秀英 （唱阴板）晕晕沉沉，沉呀又晕。

三魂眇眇，眇眇复生。

可恨蠢子，来呀害人。

把我银钱，拐子独吞。

用手推开，眼花头晕。

（见蠢子在身边，恨死地骂）死蠢子呀，死蠢子，听我来骂呀！

胡蠢子 你骂就骂、骂得！

张秀英 （唱益阳快板）

你这蠢材，不是个人。
外出贪吃，不爱忠诚。
把我血汗，被人全吞。
不知家中，实在贫困。
辛勤劳动，你不知情。
此话越说，我心越恨。
脑壳头上，似火冒顶。
将身且把，后堂来进。（入内拿棍子出）
手提家法，打你蠢人。
（持棍打胡蠢子，二人差手，圆场追打）

胡蠢子 （哭白）哎哟！哎哟！打起好、好疼呀！老、老婆，我跪、跪到你啰，请你莫、莫打了啰！

张秀英 （见夫下跪，手中棍掉下，问）你下次会不会贪吃了？将我血汗当水流！

胡蠢子 （哭）我知道你的苦、苦了，下回不、不会了。

张秀英 好一个下回知过，由此变罢。（扶起胡蠢子）你后堂前去，便用茶饭。

胡蠢子 有、有谢老、老婆谅解之恩。（下）

张秀英 （唱或念）自古姻缘前生定，
万般由命不由人。
嫁得好汉随身度，
配得丑夫也同行。
今生有苦同盘度，
留传人间享其名。
有缘千里来相会，
无缘对面不相逢。
将心且就罢了呀！

［剧终。

（剧本版本：乐昌市文化馆提供）

·韶关戏曲卷·

乐昌花鼓戏

打 鸟

整理：邓天财 罗发玉

人 物 表

三毛剑　　男，26 岁，小生（系毛妹仔未婚夫）。

毛妹仔　　女，23 岁，花旦。

何　氏　　女，56 岁，文老旦（系毛妹仔之母）。

[某年的初夏。

[某城乡。

[音乐声中，幕启。三毛剑家，厅堂摆设着台凳。三毛剑，乡村青年打扮，上。

三毛剑　（数板）　喏，喜盈盈，笑盈盈，

三毛剑，出门庭，忙把话来论。

在家闲无事，背起鸟枪上山林，

打鸟仔，来为名。

对门有个毛家庄，麦子长得很茂盛，

可被那鸟仔啄得个烂纷纷。

今日我去毛家庄，打个鸟仔回家庭，

煮起吃了好补神，好补神啰！

（坐）在下，我三毛剑是也，爹娘生我独子一个，今日在家清闲无事，对门毛家庄，有个毛妹仔，人生得漂亮又聪明伶俐，她与我相爱，今日我以打鸟为名，顺便到她家中去，探望毛妹仔，岂不是好。在理，待我背那鸟枪出来。（入内拿鸟枪出来）啊呀呀！我几天冇出门，这鸟枪就起了灰尘。待我拍光才要得啰！（拍灰，瞄枪、扛枪）待我喽得我那狗仔出来，（喽狗仔）狗嘞！啾……狗崽！来！与我同起出了门庭，待关我的门户，出得门来还要往山林

行走走呀！

［二幕前。

（唱出门调）

出得门来把路走，要往妹子家中行。

毛妹长得多漂亮，日思夜想念在心。

借名上山来打鸟，要去找她叙叙情。

千言万语说不尽，快快把路大步行。（下）

［二幕启。何氏家，屋前有麦地，麦子已成熟。何氏家里，厅堂摆设高台一张，长凳三张。何氏，乡村老母打扮，上。

何　氏（数板）喏，听我讲，说开怀，

做事靠我们女裙衩，

里里外外全靠我安排。

清早起，爬起来，

穿好衣，扎起鞋，

三脚两步走出来。

点一盏火，搂一捆柴，

前灶的饭已熟，后灶的水又开，

请帮工要款待，

不是煮豆腐，就炒盘鱼崽崽。

腊肉切得巴掌大，个个看到好喜爱，

人家有钱请不到，我家无钱问起来，

问起来哟！

（坐）老娘何氏，嫁与毛家门中，姥姥早年亡故，所生一女，名毛妹仔。今日乃是三六九日，我要去庙中还一还愿，待我叫得我那毛妹仔出来吩咐于她。（向内喊）后堂毛妹仔呀，毛妹仔哩！快出来哩！

毛妹仔（内应）哎！来啦！来啦！妈妈呀，你叫我有什么事啰？

何　氏（喜）我看你果者跳皮鬼女仔啰！总是顽皮个啰！今日为娘要到庙里去还愿，你在家里头，打扫好厅堂，为娘走了以后，你要紧闭门户，听到有人来……

毛妹仔　（抢话）妈妈哩！你总是紧闭门户，紧闭门户，若有人来达，又怎样啰？

何　氏　（笑）你这个鬼女仔呀！我话都未讲完，你就生个尖嘴巴了。如果是有老人家来叫门，你就开门给他进，背凳给他坐，倒茶给他喝。

毛妹仔　要是后生仔来到哩？

何　氏　倘若是后生仔来哩……

毛妹仔　（抢话）门开快一点啰！

何　氏　那就开不得啰！

毛妹仔　（不高兴）妈妈哩！（屁股一扭站在一旁）

何　氏　（捂嘴笑）好啦！好啦！你到后堂提香灯、纸烛、篮子出来啰！

毛妹仔　（入内提篮出来）妈妈，篮子拿来嗒！你要小心去啰！

何　氏　（提篮）那我就走了！（出门）妹仔呀！你就紧闭门户哩！

毛妹仔　晓得啰！晓得啰！（关门）

何　氏　（门外旁白）我这个鬼妹仔呀！我道也放心不下的啰！我还要当场演过才是。（装老人声喊）妹仔哩！开门啰！

毛妹仔　你是哪一个啰？

何　氏　我是上村的柳伯伯来了。

毛妹仔　我妈妈讲的，老人家来不开门哩！

何　氏　（停后，装后生仔声）毛妹仔呀，开门啰！

毛妹仔　你又是哪一个啰？

何　氏　（装三毛剑音）我是你三毛剑哥哥来啦！

毛妹仔　（高兴地）三毛剑哥哥，在哪里？（开门）

何　氏　（恨）在这里！你这个鬼女啦！上村的柳伯伯叫门，你就说妈妈讲了不开门，三毛剑哥哥来了，你就（学妹仔动作）来啦！来啦！你记错了，我是说老人家叫门，你就要开门，后生家叫门，你就莫开门的啰！下回你要记得了啰！

毛妹仔　（娇气地）好啦！记得啰！记得啰！妈也！你要慢走哩！

何　氏　好！你快点进去，闩好门啰！

毛妹仔　好啰！好啰！（闩门下）

［二幕前。

何　氏　（摇头）嘿！我这个鬼妹仔呀，真有办法。看来时间不早了，我还要往庙中行走。

（唱川调）何氏女出门庭，忙把话来讲。

今日里往庙中，要去还神愿。

保佑我毛妹仔，嫁得个好郎。

全家的老和少，四季都平安。

丢罢了闲言语，我少呀来讲。

迈开我的大步，快把路来赶。（下）

[二幕启。何氏家。毛妹子上。

毛妹仔　是我妈妈走之前吩咐于我，要把厅堂打扫好摆设好，待我还要用工一时，打扫起来呀！

（奏乐小牌子。整装、捡台、洒水、扫地、挂对、拉线）

我今日已将厅堂打扫好啦，待我手提女工，我还要用工起来。（拿起针线绣花）

（唱玉堂春调）

毛姑娘坐堂前，自思自想。

想起了心中事，好不悲伤。

三毛剑　（扛鸟枪上）行行去去，去去行行！不觉来到麦子土中。（举目前看）啊呀哩！那边麦子地里好多鸟仔，待我开枪打它几只。（举枪瞄准“嘭”）

毛妹仔　（在屋内被枪声吓得一惊，喊）喂！哪个在打我家的鸟仔？

三毛剑　（扛着抢在屋门前站着）你个者人啊！硬有好奇怪哩！这天边的鸟仔，怎么说是你家里的鸟仔呢？

毛妹仔　这鸟仔，是我家喂大的哩！

三毛剑　（冷笑）嘿！嘿！你讲出话来真好笑哟，这天边鸟仔，你家里也喂得到的吗？

毛妹仔　（笑）嘻嘻！我问你啰！你现在在哪里打鸟仔呀？

三毛剑　那我在麦子地里打的哩！

毛妹仔　这块地呀，是我家种上的麦子，在我地里吃麦子，还不是我家喂的鸟仔吗？

三毛剑　（听得在理，无话答，旁白）嘿嘿！这个毛妹仔，真聪明啰！问得我无话可说啦！好，是你喂的，就是你喂的啰！喂！毛妹仔呀！今日天气好热哩，想到你家喝杯茶啰！

毛妹仔 妈妈不在家里头哩！她要我紧闭门户，我就不敢开门的啰！

三毛剑 那你不敢开门就倒杯茶从你窗子捧出来给我喝，要不要得啰？

毛妹仔 那我家里冇得小杯子哩！这窗子捧不出啰！

三毛剑 那茶捧不出来……（抓脑一想）就点个火出来给我抽口烟的啰！

毛妹仔 （暗笑）嘻嘻！你想吃烟，我家里头又冇得火柴啰！

三毛剑 喂！毛妹仔呀！你家的茶又喝不到，吃烟又冇得火柴，那我就走了哩！（喽狗）狗嘞！啾……狗仔，来，来，我们回去啰！狗仔我们回去啰！（在旁偷听）

毛妹仔 （侧耳细听，听无音便透一声冷气）嗳呀！三毛剑哥哥！人家说你生得聪明又能干，我看你这点才智都冇得，我前门不开门，就从我后门来啰！我屋背后有道矮墙，爬过墙进来就是我的伙房，伙房进来就是我的茶堂，茶房进来就是我的绣房，绣房进来就是我的厅堂，你连冇得办法就走了啰！（不高兴地）

三毛剑 （暗笑，旁白）嘻嘻！好一个毛妹仔哩！她叫我到屋背后爬矮墙进去，里面就是她家的伙房，伙房进去就是她的茶房，茶房进去就是她的绣房，绣房进去就是她家的厅堂。要得，待我爬墙去！爬墙去啰！

（音乐奏小牌子）

三毛剑 （走到屋后墙爬进去直到厅堂，见妹仔扑在台上睡着了，轻步把鸟枪放在台左边架起，便用纸条搅毛妹的耳朵，毛妹一惊转过左边，左脚向左边一靠，把枪靠跌在地下“乓”的一声响，妹惊醒了）

毛妹仔 （怒）你……是谁？你怎么进我家来啦？

三毛剑 （喜笑）嘿嘿！好妹仔哩！是你叫我从后面爬墙进的啰！

毛妹仔 （高兴地站起来望着三）是你，三哥哥呀！三哥哥，今天我妈不在家，你怎么来意的啰？

三毛剑 （喜笑）嘿嘿！妹妹呀！我好想念你嗒！今天一来想要看望你，二来以打鸟为名来的哩！

毛妹仔 三哥哥，来看望又有何意啰！

三毛剑 我一来加深我俩情感，二来听你的洋情小调唱得可好，我心中烦闷，请唱一两曲散一散心。

毛妹仔 你爱听？

三毛剑 爱听。

毛妹仔 三哥哥！你爱玩爱耍？

三毛剑 爱玩！爱耍！

毛妹仔 那一人唱起不好听。

三毛剑 二人唱起来有来音。

毛妹仔 点火要点双灯火。

三毛剑 唱调要有两个人！

毛妹仔 那么两个人！

三毛剑 妹那就唱将起来哟！（走八字圆场）

（唱对口怀）

毛妹仔 （唱） 三哥哥（呀）我劝你，
从今以后的休（呀），
休（呀）来（呀）吧（耶）。

三毛剑 （唱） （哎呀）我的毛妹妹，
你为何说出这般，
无情（哩）无义的话（呀）。

毛妹仔 （唱） 怕只怕（呀）那外面，
许多光棍的痞子，
将（呀）你来打（呀）。

三毛剑 （唱） （哎呀）我的毛妹妹，
我为你我的胆子，
有（各）天样的大（呀）。

毛妹仔 （唱） 我妈妈（呀）前后门，
下了一把的闩（呀），
双（呀）环（呀）锁（呀）。

三毛剑　(唱)　(哎呀) 我的毛妹妹,
我不往你的前门后门,
要往那墙头上爬 (呀)。

毛妹仔　(唱)　墙头上 (呀) 爬上去,
又怕跌坏的三 (呀),
三 (呀) 哥 (呀) 哥 (耶)。

三毛剑　(唱)　(哎呀) 我的毛妹妹,
我为你从此完全,
也甘了的心 (哪)。

毛妹仔　(唱)　三哥哥 (呀) 你爱我,
为的是哪 (呀),
哪 (呀) 样 (呀) 好 (呀)?

三毛剑　(唱)　(哎呀) 我的毛妹妹,
我爱你会打会算,
会说几句蜜甜的话 (呀)!

毛妹仔　三哥哥哩! 你我二人小调由此唱完了, 要是我妈妈会回来了!

三毛剑　你妈妈可能没更快回来, 你我二人还要唱两曲来散散心啰!

毛妹仔　当真还要唱?

三毛剑　要唱, 妹妹, 来斢个牌子。

毛妹仔　啐! 干么斢个牌子啰!

三毛剑　当真换个牌子?

三毛剑　妹来来! 还要唱将起来哟!

(唱十打, 两人边唱边玩, 非常开心)

三毛剑　(唱)　一 (呀) 打天上娥 (呀) 眉月 (呀),
叫了一声毛妹妹 (呀咿呀咿子哟)!

毛妹仔　(唱)　二打狮子滚 (呀) 绣球 (呀),
(哎呀) 我的三哥哥 (哪嘀咿子哟)!

三毛剑　(唱)　哎, 上前叫了一声毛妹妹。

毛妹仔 （唱） 哎，上前叫了一声三哥哥！

三毛剑 （唱） 哎，毛妹妹头上金鸡对。

毛妹仔 （唱） 对芙蓉。

三毛剑 （唱） 芙蓉对。

毛妹仔 （唱） 对牡丹。

三毛剑 （唱） 柳柳一朵莲花！

毛妹仔 （唱） 三支一朵茶花！

三毛剑 （唱） 梅花。

毛妹仔 （唱） 石榴花。

三毛剑 （唱） 花！

毛妹仔 （唱） 花！

三毛剑
毛妹仔 （唱） 花花（嘟哟呀、嘟哟呀、哟呀、哟嗬咿哟、哪嗬子咿呀咿嗬咳），

两人（那个）好玩耍（呀、哪嗬咳）！

三毛剑 （唱） 三（呀）打桃园来（呀）结义，叫了一声毛妹妹（呀咿呀咿子哟）！

毛妹仔 （唱） 四打童子拜（呀）观音（呀），（哎呀）我的三哥哥（哪嗬咿子哟）！

三毛剑 （唱） 哎，上前叫了一声毛妹妹。

毛妹仔 （唱） 哎，上前叫了一声三哥哥！

三毛剑 （唱） 哎，毛妹妹头上金鸡对。

毛妹仔 （唱） 对芙蓉。

三毛剑 （唱） 芙蓉对。

毛妹仔 （唱） 对牡丹。

三毛剑 （唱） 柳柳一朵莲花！

毛妹仔 （唱） 三支一朵茶花！

三毛剑 （唱） 梅花。

毛妹仔 （唱） 石榴花。

三毛剑 （唱） 花！

毛妹仔 （唱） 花！

三毛剑
毛妹仔 （唱） 花花（嘟哟呀、嘟哟呀、哟呀、哟嗬咿哟、哪嗬子咿呀咿嗬咳），

两人（那个）好玩耍（呀、哪嗬咳）！

三毛剑 （唱） 五（呀）打五子来（呀）行孝（呀），叫了一声毛妹妹（呀咿呀咿子哟）！

毛妹仔 （唱） 六打日头晒（呀）凡人（呀），（哎呀）我的三哥哥（哪嗬咿子哟）！

三毛剑 （唱） 哎，上前叫了一声毛妹妹。

毛妹仔 （唱） 哎，上前叫了一声三哥哥！

三毛剑 （唱） 哎，毛妹妹头上金鸡对。

毛妹仔 （唱） 对芙蓉。

三毛剑 （唱） 芙蓉对。

毛妹仔 （唱） 对牡丹。

三毛剑 （唱） 柳柳一朵莲花！

毛妹仔 （唱） 三支一朵茶花！

三毛剑 （唱） 梅花。

毛妹仔 （唱） 石榴花。

三毛剑 （唱） 花！

毛妹仔 （唱） 花！

三毛剑
毛妹仔 （唱） 花花（嘟哟呀、嘟哟呀、哟呀、哟嗬咿哟、哪嗬子咿呀咿嗬咳），

两人（那个）好玩耍（呀、哪嗬咳）！

何　氏 （上。旁听屋里的声音，惊呀地）哎呀哩！这个鬼妹子呀，我走了以后，就不知同哪个男人在唱小调哩！（心急）开门！

三毛剑 （惊讶） 哇！哪个在叫开门哩？

毛妹仔 待我去问个明白哩！你哪个叫门呀？

何　氏 我是你妈妈回来嗒！

毛妹仔 卖粑粑的来啦！

三毛剑 卖粑粑的我们不要，我们在唱小调。

何　氏　（在门外气坏了，侧耳听）

三毛剑
毛妹仔　（两人不理睬继续唱起来）

唱将起来啰！

三毛剑　（唱）　七（呀）打天上七（呀）姊妹（呀），叫了一声毛妹妹（呀咿呀咿子哟）！

毛妹仔　（唱）　八打神仙吕（呀）洞宾（呀），哎呀我的三哥哥（哪嗬咿子哟）！

三毛剑　（唱）　哎，上前叫了一声毛妹妹。

毛妹仔　（唱）　哎，上前叫了一声三哥哥！

三毛剑　（唱）　哎，毛妹妹头上金鸡对。

毛妹仔　（唱）　对芙蓉。

三毛剑　（唱）　芙蓉对。

毛妹仔　（唱）　对牡丹。

三毛剑　（唱）　柳柳一朵莲花！

毛妹仔　（唱）　三支一朵茶花！

三毛剑　（唱）　梅花。

毛妹仔　（唱）　石榴花。

三毛剑　（唱）　花！

毛妹仔　（唱）　花！

三毛剑
毛妹仔　（唱）　花花（嘟哟呀、嘟哟呀、哟呀、哟嗬咿哟、哪嗬子咿呀咿嗬咳），

两人（那个）好玩耍（呀、哪嗬咳）！

何　氏　（气得大喊）开门呀！

三毛剑　哪个又在外叫门呀？

何　氏　你母亲回来啦！

三毛剑　什么？卖母鸡的来了，不要，我要唱小调。妹来来唱将起来哟！

（接唱）　九（呀）打九龙来（呀）浮水（呀），

叫了一声毛妹妹（呀咿呀咿子哟！）

毛妹仔 （唱） 十打鲤鱼跳（呀）龙门，哎呀我的三哥哥呀，（哪嗬咿子哟）！

三毛剑 （唱） 哎，上前叫了一声毛妹妹。

毛妹仔 （唱） 哎，上前叫了一声三哥哥！

三毛剑 （唱） 哎，毛妹妹头上金鸡对。

毛妹仔 （唱） 对芙蓉。

三毛剑 （唱） 芙蓉对。

毛妹仔 （唱） 对牡丹。

三毛剑 （唱） 柳柳一朵莲花！

毛妹仔 （唱） 三支一朵茶花！

三毛剑 （唱） 梅花。

毛妹仔 （唱） 石榴花。

三毛剑 （唱） 花！

毛妹仔 （唱） 花！

三毛剑
毛妹仔 （唱） 花花（嘟哟呀、嘟哟呀、哟呀、哟嗬咿哟、哪嗬子咿呀咿嗬咳），

两人（那个）好玩耍（呀、哪嗬咳）！

何 氏 （气得不耐烦，大声叫喊）快开门呀！

毛妹仔 三哥哥！待我去问来！

你是谁在叫门啰？

何 氏 我是老娘回来啦！

毛妹仔 （惊慌）三哥哥哩！

三毛剑 怎么样啰？

毛妹仔 是我娘回来啦！

三毛剑 （慌张）嚎！嚎！是你个娘回来了呀！我往哪里去躲啰？

毛妹仔 （想办法）来！三哥哥，你莫怕啰！你就在我背后的啰！

三毛剑 （不做声地跟在妹的背后）

何 氏 你鬼妹仔哩！快快来开门啰！

毛妹仔 （急忙）来啦！来啦！（开门）妈妈哩！果早回来啦！请进啰！

何　氏　（骂妹）你这鬼妹仔哩！为娘的门外叫了几次开门，都不来，你在搞什么鬼啰？

毛妹仔　哎呀！妈妈哩！我在做女工，边唱小调子，就没听清是你哩！

何　氏　怪妹仔哇！为何唱调子有男女的声音哩？

毛妹仔　妈呀！你才不知道啰！你老人家的宝贝女有这么大了，是别个的女仔更大呀，有成双成对的男仔来对唱，你的女仔没有哪个来对唱，我才装男又装女来对唱的啰！

何　氏　啊！原来如此呀！好，好，好，那才不怪你嗒啰！（见女背又有一个头）毛妹仔哩，为何你有两个头呢？

三毛剑　（急忙把头跟妹的头）

毛妹仔　妈妈哩！你一个我一个，那不是两个头啰！

何　氏　怪妹仔哩！你为何有四个手呢？

毛妹仔　你两个手我两个手，不是四个手了啰！

三毛剑　（吓得赶忙双手缩到妹后）

何　氏　（看脚）怪妹仔哩！为何有四个脚哩？

三毛剑　（又忙将脚靠紧妹的脚）

毛妹仔　妈妈哩！你两个，我两个，那不是四个脚啰！

何　氏　好啰！好啰！怪妹仔，你与我站过来！

毛妹仔　（惊）妈妈哩！我站在这边不是好好地哩！

何　氏　妹仔哩！你站过来啰！（拉妹手）

三毛剑　（无法藏身了，一身在发抖，不好意思）

何　氏　（见三）你各者后生仔呀，为何来到我家里头啰？

三毛剑　（表情尴尬）大娘哩！我……我今日来在你家的麦地里打鸟，口干不过啦，来你这里讨茶喝，妹仔说你老人吩咐要紧闭门户，就要我从你后背爬墙进来喝茶的哩！

毛妹仔　（不好意思地）这……这，妈哩！（将妈扭几下）

何　氏　（见三相貌可好，旁白）自古常言道得好，男大当婚，女大当嫁，这个后生仔，看来是个聪明能干、容貌双全之人，那就怪不得我妹子啰！

毛妹仔　（见母在意放下心来）妈！不但你喜欢他，我还……更爱他啰！（害羞的样子）

何　氏　（指着女）你喜爱！喜爱！就是你这怪妹仔啰！哎呀呀！好啦！好啦！那就任你们两个自由啰！

三毛剑　（欢喜）大娘允许，当场受我一拜啰！（上前拜谢何）大娘在上，请受我一拜！

（唱来阳花调）拜谢大娘高德怀。

何　氏　莫拜的啰！莫拜的啰！（扶起）

何　氏　（接唱）　你俩成对有姻缘，为娘心中笑开怀。

毛妹仔　（接唱）　我母高怀来接允，女儿从此心不摆。

三毛剑　（接唱）　听得母女俩安定，海誓山盟对妹爱。

毛妹仔　（唱）　　天成佳偶配良缘，夫妻双双高堂拜。

何　氏

毛妹仔　（接合唱）答谢天神来保佑，和谐夫妻千秋万代。

三毛剑

（合喜同笑）哈！哈！哈！（施礼再见）

[剧终。

（剧本版本：乐昌市文化馆提供）

·韶关戏曲卷·

乐昌花鼓戏

张春打楼

整理：邓天财　罗发玉　陆洪华

人 物 表

张　春	男，21岁（武小生），洪氏之子，坡郎、桂女之堂哥。
张坡郎	男，7岁（花童），张荣贵之子，张春之堂弟。
张桂花	女，9岁（花旦），张荣贵之女，张春之堂妹。
洪　氏	女，55岁（武老旦），张荣成之妻，张春之母亲。
李先生	男，40岁（教师），张春之老师。
书　童	男，17岁（文丑生），李先生之书童。
张药师	男，60岁（老丑生），大街药店老板。
金赖仔	男，20岁（丑生），货郎担。
太　白	男，寿星（挂须），仙道人。
土　地	男，寿星（白须），南天门总都。
陈　氏	男，30岁（丑花），盗贼。
王　氏	男，30岁（丑花），盗贼。
和　尚	男，50岁（丑花），平宴寿斋。
柳员外	男，78岁（文挂须），柳洲市府人，富翁，无儿女。
娘　子	女，76岁（文老旦），柳员外之妻。
家　院	男，50岁（半丑），柳员外之家院。
王	男，50岁，平民。
李	男，52岁，平民。
唐	男，56岁，平民。

第一场　书房开课

[某年春季

[湖北省连城县张家村

[幕启。音乐声中，张春家。农民家庭，大厅正中，摆设台凳。张春上。

张　春（念）　读书书容易，一字值千斤。

（坐念）　手提杨号笔，绘成锦绣文。

文章观爱我，勤学榜提名。

小生、张春，我父荣成不幸早年亡故，丢下母亲与我二人，因家道贫寒，蒙母送我学堂功书，今日先生书信来到，乃是开学之期。我坐立堂前，思想起来，好不相干人也可！

（唱汉剧南路）

小张春，坐堂前，自思自想。

想起了，老爹爹，好不悲伤。

丢下了，母与我，家道贫寒。

母送我，学堂去，功书文章。

今日里，接先生，书信来到。

开学期，书房去，功考文章。

且慢，是日前去书房，待我尊声老母。后堂有请母亲！

[内应："张春，叫得母亲有何事情呀！"

张　春　今日先生书信前来，叫孩儿前去书房开课。

[内应："好，后堂备有包裹米粮，你自带去，放心前去是了。"

[张春手提包裹米粮，告辞母亲。

望母亲多多保重，孩儿告辞！

（唱川调）辞别了老母，要往书房去。

[二幕前。

（接唱）　迈开地大步，忙把路来走。

不觉地来在，是三岔路口。（下）

[落幕。

第二场　邀请叔娘

[二幕启。坡郎、桂女家，大厅豪华，摆设高档台凳，坡郎、桂女上。

张桂花 家有千担米。

张坡郎 庭有万担粮。

张桂花 金子打斗桶。

张坡郎 银子打水缸。

张桂花 奴乃桂女。

张坡郎 小生坡郎。

张桂花 （坐）只因一双爹娘早年亡故，丢下我姐弟二人，年纪虽小，家财一份。今因姐弟二人有吃不懂吃，有穿不会穿，有财不会管，有家不会掌。（问坡）贤弟，为姐想有一事，我们有一亲叔娘，不如请得叔娘前来我们家中掌管，指点家业，不知贤弟意下如何？

张坡郎 小弟意下相同，请叔娘来，但不知何日前往？

张桂花 今日天气晴和，即时前去。

[桂女牵着坡郎的手一同前往叔娘家。

张桂花 来，贤弟，我们姐弟二人即时登程。出了门庭，待关门户，还往叔娘家中行走呀！

[二幕前。

张坡郎
张桂花 （唱川调）姐弟俩出门庭，叔娘家中行。

请得那叔母娘，前来管家庭。

姐弟俩年幼小，无人来教正。

无爹娘的姐弟，叔母如娘亲。

姐弟俩多高兴，是叔母家门。

[二幕启。洪氏家。洪氏正打扫厅堂。

张桂花 贤弟，我们姐弟二人，来到了叔娘家门，还要叫请叔娘开门，有请叔娘开门！

洪 氏 门外有人声，不知是何人，推开门来看。（开门见是两个侄儿女，高兴地）啊，来是我的一双侄儿女来了，请进！

张桂花 （高兴地）有进，侄儿女见过叔母！

洪 氏 我一双侄儿女不用讲礼，旁边有凳一旁坐下。

张坡郎
张桂花 孩儿女谢坐！（坡坐左边，桂坐右边）

洪 氏 侄儿侄女，今日你俩前来叔娘家中有何事情？

张桂花 叔娘有安，只因我爹娘亡故，姐弟年幼，有食不会食，有家不知管。今日特来请叔娘到我家去，掌管指教，不知叔母意下如何？

洪 氏 （稍想）啊！原来如此，但不知何时启程？

张桂花 叔娘愿去，即时启程。

洪 氏 那好！我们仨一同你家前去，待我出了门庭，关好门户。（向内喊）有请后堂叔伯！

[内应："哪个打叫何事？"

洪 氏 我洪氏响叫，是我前去侄儿女家中了，倘若我张春回来，请叔伯转告一声，说我去了他贤弟妹家，当财主婆婆去了。

[内应："好，我转告于他，你去是了。"

洪 氏 （高兴地）来来，你姐妹俩前面引路。

张桂花 叔娘，随我们来呀！

[二幕前。坡郎、桂女走前，洪代后跟。

张桂花 （唱川调）请得我叔娘，我家你来掌。
掌管家和财，姐弟听您话。

洪 氏 好呀！（接唱）
听得我侄儿女，把我当亲妈。（笑）
我到你家后，你俩听我话。
丢罢闲言语，快步赶回家。

行得快走得快，到了家门前。

[二幕启。坡郎、桂女家。

张桂花 叔娘，待我开门（开锁，推门）。叔娘，请进！

洪　氏 有进！

[厅堂上，台凳摆设整齐有序，台上放有茶壶、茶杯，壶内有凉开水。

（倒茶给叔娘喝）叔娘，你走路辛苦，请用茶。

洪　氏 （接茶喝）好茶，多谢侄女的孝道。

张桂花 叔娘，再用上一杯？

洪　氏 好茶，不用多。

张桂花 （接过茶杯放台上）

洪　氏 一双宝贝儿女，你请我来到你家，一来掌管你家的家产，二来对你俩要加强教育和培养，使你姐弟二人早日成材，好当家事。

张坡郎
张桂花 孩儿尊教！

洪　氏 好，今日时间不早了，请我的两个宝贝儿女，带我去观看过你的家财，有放哪里，我好经管。

张桂花 好，叔娘随我来。（上楼，东房，开开金库柜门）叔娘，请看，这是金库。

洪　氏 （眼看金光闪闪的金子，非常高兴）哎呀哩！这是金条，金光闪闪的。（手拿一根金条看了又看，放下）快把宅锁上，将钥匙交与为娘的管好，不被外人得见了。

张桂花 好。（将手上的金柜钥匙交给叔娘）

洪　氏 （接过钥匙）好，待为娘的保管，还有不有，带去看过？

张桂花 叔娘，还有，随我来。（上南楼开开银库银柜）这是银库。

洪　氏 （见雪白闪亮的银子，又是喜来又是笑）。哎呀！这白雪雪的就是银子啦！快锁上，将钥匙交为娘的，莫给旁人得见了。

张桂花 好。（将钥匙交给叔娘）

洪　氏 （接过钥匙）还有没有？

张桂花 还有，叔娘，随我来。（上西楼打开绸缎库）

洪　氏　（见是绫罗绸缎，高兴极了）哎呀，这些花花绿绿的，全是绫罗绸缎哟！为娘从来未见过啰。快将宅锁上，钥匙交为娘的保管。

张桂花　好！（把钥匙给洪）

洪　氏　（接过钥匙）还有不有？

张桂花　还有宝库，随我来。（上北楼打开宝库柜门）

洪　氏　这又是什么？

张桂花　这是宝物，是金珠、耳环、金链、戒指，等等。

洪　氏　（惊喜）哎呀哩！这些宝贝，红红绿绿，花花朵朵，这种宝物我从来未见过喏。快把门锁上，免得旁人知道，快将钥匙交与为娘的保管。

张桂花　好。（把钥匙交与洪）所有宝库都看完了。

洪　氏　好，看完了，就下楼去。我的一双宝贝儿女，你姐弟归房去，有事我叫你，无事别出来！

张桂花
张坡郎　孩儿遵命！（下）

［落幕。

第三场　见财起意

［二幕启。桂女、坡郎家。大厅堂上，洪氏上。

洪　氏　（高兴地）列位，你看他家金银宝库的钥匙都归我手上了。他母亲未死之前，与我多次打骂过架。今日，她的儿女与金银财宝均落到我的手上了，这是天意呀，我发财了，我成财主婆婆啦，哈哈哈……！（稍想）不，还有坡郎、桂女，他姊妹俩大了，会把财宝夺回去的，我要想尽办法绝他的根，除掉他姊妹二人。（想）怎么除法呢？（徘徊着）有了，今日到大街前去，买那黄花毒药回来，做成馍馍，带他姊妹花园前去，薅花扯草，肚饿了，当点心吃，吃进肚里，有死无生。这计用得上，就这样定了。今天天气还早，待我出了门庭，锁上大门，（锁门）还要往大街行走呀！（川调过门）

[二幕前。

(唱川调)我今出门庭，大街走一程。

买回毒药品，斩草来除根。

根除他姊妹，财宝我独吞。

闲语少来讲，忙把路来行。(下)

[二幕启。张药师药店铺。张药师上。

张药师 我，江西老表开药店，有人抓就抓，有人来抓就自己（吃）。

(坐）我姓张，人称先生，本是江西人氏，在这大街开药店，咳！近来几天未曾开张，待我打扫店铺，用工起来。(音乐启奏“小碑子”。张洒水、扫地。)我今药店打扫好了，待我将招牌挂了出去。(挂牌、念)“万药齐全”。好啰！招牌挂上去了，有人来买药就快点来，有人来买嘞，少时刻我到后堂烧茶水去了啰！（下）

洪　氏 (唱川调)推动步伐走得快，来在此大街。

举目望去一药店，挂有一招牌。

牌上写有四个字，“万药齐全”。

且慢，是我来到此药店（抬头念）:“万药齐全”，那好，待我打叫一声，药店老先生开门啰！

张药师 嗯！我就来，我就来了哇！

(唱送郎调)

我在后堂看药书，忽听门外叫高声。

丢罢药书我不看，用手推开两扇门。

(双手开门）啊！原来是洪氏妈妈来了，请进！请进！

洪　氏 啊！原来是张先生之药店，有礼！有礼！

张药师 免礼，请坐！

洪　氏 有坐！

张药师 洪氏妈妈，走路辛苦，待我倒杯茶给你喝。

洪　氏 张先生，不必客气，我今天来你药店，买一味药，但不知可有？

张药师 是一味什么药？

洪　氏　是用来毒耗子的黄花苦茶，我家里好多耗子啦！

张药师　洪氏妈妈，这个……你坐，你坐。（旁白）这黄花苦茶那是毒药，人吃人死，犬吃犬亡，搞不得，我不免谎说“没有”。（对洪氏说）洪氏妈妈呀，你的那味药，我这店里冇得，请往别的药店去买。

洪　氏　啊！别的药都有，唯独我要的药就冇得？我来问你，你店门的招牌上，不是写到“万药齐全”啰，你再说个“冇”字，我就扯下你的招牌来。（欲扯招牌）

张药师　唉！洪氏妈妈，不要扯，不要扯，有是有，不多了。（旁白）搞不得，我拿假的黄花苦茶给她，骗走她就得了，我拿那个五月端阳的香粉草骗她。（入内包药拿出来给洪）洪氏妈妈，这黄花苦茶来了。（给洪）

洪　氏　好，拿来，给我看过。（接药）

张药师　是真的，不肖看啰！

洪　氏　它就是真的，我也要看过才。（拆开看）哎哟！死张先生，你以为为娘的不认得，这分明是五月端阳做香包的香粉草啦！你还来骗我，我要下你的招牌去！

张药师　嗨！香粉草你都认得！你会倒灶哟！

洪　氏　（愤怒地去撕张的招牌）到底有不有？

张药师　（无奈）有！有！有！不要下我的招牌。（拉住洪回药房坐下）洪氏妈妈，讲清楚才，此药剧毒之药，你今天硬要这药……

洪　氏　硬要怎样？

张药师　实不相瞒和你讲，你当天当地盟誓发愿，否则的话我不卖给你啰。

洪　氏　张先生，硬要我盟愿？

张药师　要发愿！不发愿，我实在不放心。

洪　氏　好！你站了上来，给我听着！（双膝跪地）苍天在上，浮土在下，我洪氏买得毒药回去起了歹心就是这个……

张药师　什么这个？

洪　氏　就是那个。

张药师　什么那个？

洪　氏　就是十个手指八个叉。

张药师　谁有得八个叉，哪个都有（伸出双手，十指伸开），你看我的双手还不是十个叉，你这是什么愿啰！

洪　氏　好！你听着，我永世看不到自己的后脑勺！

张药师　谁看得到自己的后脑勺？！不算！

洪　氏　发就发，好大的怪来头，苍天在上，浮土在下，我买回毒药，起了歹心，就是“雷打火烧！瞎我双眼”（苍天一声惊雷，洪当场晕天倒地的，张双手扶住洪）

张药师　洪氏妈妈，你为何晕头晕脑的？

洪　氏　我今起早晨吃了两杯早酒，有些头晕哩！

张药师　洪氏妈妈，你好好坐下，休息片刻，我将药备好给你。（到柜台备药，将包好的药给洪氏妈妈）

洪　氏　张先生，这药多少钱？

张药师　别人来买这是一吊，你就拿一吊二就算了啰！

洪　氏　我就给你一吊！（给钱）

张药师　一吊就一吊！（接钱）

洪　氏　张先生，我少陪了！

张药师　好走，我就少送了！（下）

[二幕前。

洪　氏　买到了毒药，我要让你姊妹二人到那里去生存了！还要归家行走呀！

（唱川调）我今在药铺，毒药买到手。
高兴回家去，将他姊妹除。
他家绝了根，财宝全归我。

[二幕启。

家中到了，待我用钥匙开开门才，（开门进）待我搬起那磨出来，把麦子磨好才。（入内搬磨出，将麦子放好，推磨磨麦子）好，麦子磨好了，我把药混在麦子粉里，做成馍馍，蒸热后，叫他姊妹出来。（做馍馍，做成两个，放锅里蒸，烧旺火。馍馍熟了，用碗装好，放在篮子里，叫坡郎、桂女）坡郎、桂女走来！

张坡郎
张桂花 忽听叔娘叫，忙步上堂前，孩儿女见过叔母！

洪　氏 我儿女不必见礼，旁边有凳，一旁坐下。

张桂花 叔母，叫得我姊妹出来，有何吩咐？

洪　氏 不为别事，看你姊妹在家整天坐在房间，血气不活，为叔母的想让你姊妹二人到花园里薅花扯草，我儿女俩愿不愿去？

张坡郎
张桂花 叔娘的话，我哪有不愿之理呀！

洪　氏 那就好，坡郎去背锄头，桂女去提花篮出来！

张坡郎
张桂花 遵命就是！（入内，俩各拿工具出）叔母拿来了！

洪　氏 为叔娘的今日在大街之上买有馍馍，给你姊妹带去。

张坡郎 叔母，我要两个！

张桂花 叔母，我要两个！

洪　氏 总共就是两个大馍馍，只有一人一个。来，听为娘的来吩咐你俩，今天你姊妹二人在花园薅花扯草，肚饿了才吃，如果是现在吃了就会胀死，要记住来。

张坡郎
张桂花 记住了。

洪　氏 你姊妹俩跟我来。

［二幕前。坡郎、桂女跟在洪氏后面，随锣鼓声走圆场。

［二幕启。一个大花园子，百花争艳，美极了。

洪　氏 好，带你姊妹二人来到花园，待我来把门放开。（推门进）

张坡郎
张桂花 叔娘！这馍馍不吃，放在哪里？

洪　氏 放在这棵小树底下，用树叶垫好，不要弄脏了馍馍，做事难了，就到树底下乘凉休息，肚子饿了才吃馍馍。

张坡郎
张桂花 遵命就是！

洪　氏　到下午我就来接你们回家。（出花园，将门锁上）

张桂花　叔娘！为何把门锁住？

洪　氏　怕有人来偷花，所以我把门锁上，我回去了。（下）

张桂花　贤弟，你用锄头锄草，我来扯草。

张坡郎　好，我们姊妹二人用工起来呀！

（唱薅花调）

上面薅了一朵，咦嘀咦！呀呀啐！啐！啐！
薅的一朵什么样花，如何如……
咦咦哪嘀子哟，啊咦嘀咦，薅的一朵牡丹花，如嘀如！
下面薅了一朵，咦嘀咦！呀呀啐！啐！啐！
这是一朵什么样花！咦嘀咦！
咦咦哪嘀咦哟！啊咦嘀咦，
这是一朵海棠花，咦何咦！
左边薅了一朵，咦嘀咦！呀呀啐！啐！啐！
这是一朵什么样花，咦何咦！
咦咦哪嘀咦哟，啊咦嘀咦，
这是一朵芙蓉花，咦嘀咦！
右边薅了一朵，咦嘀咦！呀呀啐！啐！啐！
这是一朵什么样花，咦何咦！
咦咦哪嘀咦哟，啊咦嘀咦，
这是一朵石榴花，咦嘀咦！
中间薅了一朵，咦嘀咦！呀呀啐！啐！啐！
这是一朵什么样花，咦何咦！
咦咦哪嘀咦哟，啊咦嘀咦，
这是一朵杏仁花，咦嘀咦！

张桂花　贤弟，天气好热，我们在树下歇一歇凉，去玩一玩，打一打子好吗？

张坡郎　弟弟我随意是了。

张桂花　贤弟！我来唱一条下盘棋歌，玩一玩好吗？

张坡郎　好！

张坡郎
张桂花　姊妹们唱将起来哟！（唱下盘棋调）

张桂花　（唱）　亲哥哥嗳！我与你下了一盘棋哟嗬！

张坡郎　（接唱）　手捧独棋子，笑是笑嘻嘻嗬，哟嗬！啊！

咱们姊妹来游戏呀，哟嗬！

张桂花　（接唱）　亲哥哥嗳！我与你下了一盘棋哟嗬！

张坡郎　（接唱）　手捧独棋子，笑是笑嘻嘻嗬，哟嗬！啊！

咱们姊妹来游戏呀，哟嗬！

张桂花　贤弟！咱们游戏唱完了，去摆好花再吃馍馍，好吗？

张坡郎　好，来用工一时呀。（二人摆花）

[太白上。

太　白　（转一圈，变化成一条黄犬，在花园里将树下放的馍馍吃了，口吐白沫，死在花园里）

张桂花　贤弟！我们去吃馍馍了。

张坡郎　好！我们一同前去。

[姊妹二人走到树下，见馍馍不见了。

张坡郎　（看见一条黄狗死在花园里）哎呀！姐姐！你看，那不是一条黄犬，嘴里还咬住馍馍，就死了。

张桂花　黄犬是吃了馍馍被毒死的呀！（稍想）贤弟，不好了呀！这是叔娘害我俩姊妹设下的毒计呀！今天是黄犬替了我俩姊妹的命，不然的话，我们就……

张坡郎　姐姐！（拉着姐的手哭）

张桂花　（双手抱住弟哭）贤弟，来，我们上前拜过黄犬！

张桂花
张坡郎　（走到黄犬身边双膝跪拜。唱苦板）

走上前来双膝跪，拜谢黄犬替我命。

不是黄犬来相替，姊妹黄泉路上行。

[洪高兴地上。

洪　氏　（来到花园门口，听花园里有哭声）哎呀，怎么她姊妹二人还在那哭哭啼啼的，吃了馍馍还有死，待我进去看过才。（开锁，推门进，见一只黄犬死了，口上还咬着馍馍，装模作样地）哎呀！你俩为何将人家的狗打死！

张桂花　叔母！这黄犬不是我们打死的，是吃了馍馍毒死的。

洪　氏　不是毒死的，是补死的！你姊妹二人快去挖个洞，把它给埋掉，免得别人知道，要是别人知道了，就会要我们赔的。

张坡郎
张桂花　遵命就是！（坡挖，桂用手扒，洞挖好后，把狗拖入洞内埋了）

洪　氏　来来！宝贝儿女，你们在花园搞了一天，东西冇吃，肚饿了，快随我回家吃饭去。

张坡郎
张桂花　遵命！

[落幕。

第四场　七楼预谋

[二幕启。坡郎、桂女家。洪氏上。

洪　氏　这两个鬼崽崽命长啰！前两天在花园之上，我用毒药做成两个馍馍，给他姊妹俩，每人一个当点心吃，谁知是哪家的狗进去吃完了，把别人的一只黄狗毒死了。这一计未成功。哼！不绝他俩命，我绝不罢休！今日我又要到大街上去，买几包花针回来，骗他两个鬼崽崽上七层楼，用花针将他俩活活钉死，人不知、鬼不觉，这不是更完美吗！时间不早了，待我锁上门户，还要往大街行走呀！

[二幕前。

（唱数板）我洪氏头计未成，黄犬替了他俩命。
　　看他姊妹命多长，一计不成二计生。
　　我今大街之上去，买到花针转回程。

迈开大步往前走，高高兴兴把路行。（下）

[二幕启。金赖仔家，厅堂摆设台凳。金上。

金赖仔 （念） 呲呲哆来！呲呲哆！爹娘生下我一个。

别的手艺未学到，单单学会卖杂货。

（坐）在下，金赖崽是也，是我几天未出门卖货，今日观看天色可好，还要出门卖卖杂货。待我背得笼子箱出来。（入内提箱出）啊呀呀！三天未出门，笼子箱起了灰尘，待我打扫打扫干净。（用扇拍箱上的灰尘）我还要挑起笼子箱，出了门庭，待关门户。出得门来，还要往大街行走走！

（唱杂货调）

担子挑上肩，搬起个花笼箱（咦来咦哟）。

要到那大街，发卖小杂货。（哪咦哟，咦来咦子哟，哪嗬嗨！）。

一卖姻缘枕，二卖绣花针。

三卖胭盒脂，四卖水盒粉。

五卖五色花，六卖假头发。

七卖金介子，小妹手上带。

八卖八羊帕，九卖九洋梳

上街无人买，要往下街行。

大叫三呀声，噼啰啵啰卖杂货。

大街无人卖，要往乡下行。

大叫三呀声，姑娘、大嫂买杂货。

（咦来咦子哟，哪咦哟，咦来咦子哟，哪嗬嗨！）

[二幕启。一座古凉亭。

且慢！是我行来去，来在凉亭之上，天气闷热，待我歇一歇凉，透上一刻。（向观众大声叫喊）有人买杂货的，就快来买啰！有小孩带的大圈圈、小圈圈，长命富贵，短命富贵，样样都有，要买的快来买啰！

[洪氏上。

洪　氏 （见是一位买杂货的）喂！这凉亭上卖杂货的老表，你有没有花针卖呀？

金赖仔 有！要多少？

洪　氏　我要买两大包绣花针，但不知要多少钱？

金赖仔　哎！你要买这么多绣花针有何用呀？

洪　氏　哎呀！货老表呀，你不知道，我家要嫁女，要做绣花鞋，所以要这么多呀！

金赖仔　啊！好，恭喜恭喜！别人来买就是八钱八，你就给一吊就算了啰！

洪　氏　别个就八钱八，我就多要，就给你八钱八算了！

金赖仔　好啦！好啦！八钱八就八钱八，快数钱来，我要赶路！

洪　氏　（数钱给金）请点清？

金赖仔　（接钱）好！我就走了。（下）

洪　氏　（手捧花针，看了看）花针我买到了，我要回家行走呀！

[二幕前。

（唱数板）凉亭上买到花针，我得快步回家行。

头计没有来生效，二计叫他命归阴。

带着花针往回转，不觉来到自家门。

骗他姊妹七楼去，请他姊妹见阎君。

[二幕启。坡郎、桂女家。

我已回到自己家门，待我把门放开。（开锁推门，进屋叫坡郎、桂女）后堂坡郎、桂女走来。

张桂花
张坡郎　忽听叔母叫！忙步上堂前！见过叔母！

洪　氏　我儿女不消见礼！

张桂花　叔母，叫得女儿前来有何教训？

洪　氏　我今日在大街之上，买回来一个把戏，你姊妹二人，爱不爱看呀？

张桂花　是好看的把戏吗？

洪　氏　当然是好看的啰！

张桂花
张坡郎　请叔母拿来看看！

洪　氏　在这里看不得，被别人得见了会抢走的。

张桂花
张坡郎　这是什么把戏？

洪　氏　这叫秏子串栋梁，要到好高层的楼房那栋梁上，只有到你家那七层楼上去就好看了，你们愿不愿去？

张桂花
张坡郎　只要好看，就愿去。

洪　氏　愿去，我带你们去。

［洪、桂、坡三人上七层楼，上了一层又一层，直到第七层楼。

洪　氏　七楼到了，你姊妹二人各坐一边（男左女右），把戏就会来，你俩姊妹坐好来，头向上看栋梁，把戏开始，往上看栋梁。（姊妹俩看住楼顶上的栋梁，洪拿出先在自己身上备好的铁锤子，向姊妹每人一锤打去）

张桂花
张坡郎　（一声大叫）哎哟！（晕倒在楼板上，失去知觉）

洪　氏　（赶紧把花针从俩人的头上钉到脚下，钉完后，速下楼，一层门一层门用锁锁上）（下）

［太白手提云帚在七层楼上出现。太白上。

太　白　（用云帚引桂女、坡郎之魂，免得姊妹二人魂散气落，立即驾动祥云往书房去，送梦给张春）（下）

［落幕。

第五场　打七层楼

［二幕启。校园里，张春在房间的桌上看书睡着了。

［太白手持云帚上。

太　白　（站在张春身边，手持云帚在张春身上摆动，念）张春呀张春，你睡在这里，休要在梦里，你那不良之母，将你一双贤弟贤妹骗在那七楼上，用花针活活钉死，唔神命你即时归家，抢救他姊妹二人，牢牢紧记，紧记牢牢。张春苏醒！

张　春　（猛醒过来）啊呀！昔才一梦，见一位神仙在我面前摆来摆去，言道：……要我即日归家抢救我那未满十岁的弟妹，莫非真有其事，我放心不下，待我前去向先生请假，归家探望。（走出房间，向后台问）后院有请先生！

[内应：“张春，打叫何事？”

张　春　今日我向先生请假，归家探望家中情况，有请先生准假！

[内应：“归家无事早来！”

张　春　好！有劳先生了！我还要往家行走呀！

[二幕前。

（唱汉剧二流）

感蒙先生把假允，拜别先生回家行。

昔才一梦心不定，如此急坏我张春。

到底不知是与否，特归家去探实情。

推动步儿往前走，匆匆忙忙把路行。

举目抬头来观看，不觉来在自家门。

[二幕启。张春家，大门锁上。

张　春　（见门已锁）喃！看来我家门上加锁，不知我母哪里去了，待我问声叔伯、（向内问）后堂有请叔叔、伯伯！

[内应：“哪个响叫？”

张　春　我张春拜问，不知我母哪里去了？

[内应：“啊！是张春回来了呀！你母亲是你贤弟贤妹请她去当财主婆去了。”

张　春　那就有劳叔伯转告！我还要到贤弟贤妹家看过明白。（走圆场）

[桂女、坡郎家。

张　春　（举目见门上又是锁上了）啊！贤弟贤妹家的门也是锁上了。待我再问叔伯。（向后台问）拜问叔伯，我那贤弟妹到哪里去了呀？

[内应：“啊！是张春问你的贤弟妹呀！早时，听得在那七楼上大叫一声，之后不见人了哟！”

张　春　（心情不定，双眼泪下）啊喃！不好！为此中梦！待我即时赶往前去看过明白！（急步走场）

（唱急流板）

得一此梦是实情，不由张春掉了魂。

急急忙忙楼台赶，七层楼台看分明。

不觉来此楼台下，门上加锁为何情。

（焦急地）哎呀！不好呀！（长衣、帽一甩）你看，门上加锁，锁上又加闩，不知我母是何缘故哇！待我将门上锁打掉。（用轮剑打锁，双手用力扭锁，一层门打开，急上二层楼，见门上又是加锁，急得头上冒火）不知我母是何等的缘故呀！（拼命打锁，第三层、第四层……第七层时，满身是汗，口渴，急于下楼喝水，）（下）

[太白君星手持云帚上。

太　白　（摆动云帚，引坡郎、桂女之魂上七层楼，让其俩体魂护身，原位坐上）（下）

[张春上。

张　春　（急步上七楼，拼命打门上锁，门开举目望去，见坡郎、桂女直冲进去）我的贤弟、贤妹！嗳呀…呀！（晕倒在地）

（唱阴板）昏昏呀沉沉，沉呀昏昏。

三魂的渺渺，渺渺复生。

可恨我老母，害呀人精。

将贤弟贤妹，来呀害尽。

用手的推开，不知生存。

（翻身坐起，用手捶自己的手脚三回，起来。见弟妹状大声哭喊）贤弟！贤妹！嗳呀！我的贤弟妹呀！

（唱汉剧起板）我叫、叫了一声，我的贤弟！

我哭、哭了一声，我、我的贤妹……哎……呀！

唉呀！我那不良之母呀，你……你……将我贤弟贤妹全身钉满花针，这……这……如何是好哇！（稍想）哎呀呀！我不免用口将他俩身上的花针，一口一口地咬了出来。（横下心来，用口咬花针，将俩姊妹的花针从头至脚，一口一口地咬出来，要咬贤妹脚上的花针时，便站起来停下不咬）这！贤妹脚上的花针……贤妹乃是女流之辈，我是男子汉，又是读书之人，这叫我如何是好呀！（稍想）罢！罢！罢了哇！在这救命关头，还有什么男女之别不成，我也要将贤妹脚上的花针一条一条地咬了出来！（蹲在妹的脚下咬针，针咬完后，站起来，用手擦头上的汗，左看右看，见两人身上没有花针了，缓了口气，抱住贤弟喊，又抱住贤妹喊）贤弟！贤妹！看来还是没有苏醒过来。（徘徊着）这……这怎么办呢？（稍想）待我下得楼台去，向天神求碗仙水给他俩吃。（下楼求了一碗仙水，急上七楼，用筷子撬开坡郎、桂女二人的口，一滴一滴喂入口里）贤弟！贤妹！苏醒！

张坡郎
张桂花 （慢慢动弹起来）

张　春 （见他俩在动，惊喜）贤弟！贤妹！（即跪天神）请天神大发慈悲，多多保佑我贤弟贤妹呀！

张坡郎
张桂花 （醒来）哎……哟……

（唱阴板）昏昏沉沉，沉沉又昏。
三魂渺渺，渺渺复生。
用手推开，双眼蒙蒙。

张　春 （跪天）答谢天神，救了我的贤弟贤妹了！

张坡郎
张桂花 （接唱）用目观看，又有何人？

张　春 （哭）贤弟妹呀！

张坡郎
张桂花 （见是张春。接唱）

只见兄长，在呀眼前。
幸亏兄长，来呀救命。

张　春 （见弟妹又哭又喜）贤弟！贤妹！哎呀！我的贤弟妹呀！（紧紧将弟妹抱在怀里）

（唱汉剧哭板）

开言我把姊妹叫，叫声姊妹听分明。
兄长书房得一梦，要我速归救你命。
此梦使我心不定，请假归家救亲人。

多谢神仙来搭救，贤弟贤妹复了生。

贤弟！贤妹！来来，为兄背你俩下楼去。（先背弟下楼后背妹下楼）贤弟！贤妹！为兄送你俩回家。

张坡郎
张桂花 （感激地）有劳兄长救命之恩！我姊妹俩人，愿死也不愿归家去了。

张　春 （急）这……这……如何是好呀？（稍想）不愿归家也罢！兄长带你书房前去。贤弟贤妹！边行边讲，为何将你们骗到七楼去，又用花针至你死地，请从头与兄长说起，事为何情！

张桂花 （哭）兄长要问，前面引路，听我一言难尽呀！

［二幕前。张春扶坡郎、桂女前行，姊妹仨边行边说边哭。

张桂花 （唱哭板）未曾开言先流泪，尊声兄长听分明。

是因姊妹年幼小，当思叔娘如母亲。

那日请她来家里，靠她指教掌家庭。

谁知叔娘来家后，见财起意起歹心。

买回毒药做馍馍，带去花园当点心。

那日带得花园去，馍馍犬吃丧了命。

一计不成二计生，上街买回绣花针。

骗得姊妹七楼去，把戏背后毒人心。

姊妹头上一锤下，不知人事钉花针。

幸亏兄长来搭救，永不忘我兄长恩。

张　春 （哭）贤弟，贤妹呀！

（接唱）听罢姊妹说苦情，姊妹有难痛我心。

我母不善心不正，谋财害命不是人。

今后姊妹生难度，为兄搭救尽我心。

慢步行来校园里，待兄打叫进校门。

［二幕启。校园。

贤弟、贤妹，你俩在此门外等候，我去向先生言明你俩来由，请求先生接允，再叫你俩进去。

张桂花 有劳兄长求情，但愿接允我姊妹二人！（三人下）

[落幕。

第六场 设法援救

[二幕启。校园门口，张春带坡郎、桂女上。

张　春 （泪流满面叫门）后房有请先生开门，我是张春回来了！

李先生 （推门见张春悲悲啼啼）

张　春 （双膝跪下）学生春拜见先生！

李先生 张春今日归校，为何又双泪齐下？快进书房。（入书房）

张　春 （见先生亲切关爱，更是痛心）先生哪成可知，只因我一双贤弟妹父母早亡，年幼不知事务，请得我母去他家掌管家事，谁知我母见他家家财万贯，心怀歹心，设下一次又一次谋财害命之计，最后将我贤弟妹二人骗于七楼，用花针活活钉死，我在书房得此一梦。请假速回，果是如此，故打上七楼，把弟妹救出。

李先生 （感动泪下）他姊妹二人，现在哪里？

张　春 在书房门外！

李先生 （急）快带进书房来！

张　春 （感激地）感蒙先生善意！我即去带进！（出门口带弟妹进）

张　春

张坡郎 （双目泪下、跪拜先生）先生在上，我姊妹三人拜谢了！

张桂花

李先生 （上前扶起三人）不必如此，请起！请起！

张　春

张坡郎 （擦干眼泪起来）。

张桂花

李先生 张春！带你贤弟妹二人，一同厨房便用茶饭。

张　春　有劳先生了！（坡、桂、春下）

李先生　后院书童走来！

书　童　（念）　书童书童，懵懵懂懂。

一跤倒起，踩烂竹筒。

见过先生。

李先生　不必见礼！

书　童　先生，叫书童前来，有何贵干？

李先生　书童，叫你前来，是因张春贤弟妹来此书园，一人米粮供三人生活，特命你即日前去他家，挑些米粮，早去早回！

书　童　遵命是了。（入内挑起米袋便走）

李先生　转来！

书　童　（转回）转来何事？

李先生　我来吩咐于你，你到他家时，第一件，心挂戒酒牌，不可饮酒；第二件，切不可说出他姊妹二人在我书房；第三件，不可乱讲话。要牢牢紧记我讲的三件事，早去早回。（下）

书　童　遵命就是！

[二幕前。书童挑起米袋子上。

书　童　我还要往他家行走呀！

（唱北路）书童我在书房，脚乱手又忙。

我今奉先生命，他家挑米粮。

迈开我的大步，张春家一趟。

我是个好酒鬼，戒酒是荒唐。

行得快走得快，双脚实在难。

[二幕启。张春家。

且慢！是我来到张春家门前，待我打叫洪氏妈妈。（向内喊）洪氏妈妈开门啰！（站在一旁）

洪　氏　（内出）门外有人声，不知是何人，推开门来看。（开门）是哪位来了？

书　童　见过洪氏妈妈，是我来了。

洪　氏　呵！原来是书童来了，请进！请进！

进！（进屋放下米袋）

洪　氏　请坐！

书　童　有坐。

洪　氏　路途辛苦，来在我家请喝杯茶。（递茶）

书　童　（接茶喝下）洪氏妈妈好贤惠！（递茶杯）

（高兴地）好茶不用多，一杯够了喝！

洪　氏　（接茶杯）再用上一杯。

你往时不来我家，今日来我家有何事情？

书　童　你儿张春当前逢考，没时间回家带米粮，先生特叫我前来为你儿挑米粮的哩。

洪　氏　我张春去书房才几天，为何米粮用尽？

书　童　张春为人善良，来往书友可多，所以就米粮欠缺。

洪　氏　原来如此。（旁白）我道也不信，一定是那两个鬼崽崽没有死，到了书房前去了。（稍想）有了，这书童早年到我家来，爱好美酒，我不免用酒弄醉他，好说出实情。（对书童）哎呀！你爱吃两杯美酒，你看我，把酒都给忘记了，我去搞酒来给你喝上几杯。

书　童　不必了！我早年好酒，如今我不喝酒了哩！挂了戒酒牌了。

洪　氏　那就少点啰！（入内拿酒，杯子，倒酒）酒来了啰！书童来来，今日看得起我洪妈妈，喝它两杯，不喝多了啰！

书　童　（酒瘾发着，盯着酒壶）我……我不喝了啰！

洪　氏　（端着一杯酒）喝一杯嘛！

书　童　好！（接酒一饮而尽），谢谢洪氏妈妈！

洪　氏　再喝一杯，这酒好香呀！（倒酒给僮）

书　童　（盯着酒杯）还要喝一杯！（双手接酒）好！喝就喝啦（饮酒，连喝数杯酒，醉了，接着又喝，走路歪来歪去）

洪　氏　书童呀！张春米粮用尽，是不是坡郎、桂女在书房去了？

书　童　（结结巴巴）是张——春——带坡郎、桂女去书房上，是先生叫我来挑米粮的，呃……

洪　氏　你说的是真话？

（打酒嗝）呃，是真话！（头晕、呕吐）

洪　氏　实在地去书房上了？

书　童　（醉醺醺地）你说张春？

洪　氏　我说坡郎、桂女这两个小鬼崽！

书　童　（半清醒）没有去，我冇讲呀！

洪　氏　书童！你想不想发财？

书　童　发财谁不想！

洪　氏　想发财，我现在就给你几两银子，给你一把钢刀，到书房将他姊妹杀死，就包你发财了。

书　童　有财发，我就从大的杀起，然后才杀小的。

洪　氏　（惊）哎！大的是我的崽，千万不能杀，我要你是杀小的。我再给你十两银子一把钢刀，倘若杀死了那两个小的，来报信，你就发财了。（将银子钢刀给童）

书　童　（昏昏沉沉地接过钢刀，带起银子，忘带粮，气冲冲地前往书房去）（下）

[换景。张春书房，书童上。

书　童　（气势汹汹）开门！开门！

李先生　（急开门）书童！你……你为何不挑米粮？

书　童　（摸着脸）今天去她家，不但没有米粮挑，她还拿了一把钢刀给我，回书房将他姊妹二人杀死！

李先生　（惊讶）啊！她如何知道？

书　童　我不愿喝酒，是洪妈妈用酒灌醉我，我就……说出真实了。

李先生　（怒骂）你这奴才，如此抗令！把钢刀交出来！

书　童　（寒战）好！好！（把刀交出）

李先生　（愤怒地接刀欲斩）我今天非斩你不可！

书　童　（苦求）哎哟！先生莫杀我哩！我跪下（双膝跪）请先生饶恕我吧！（自打耳光）我该死！我该死！

[春、坡、桂听先生怒骂声，三人出来，见状跪先生求饶。

张　春　先生呀！你这是所为何事？请息怒！

李先生 （大怒。唱汉剧二流）

张春有所不知情，叫他你家挑米回。

吩咐切莫贪酒喝，酒醉会露你真情。

恰恰相反中我意，醉后道出姊妹们。

不但莫把米粮带，反提钢刀来杀人。（举刀）

张　春 （上前拦阻）先生息怒！

李先生 （怒，接唱）令他戒酒不遵命，道出真情祸来临。

张　春 （接唱）　且消停来慢消停，

书　童 （接唱）　请求先生予开恩。

李先生 （消怒）你们请起！

书　童 谢过先生不杀之恩！（下）

李先生 （稍想）张春啊！依我看来，你姊妹在此书房不可久留，否则会有生命之险，你即忙带他姊妹二人远离故土，逃出他乡容生，自有出头之路为好哇，你意下如何？

张　春 多蒙先生深思远虑，想得在理，学生尊意！即刻动身前逃，贤弟、贤妹！我们一同拜过先生！（左手拉桂女、右手拉坡郎一同上前跪拜。唱二流）

走上前来双膝拜。（三人拜先生）

拜过先生周安排。（三人起）

辞别先生抽身起，姊妹三人逃出外。

一步一步离校去，依依不舍先生爱。

（三人一看先生又转身慢步前行）

李先生 （低头泪下，接唱）眼见三人逃难行，身无半文怎么办？

（稍想）张春转来！

张　春 （接唱）　忽听先生一声请，不知何事心不安。

（转回）　先生还有何吩咐？

李先生 你姊妹三人，此逃，身无半文，途中食宿怎么办！（向内喊）书童！快用包袱装三百两银钱送给张春姊妹仨人途中盘费所用。

[内应："遵命"提包袱出。

书　童　先生来了！（交与张春。下）

张　春　（接包袱。唱二流）

多蒙先生多安排，姊妹上前再一拜。（三人跪拜先生）

拜谢先生大慈悲，大恩大德不忘怀。

[三人起来欲离校而去，又停下步来。

一步离了书房后，不良之母寻人来。（三人又转回书房）

慢步转回书房进，担忧先生祸重来。

李先生　张春，你三人为何又转回来？

张　春　先生呀！我姊妹走后，我那不良之母来书房来向先生要人，先生如何承担得起呀！

李先生　（稍想）这……这……说的在理！张春放心走好，我自有主张！

张　春　有劳先生了！那我们就走了，（三人施礼）先生多保重！（下）

李先生　（依依不舍，久久目送）祝你姊妹平安！（向内喊）书童！

书　童　（内出）先生打叫有何吩咐？

李先生　你到后堂收拾行李包袱、日常用品，速去速来！

书　童　遵命！（入内提行李出）先生，一切收拾完毕！

李先生　书童！你我不可在此容生，前往他乡谋生罢了！（二人挑起行李离书房而去。）

[落幕。

第七场　途中遇劫

[二幕启。荒郊路口。陈氏、王氏上。

陈　氏
王　氏　（开山子，鬼鬼祟祟）

陈　氏　强盗强盗！

王　氏　明抢明要！

陈　氏　有人抵抗！

王　氏　就是一刀！

陈　氏　强盗！

王　氏　明要！

陈　氏

王　氏　是也！爹娘生我下来好吃懒做，未成学艺，单独学到抢劫为生。今天天气晴和，我们到这荒郊路口，（二人东张西望）抢一抢钱，岂不是好，我们在此躲避起来！（躲入路旁，把面罩戴在头上）

［张春、坡郎、桂女上。

张　春　（三人悲悲啼啼）贤弟、贤妹！我们还要往前行走呀！

（唱哭板）带起贤弟妹前行，一路走来一路恨。

可恨母亲狼毒心，害得姊妹去逃生。

［途中乌鸦叫。内："哇！哇！哇！"

张　春　（惊骇。接唱）

听得乌鸦叫沉沉，姊妹三人掉了魂！

莫是山上遇猛虎，就是途中遭劫人。

［陈、王两人戴上面罩在张春姊妹仨后面，鬼鬼祟祟地跟随。

张　春　（壮着胆，拉着弟妹，接唱）

贤弟贤妹莫害怕，快步往前荒郊坪。

［荒郊草坪上，陈、王快步如飞，走在春前，拦住去路，陈伸手抢张春包袱，张早有提防速手速脚向陈身上乱踢乱打。王手持钢刀拦住坡郎、桂女，姊妹俩被吓晕倒在地，王转身相帮，张春一对二打了几个回合，身无力气，被陈、王翻倒在地，抢夺春背上的包袋走了。张春倒在地上喘不过气，见弟妹倒在地上，站起速去扶起。

张　春　（抱住弟妹痛苦不已，唱哭板）

开言我把强盗骂，强盗无尸来归家。

今日路途把人害，明日千刀万刀剐。

身带银钱被抢光，一片荒郊要去哪。

贤弟贤妹擦干泪，快步前往寻人家。（三人下）

[土地金星手持云帚，拐杖上。

土　地　（念）土地土地，三分灵气，若无三分灵气，凡人骂我混账土地。

（坐）土地老，土地老，土地门前生青草，碰到那牧牛孩童不懂事，扑啰！将我的香龙钵打烂了！吾神，南天门总都是土地是也！坐定仙山，手提甲子算定，张春姊妹三人有难逃难外出，三人同在一路，身无分文，食宿有难，我今发一猛虎前去，将他姊妹三人冲散，有好人收留搭救。孽畜走来！

[猛虎上。

虎　（嗥叫）呼！呼！（蹲在土地面前）

土　地　（吩咐）孽畜听到！即时命你到上林前去，将张春姊妹三人冲散，切莫伤害他们，牢牢紧记，切莫犯规！愿去低头三下！

虎　（磕头三下）

土　地　打了下去！

虎　（下）

张　春　（双手拉着弟妹的手，手唱哭板）

悲悲啼啼把路赶，腹中饥饿行路难。

今遇强盗盘费抢，姊妹三人更凄惨。

肚中空空手脚软，再困也得把路赶。

[乌鸦叫。内：“哇！哇！哇！”

张　春　（接唱）头上乌鸦叫沉沉，害怕路途祸重临。

横心且把山路走，弟妹莫怕我在身。

疾步来在三岔路，三岔路口看分明。

[三岔路口。虎上。

虎　（几声嗥叫，扑向张春姊妹中间，坡郎被吓晕倒在地，张春、桂女被吓一路，虎追随张春）（虎、春、桂急下）

张坡郎　（昏昏沉沉，慢慢站起来，举目张望，未见兄姐二人，哭喊）兄长！姐姐！你们在哪里！你们在哪里呀！可恨的猛虎，孽畜！你害得我姊妹好苦呀！（跌倒在地，又站起来唱哭板）

开言我把猛虎骂，害我姊妹好苦哇！

不知兄姐生与死，小小年纪我害怕。

不得已我往前走，寻找兄姐是办法。（下）

[落幕。

第八场　害人有报

[二幕启。洪氏家。上空黑天盖地，电闪雷鸣，一道道闪电，直射大厅，风雨交加。洪氏上。

洪　氏　（胆战心惊，魂飞魄散，双膝跪在屋门口，哭喊叫嚷，双手乱拜）天老父呀！我洪氏不该见财起歹心，谋财害命，犯下了伤天害理之事，谋害了他姊妹二人，我知道错了，我跪拜老天爷开恩，饶我一命吧！（又一道闪电，雷声巨响，导致双眼疼痛得在地下打滚，大哭大叫）哎哟！……我的眼睛不见光了，好痛呀，痛死我了呀！（双手蒙住眼睛）这……这叫我如何是好！我真是无路可行了，他姊妹被我害得逃往何方，（愧疚大哭）叫我如何活下去呀！（双手蒙住双眼向观众）列位呀！这就叫起心害人终有报的下场了呀！（下）

[落幕。

第九场　姊妹寻找

[二幕启。村庄。坡郎上。

张坡郎　（唱哭板）悲悲啼啼把路行，为找兄妹到处寻。

慢步行来举目看，不觉来到万人村。

走上前来双膝跪，（跪下，现观众）

拜求列位大开恩。

看人舍来看人救，救我年小逃难人。

剩饭剩菜给一碗，来世报答列位恩。

多谢列位抽身起，寻找姊妹往前行。（站起）

（骂）叔母，你是个狼毒心呀！害得我姊妹好苦哇！

[换景。幸福村。桂女上。

张桂花 （悲悲啼啼，唱哭板）

晕晕沉沉慢步行，荒山郊野四处寻。

兄长贤弟何方去，不知兄弟亡与存。

爬山过坳把路走，不觉来到幸福村。

走上前去双膝跪，（跪下，现观众）

拜请列位要开恩。

家有父母早亡故，丢下姊妹两个人。

请得叔娘来管家，见财起意谋人命。

心狠手辣施毒计，三次害我姊妹们。

多蒙兄长来搭救，带我姊妹逃难行。

路途遇难遭抢劫，二次遇虎来冲人。

从此姊妹被冲散，兄弟二人无音信。

拜请叔伯大嫂们，救我难中可怜人。

寻得姊妹有前程，定来报答列位恩。（站起）

兄长！贤弟！你们在哪里呀！（擦泪下）

[落幕。

第十场　姊妹重圆

[二幕启。金堂庙。和尚拐着脚上（是个“十八全”，即：结子、聋子、歪嘴、瘸子、驼子、麻子）。

和　尚 （手敲木鱼。念）

嗑！嗑！嗑！
和尚和尚小和尚，哪嗨莫，
小小和尚没有老婆，哪嗨莫，
阿弥陀佛！
我想拿纸剪一个，拿嗨莫，
又怕大风吹下河，哪嗨莫，
阿弥陀佛！
又想用泥巴掇一个，哪嗨莫，
又怕打水来浸破，哪嗨莫，
阿弥陀佛！
我想用树雕一个，哪嗨莫，
小小家伙奈不何，哪嗨莫，
阿弥陀佛！

我、我这个小和尚，在、在平安寺，人家叫、叫我夜、夜和尚，我、我在这安、安、安宴子上，我、我是吃、吃斋的，我、我吃了一条死、死狗崽、崽，就变、变成了结、结子，变成了一个歪、歪嘴，又变成了一个聋、聋子，又变成了一个麻、麻子，又变成了一个瘸、瘸子。现在我、我这个样、样子，成了十、十八全了，我今叫、叫夜回来，待我打、打、打扫一下金、金堂，还要用、用功一时。（音乐起，奏“小牌子”。打水、擦凳、擦桌、扫地、点香、拜神）

好、好，我、我将金堂打、打、打扫好了，（向观众）有、有人来拜、拜神的就快快来！我进后、后堂子上，烧、烧茶饭去、去了。（下）

[坡郎上。

张坡郎 （唱哭板）跋山涉水把路行，千里迢迢姊妹寻。
走遍东南西北路，未见兄姐人和影。
行来且把举目看，不觉来到安宴门。

（坐在安宴门前）苦呀！兄长，姐姐！你们在哪里啰！

[和尚上。

和　尚　我、我在后、后堂子上，好像有、有人在、在叫苦啰！待、待我去看、看过清、清楚明白。（开门见坡郎）呵！原、原来是、是你这个小、小鬼崽崽！你为何悲、悲悲啼啼，脚、脚上是黄、黄泥，所、所为何、何事？你讲清、清楚给、给我听。

张坡郎　小哥要问，听我一言难尽！

和　尚　嗯嗯！你讲、讲，莫、莫要哭、哭啰！

张坡郎　（痛哭）家住湖北连城县张家村，爹娘早故，我姊妹二人年幼不知理事，请得叔娘掌管，叔娘见财起意，三次害我姊妹，多蒙兄长搭救，姊妹三人急逃他乡，途中遭劫，银两抢尽，又遇猛虎冲散姊妹，我独自一人，四处寻找兄姐二人，终无音信。小哥，我怎么办呀！（苦求）救救我吧！（跪拜）救救我吧！

和　尚　（泪下）哎哎呦！原来你、你是这、这么苦、苦、苦的人呀！唉！小小年纪，苦苦呀！（稍想）那好、好！就在我安、安宴子上，来来来，进、进我后、后、后堂前去，用茶、茶饭！

张坡郎　小哥请受我一拜。（双膝跪拜）

和　尚　小、小弟，拜、拜就不、不用拜了啰！快进、进去！（二人下）

[换景。柳员外家，厅堂摆设高台、凳，厅堂整洁美观。员外上。

柳员外　（念）　财有成万贯，粮有堆如山！

（坐）老汉年七旬有余，夫妇无儿无女，为此常怀内疚，吾老家富，救灾扶贫，为民慷慨解囊。坐立堂前，思想起来，好不相干人也！

（唱南路平板）

柳老汉，坐堂前，自思自想。
想起了，心中事，时时挂念。
俩老汉，家豪富，粮堆如山。
心想到，穷苦人，吃穿不上。
设下了，救良民，慷慨解囊。
发放到，良民手，数金万粮。
为救民，扶灾民，理所当然。
（坐台前，观看数目）

[桂女上。

张桂花 （唱哭板）猛虎冲散姊妹们，寻找兄弟无音信。

行来此地来观看，不觉来在是人村。

（在村前哭喊）苦呀！好苦呀！兄长，贤弟！你们在哪里呀！

（蹲在屋檐下休息）

柳员外 啊！忽听门外有人叫苦！家院哪里？

家　院 （急上）忽听员外叫，急忙就来到，见过员外！

柳员外 （心急）刚才听得郊外有人叫苦，你速去察看是何人，问过明白？是正当苦人，带了进来！

家　院 遵命就是！（开门，举目见一女子，前去）啊呀呀！我么道是什么人在此叫苦，原来是一位妹芽芽来的。（观脚）哎呀！双脚都是黄泥巴，必定是遇灾而出的吧！我家员外特要我来叫你进去！

张桂花 （起身）多谢大伯！

家　院 不用谢，随我来！

张桂花 （随院入）

柳员外 （坐在厅堂左边的凳上）

家　院 这是我家员外，你上前拜见！

张桂花 小女拜见翁伯！（施礼）

柳员外 （同情）小女，不必见礼，那边赐你矮坐。小女，你将实情一一说清，本身好周济与你？家院，请娘子上堂同听！

家　院 （内喊）员外娘子，有请！

[娘子上。

娘　子 忽听员外请，急忙登高堂！拜见员外！

柳员外 安人旁边同坐！

娘　子 有坐！有何事来？

柳员外 同坐相听！

张桂花 （上前）小女拜见翁母！（与母同坐）听我一言难尽呀！

（唱哭板）未成开言先流泪，伯父伯母听分明。

家住湖北连城县，离家五里张家村。

父母双亲早亡故，丢下姊妹两个人。

本是家财有一份，姊妹年幼理不清。

请得叔娘来管家，叔娘见财起歹心。

一计二计未得成，多亏兄长来救命。

兄长带我书房去，叔娘又来害我命。

先生心善来援救，嘱咐兄长带我行。

途中银两遭抢劫，深山路上虎冲人。

姊妹三人被冲散，兄弟二人不知音。

我今是个落魄女，求拜尊翁要开恩。（跪拜两老）

恩人问我名和姓，张桂女是我小名。

娘　子　（双目泪下唱）

听罢言来我流泪，铁石心肠也痛心。

我会将你来扶起，（扶桂起）不是女来也是亲。

柳员外　哎呀！你这小女仔，原来如此，无家可归之人，老伯有言不好起始！

张桂花　（哭）有劳恩伯恩母，有话当场领教！

柳员外　如今我二老七旬有余，身无一男半女，想望小女，能否认我为名下之女，不知意下如何？

张桂花　多谢恩伯恩母收留与我，请受我一拜呀！（跪拜）

柳员外
娘　子　（高兴地扶起桂女）

柳员外　娘子，带女儿入绣房，换得头巾蓝衫。家院前去厨房备好菜饭给女儿吃好！

家　院　遵命！

（娘、家、桂三人下）

柳员外　（喜笑）牛耕田，马吃谷，人家养女，老汉我享福啰！（下）

[二幕前。坡郎赶羊群上。

张坡郎　今蒙恩哥收留我在安宴上，已有数月，数月来常想起兄长，姐姐，眼泪不干！今天恩哥吩咐我去河边牧羊，我遵从恩哥，将羊群赶到河边去看罢了。

（赶羊，下）

[二幕启。一条大河，河水澄清，河边有码头。桂女提篮筐上。

张桂花 思想兄长、兄弟事，时时挂心上。多蒙恩父恩母收留，拜为名下之女，数月来，吃穿都好，可是我那可怜的兄长，贤弟不知去向何方呀！唉！今日天气晴和，来到河边洗洗衣裳。（洗衣）

[坡郎上。

张坡郎 （举目前望）唉！那边河好像是我姐。（认真仔细看，激动地大喊）喂！那洗衣裳的是我姐姐吗？

张桂花 （听声音很熟，急忙站起举目望去，激动地喊着）唉！那边不是贤弟吗！

张坡郎 （更激动得泪水直下）正是你弟坡郎哩！姐姐！姐姐！我在这里！

张桂花 （高兴的双泪直下手持手帕摇手）贤弟！我正是你姐姐桂女！你快过来啰！我想死你了呀！

张坡郎 （哭）姐姐！我马上过来。（过浅滩，激动得跌下，又爬起来）

张桂花 （见弟在浅水滩一连跌了几跤，急忙丢下衣裳，过河扶弟，姊妹俩紧紧抱住大哭）贤弟呀！

张坡郎 （抱住姐姐大哭）姐姐！

张桂花
张坡郎 （唱哭板）一见贤弟（姐姐）双流泪，不由姊妹痛在心。

那日猛虎来冲散，为姐（弟）成了落魄人。
荒山野岭到处找，东南西北去找寻。
一路寻来把饭讨，不知姊妹音和信。

（俩都擦干眼泪）

张桂花 贤弟！是谁收留与你的？

张坡郎 我遇着一位和尚哥哥收留我在安宴之上给他放羊。

张桂花 贤弟！你不要去了，那羊叫人家给赶回去好了。为姐那日逃到这庄上。是柳员外家收留我，他家无男无女，是一万富之家，姐拜他为干爹，做他干女，姐想贤弟同去拜见员外，拜他为干爹，做他名下之子，贤弟意下如何？

张坡郎 好，姊妹们如此无家可归，遵从姐之意。待我叫声那边小孩朋友将羊群给赶回去转告师哥吧。（向观众喊）喂！那边同起看羊兄弟，将我师兄之羊给赶回去，转告如他，我跟我姐姐去了！谢谢你们了！

[内应："好！我与你赶回去，转告与他便是了。"

张桂花 贤弟！我去提衣裳来，姊妹二人一同前往！（提篮）

张坡郎 姐姐！前面引路！

[坡、桂走圆场。

[二幕起。员外家。

张桂花 （叫门）院伯！开门！

家　院 （开门）二人请进！（坡郎站在堂门外）

张桂花 院伯！请叫干父母上堂！

家　院 员外双堂有请！

[外、娘上。

柳员外 忽听家院一声请，双老堂上听原因！有何事情？

张桂花 见过干爹干母，女儿有礼！

柳员外
娘　子 我女不消讲礼。

张桂花 女儿今日河边洗衣，会见了我贤弟！

柳员外
娘　子 （急问）现在哪里？

张桂花 就在门外。

柳员外
娘　子 （高兴地）何不叫他同进！快去叫他进来！

张桂花 女儿遵命！（出门外）贤弟，员外二老喜请！

张坡郎 （高兴地）小孩见过翁父母！（拜揖）

柳员外 你是女儿之弟？

张坡郎 正是！

柳员外 小儿！我二老七旬有余，身无一男半女，想必孩儿……

张坡郎 尊翁伯父伯母有话当场训教！

柳员外 今日收留你为我干儿，不知意下如何？

张坡郎 翁伯父伯母！有此心？

柳员外 有此心！

张坡郎 （高兴地）干爹、干母受孩儿一拜！（跪拜）

柳员外
娘　子 （喜笑）今日收留干女干儿一双，好喜呀！好喜呀！宝贝儿女，随你干母后堂换得头巾蓝衫，使用好茶饭，此后送学堂功书。

娘　子 一双儿女随娘同进！

（坡郎、桂女随娘下）

柳员外 家院！

家　院 员外有何吩咐？

柳员外 我的一双儿女，至今愁眉不展，命你到大街前去，请一位打渔鼓，唱道场的师傅前来给他姊妹二人开开心解解忧，早去早回。（下）

家　院 遵命！我还要往大街之上行走呀！

（唱北路）我今奉了员外命，要往大街走一程。

请名渔鼓来到家，化解姊妹俩愁闷。

行得快来走得快，不觉来到三岔门。

两边不走走中间，要往街上快步行。（下）

[二幕前。张春手提渔鼓上。

张　春 （忧愁地唱南路平板）

到四方五路把人找，东南西北都找寻。

走天涯奔海角都找过，不知姊妹下落音。

我肚中饥饿路难走，一路上乞讨把人寻。

如今寻找未人不见，急坏我张春落魂人。

我不得已爬起走，不觉来在是长亭。

[二幕启，一座凉亭。张春入亭休息。

张　春 待我在此凉亭之上休息一刻。（坐下）咳！那日猛虎冲散不知我贤弟贤妹存亡何方！到如今，我身无半文，只得将苦情编成唱词，一路打渔鼓卖唱容生，我的贤弟、贤妹，你俩在何方呀！

家　院　（疾步）行行去去，去去行行，不觉来此凉亭之上。（旁白）噫！今日来得好凑巧啦！这凉亭之上，坐着一位叫花佬一般，像是打渔鼓卖唱的，待我问过才是。（走前问）喂！你这位后生仔，是不是打渔鼓，唱道场的？

张　春　啊！小人正是。

家　院　那就好，我家员外特叫我大街前去，请一名打渔鼓唱道场的去我员外家给公子和小姐散散心，解解忧愁哩！

张　春　既然如此，那就请老伯前面引路吧！

家　院　你随我来！（二人圆场）

［换景，员外家。

家　院　好好！到了到了！（叫门）有请员外开门！

柳员外　（开门）呵！是家院回来了！（见张春）这位是……

家　院　他是我请来打渔鼓唱道场的师傅。

张　春　啊！有劳员外相请，小人拜见员外可安！

柳员外　（笑容可掬）原来你位后生是可唱道场的师傅？

张　春　小人不敢当，道场可小唱！

柳员外　家院！拿凳给小师傅坐，快请娘子、公子、小姐上堂听唱！

家　院　遵命！（拿凳放在厅堂右边）师傅请坐！

张　春　小人有坐！（坐凳准备唱）

家　院　有请娘子、公子、小姐上。

［娘子、公子、小姐上。

娘　子　（带着公子、小姐）忽听家院叫，急忙上堂前！

［员外娘子坐正堂，公子、小姐坐左边，张春坐右边。

家　院　小师傅！请唱！

张　春　（施礼）如有唱的不当之处，请员外、娘子、公子、小姐多多海涵！那我就唱起来呀！

[因张春数月来为寻找弟妹饥寒交迫，又瘦又黑，坡郎、桂女一听声音很熟悉，且坡郎、桂女全身以公子、小姐打扮，姊妹双方互不认识。

张　春（唱渔鼓调）

手拿渔鼓一根筒，这头打起那头嗡。
前朝军师诸葛亮，后朝军师刘伯温。
老者爱看前朝事，少者爱听宋朝文。
前后两朝都不表，单唱张家一苦情。
湖北有个连城县，离城五里张家村。
张家婆婆是豪富，所生儿子有俩丁。
大儿名字张荣贵，次儿名叫张荣成。
长子妻配连氏女，次子洪氏女结配。
洪氏长生一个子，连氏次生姊妹们。
不幸父母早亡故，丢留儿女两个人。
家财一份是豪富，库有绸缎金和银。
姊妹年小无可奈，持典家业务不明。
一日思起亲叔娘，无母也是一样亲。

张坡郎
张桂花（越听越像在说自己，二人将凳移近张春）

请得叔娘来管家，叔娘见财起歹心。
那日叔娘大街去，买回毒药欲杀人。
毒药和在馍馍内，姊妹花园当点心。
搭帮神仙来相救，黄犬毒死花园内。
神仙下凡来救命，替出姊妹两条命。
叔娘目睹未得逞，一计不成二计生。
大街之上想主意，买回花针来钉人。
骗得姊妹上七楼，打晕姊妹钉花针。
神仙送梦书房去，张春得梦速回程。
打上七层楼台去，拼命用口咬花针。

即拜天神求仙水，救了姊妹才复生。
带得姊妹书房去，意下书房来藏身。
那日先生派书童，回家挑米快回程。
书童不听先生话，酒醉道出姊妹情。
叔娘得此事情后，心怀鬼胎三计生。
送把钢刀给书童，回到书房欲杀人。
多蒙先生心肠好，设法救了姊妹身。
先生赠送路盘缠，姊妹三人逃难行。
途中盘费遭抢劫，又遇猛虎来冲人。
姊妹三人被冲散，各奔一路泪淋淋。
不知东西南北路，荒山野庙来栖身。
可怜兄长寻弟妹，苦寻至今不见影。

张坡郎
张桂花 （感动泪流满面，又将凳凑近些）

讨得盘钱已用尽，沿路乞讨受苦情。
要想叫天天不应，要想叫地地不灵。
凄凄惨惨何日止，诸多苦楚说不清。
贵府大伯大娘们，可怜我这落魄人。
剩菜剩饭给一碗，救我难中受苦人。
倘若寻得弟妹转，当牛做马报大恩。
若问小人名和姓，我是受苦小张春。
问我贤弟妹和名，坡郎桂女邻小人。

张坡郎
张桂花 （哭喊）兄长呀！我苦命的兄长呀！

张　春 （惊以为悲伤流泪唱错了）是有错之唱，请多指正！

张坡郎
张桂花 不是唱错，你是我苦命的兄长呀！

张　春 （奇怪地）青天白日的，我是在做梦吗？（擦干泪水，仔细看）

张坡郎
张桂花　（走近张春身边号啕大哭）兄长呀！（桂女先说）我是贤妹桂女！（坡郎说）我是贤弟坡郎！

张　春　（号啕大哭）哎呀呀！我的贤弟、贤妹呀！

张　春

张坡郎　（三人抱住大哭，唱汉剧哭板）

张桂花
我叫叫了一声，我的贤弟贤妹。
……兄长。
我哭哭了一声，我的苦命贤弟贤妹呀！
……苦命兄长呀！

家　院　（从张春、坡郎、桂女中间叉开）哦！你唱得上上好好的，为什么就哭在一团了呀？

柳员外
娘　子　（目睹情景泪流满面）

张桂花　（哭）禀告爹娘！这正是救我姊妹命、带我逃难的亲兄长呀！

张　春　（擦干泪水，上前拜见员外、娘子）正是小人张春参拜了！（跪拜）

柳员外　（扶起张春）你不愧是个心善之兄呀！免礼！看来你姊妹三人乃是无家可归，我今有言当场不好启齿。

张　春　尊翁伯父伯母，小人张春当堂领教！

柳员外　本人生无一男半女，家豪一份贯来救灾救民，当想你姊妹三人同寄予我名下之子女，不知可允意下如何？

张　春
张坡郎　（喜悦地）翁伯父母，有次好心好意，小人绝无否意！
张桂花

柳员外　（高兴地）坡郎、桂女！带你兄长后堂款待用好茶饭，更换头巾蓝衫！

张　春
张坡郎　（高兴地）遵命！（三人下）
张桂花

柳员外 家院，今日是吉日之期，家有良民好友光临贺喜，你前去备宴，张灯结彩庆贺一番！（下）

家　院 是！（下）

［员外家门口张灯结彩，热闹繁忙，家院在整理厅堂，备茶宴，准备迎接来宾。

［员外家院子门口。王、李、唐三人喜气洋洋上。

王 （念）　耳听尊翁柳员外张灯结彩。

李 （念）　我今日里心中特别喜开怀。

唐 （念）　他助良民为民行善终有报。

王 今日听说柳员外家有两男一女是逃难之小后生，拜员外为干儿女，家中很热闹。从前我家受他老人家扶助不少，我今特前去恭贺呀！

李 我因患病痛，缺资治疗，是他老人家给助救后得痊愈。我得此消息，前去恭贺。

唐 我那年因禾苗受旱失收，他老人家给予助救粮食，度过了荒灾，今日他二老有洪福，我特前去祝贺添丁的。

王 好！今日我们相会，一起进去吧！

［家院在门口迎接来宾。

家　院 （见来宾鞠躬）欢迎嘉宾前来恭贺，请进！（向内喊）请员外全家上堂，奏乐！

［喇叭、锣鼓喧天，来宾各见礼。员外、娘子、张春、坡郎、桂女上。员外、娘子坐正堂位上。张春相公打扮，坡郎书生打扮，桂女小姐打扮，上前跪拜员外、娘子。

张　春
张坡郎 （跪拜）干爹、干妈，受孩儿（女儿）参拜！
张桂花

娘　子
柳员外 （上前扶起春、坡、桂）我的一双孩儿、女儿请起，从此送你兄弟姊妹三人攻读诗书，逢年上考吧！

张　春
张坡郎　（高兴地）幸感老爹、老母之恩，孩儿永不忘恩!
张桂花

[合家欢乐，合唱沙合调。

天边喜鹊叫喳喳，今逢喜事到柳家。

修善洪福终有报，喜庆门厅笑哈哈!

[剧终。

（剧本版本：乐昌市文化馆提供）